目　次



JN210811

# 御手洗潔と進々堂珈琲

# 進々堂ブレンド 1974

ぼくの名前はサトル。京都、産寧坂《さんねいざか》の中途を少し入ったところにある家に下宿して、もっか予備校に通っている。京大を目指して浪人中なのだ。入れるかどうかは解《わか》らないけど、田舎にいる頃から京大はずっと憧《あこが》れだったから、頑張れている。

それから京都への憧れだ。ここが京都でなければ、不安な浪人生活なんて、ぼくにはとてもできない。石畳の坂道。遠景に五重塔の見える眺め。時に、鐘をつく音なんか聞こえて、聞きながら坂をくだって、しばらく行った石畳の道を、振動させながらすぎていく市電、みんなみんな気に入っている。大好きな古都、京都。ずっとこの街に住めたらいいと思う。

京都がたまらなく好きになった理由はもうひとつある。京大そばの珈琲店、「進々堂《しんしんどう》」だ。京大生の溜《たま》り場なんだけれど、この店で知り合った一人の京大生がいて、この人と話せるのが楽しみなのだ。

この人はたいていい毎日、三時すぎになるとこの店に来る。だからぼくも毎日、三時すぎになるとこの店に出かけていく。予備校の先生に会いにいくみたいな感覚なんだけれど、それよりもずっと楽しくて、気分はいつもうきうきする。

彼と話している時間は最高だ。いつもなんでもないことから話が始まり、話題が翼を得て——これは本当にそんな感じなのだ——あっという間に海を飛び越えてしまう。そして心は、鷲《わし》みたいに世界中を飛び廻るのだ。これは不思議な時間で、こんなこと、ぼくにははじめての経験だった。

最初は普通に、京大受験の相談とか、日々の悩みごとなんかの相談をしていたのだけれど、だんだんにそういうことではなくなって、話題が自由に、奔放になった。つまらない個人的な悩みから離れたら、そんなありきたりのことより、ずっと有意義なお話が聞けることに、ぼくは気づいたのだ。

御手洗《みたらい》さんは——この人はそういう名前なのだけれど——その頃ちょうど世界一周の放浪の旅から帰ってきたばかりで、ぼくが求めたら、いくらでも旅先での体験について話してくれた。それがすごく面白くて、いつも夢中になった。

御手洗さんは話すのがとても上手で、ぼくは話の世界に入り込んでしまって、本気で喜んだり、つらくなったりした。それにまだ知らない異国の風景が目の前に浮かぶようで、いつも時が経《た》つのを忘れた。

ぼくはまだ外国という場所に行ったことがない。それなのにこの人は、世界の隅々まで知っている。ぼくの知らない街角、もしかしたら一生行くこともないような場所、そこに暮らす人々について知っている。そのことがまず信じられなかった。

ぼくにとって外国とは、遠い宇宙の果ての、未知の惑星と変わらなかった。風景くらいは写真で見ることもできるのだけれど、そんなのは火星の砂漠だって同じだ。外国とは、いったいどんな感じの場所なんだろう。土の色とか、海の色も違うんだろうか。空気の匂《にお》いとか、植物の葉の色だって少し違っているんじゃないか、実際に目の前にしたらどんな気分だろう、そんなことをいつも考えた。

いつかはぼくも行けるんだろうか——。でも、どう考えてもそんな感じはしない。大学受験に失敗したこと、そして来年は突破できる、なんて自信も全然なく、それで心が暗くなっていたせいだ。

ありきたりの観光地には、御手洗さんは興味がなかったみたいで、話に登場する場所は、インドや中国や南米や、そんな国々の、全然名前を聞いたこともないような小さな村とか、大自然のまっただ中みたいな高原の集落だった。

そういうところでは、夜になれば月明かり以上に明るい光はなくて、でもそんな場所でも、人々は不安に負けることなく生きている。そんな人たちについて、御手洗さんは詳しく教えてくれた。

夢中で聞いていると、ぼくはそこに未知の風の匂いを嗅《か》ぎ、見知らぬ異国の人の、陽を浴びた髪の匂いを感じた。自分と同世代の若者たちの暮らしについて聞くのは特に興味深かった。そして異星人のように思っていた異国の人たちが、実はぼくらと同じようにものを考え、同じ感情を抱えて暮らす、まったく同じ人間たちであることを知った。そんなこと、とっくに知っているつもりでいたのだけれど、実はぼくは、何も知ってはいなかった。

名を聞いたこともない世界の片隅。そんな街角に暮らす人たちの喜びや悲しみ、そして深い悩みは、いつもぼくをいてもたってもいられない気分にさせた。下宿に帰り、一人膝《ひざ》を抱えて、ぼくは今日聞いた話を思い返し、自分の悩みなんて本当は小さなことなんだと知ったし、頑張らなければいけないと思ったりもした。

あるとても寒い日のことだった。京都の冬は寒く、今にも小雪が舞いそうで、進々堂の店内に入るとほっとした。ぼくは身も心も縮こまっていて、だからこの日、会話は海外には向かわなかった。ぼくが、ただ自分のことを語ったのだ。

話題は翼を持たず、たぶんそれは表の寒さと、ぼくが風邪気味で、少し頭が痛かったせいだ。

「今日、ぼくちょっと風邪気味で……」

そうぼくは、向かいにすわっている御手洗さんに言った。すると御手洗さんは、

「あそう、ぼくもなんだ」

と言った。へえ、とぼくは思った。御手洗さんも風邪をひくのか、と思って意外な気がしたのだ。御手洗さんは、京大の医学部だったから。

「喉《のど》痛い?」

御手洗さんは訊《き》いてくれる。

「うん、痛いです」

お医者さんに言うように、ぼくは応《こた》えた。

「このヴィックス喉スプレー、効くよ」

と言って、御手洗さんはポケットから小瓶を取り出してぼくに見せてくれた。それから、テーブルの上に無造作に置いた。

「アメリカ製なんだ。こうやるんだよ。こんなふうに、直接喉に吹きかけるんだ」

そして御手洗さんはまた小瓶をとり、ぼくの前で口を開け、実演して見せてくれた。

「やってごらんよ」

そう言って、ぼくに向かって差しだしてくれたから、ぼくは受け取り、御手洗さんのやったように口を開いて、喉の奥に向かってしゅっと噴射した。

「どう?」

御手洗さんは言った。

「ああしみる、でも本当だ、効いてきました。楽になった」

「そう、よかった」

御手洗さんは言ったのだけれど、その瞬間、ぼくはある感情を得て、言葉が出なくなってしまった。

ショックを受けたと言ってもいい。あっと思い、ぼくは放心してしまい、何も話せなくなった。ごくんと唾《つば》を呑《の》む、その味——。

黙ってしまったぼくを見て、御手洗さんは、

「どうしたの？」

と訊いた。ぼくはしばらく黙っていて、それには応えないで別の質問をした。

「これ、まだ日本には入っていないの？」

そう訊いたのだ。時間稼ぎみたいな気分で。

「入ってない」

言って、御手洗さんは首を横に振った。

気づいたら、少し涙が湧《わ》いてしまって、それを知られたくなくてぼくはちょっと下を向き、昔作った傷口が、開いてしまった痛みに堪えた。

「ああ、懐《なつ》かしい味だ」

とだけ言い、ぼくは顔をあげて、窓の外を見た。それ以上の言葉なんて、とても思いつかなかったからだ。通り越しに京大のキャンパスが見える。塀の上に覗《のぞ》いている木々

が、冷たげな木枯らしにそよいでいた。

懐かしさがぼくの涙を呼び、そして傷口のかさぶたを溶かした。しばらく見つめていたら、気分が落ち着いた。

「ぼく、日本海沿いの、S市で育ったんです」

いきなりそう口に出してみたら、貧しげな漁村の風景が浮かぶ。

イカ釣り漁船の群れ。それ以外には何もないような港町、そんな街の隅で、父親は小さな工場をやっていた。ぼくは子供の頃から父のあとを継いで工場をやるか、そうでなければ、イカ釣り漁船の漁師になるしかないと思っていた。

「イカ釣り漁船の街で、イカ釣りの漁師になんて、ぼくはなれるとは思わなかったんだけど」

「どうして?」

「ただなんとなく。でも港で船を見ているのは好きで、よく港に行ったんです。そうして、一人で長いこと船を見ていた。そうしていれば、船が好きになって、漁師になる決心もつくかなと思って」

「その決心が欲しかったんだね?」

「だって父親が、こんな工場、継がなくていいからなって言うから」

「ああそう」

「雲行きが怪しくて、少し波があるような日が好きで、漁船の群れが、みんなてんでに上下して揺れてるの。揺れる電線にとまったカラスみたいに。

でもずっと沖の方には陽だまりがあってね、まぶしく輝いているんです。そういう時は、船に乗って、あの陽だまりに向かって船出していけたらと思った」

御手洗さんを見ると、うんうん、というようにうなずいている。

「でもやっぱり漁師になる決心はつかなくて」

「そう?」

「声かけてくる漁師の人たちが、なんだか意味もなく威張っていて、下品だったから。こっちを馬鹿にするような態度ばっかかでさ」

「そうか」

「優しくなくて。どうしてあんな態度するのか、なんの意味があるのか、理解ができなかった。だからこっちも尊敬できなくて。でも港によく行ったのは、帰り道の海沿いに、アメリカふうのしゃれたスナックがあって、白ペンキ塗りの板壁の店で、『フィッシャーマンズ』って英語で書いた赤いネオン管が板壁に貼《は》りついていて、この建物とその後ろの海と、そこだけが外国みたいで、すごく格好よかったんです」

「ふうん」

「夕陽の頃にネオンがともるんだけど、ぼく、ついたとこが見たくて、近くの石の上に腰かけて、陽が落ちるのをじっと待っていたりした。夕陽を受けるとすごくきれいだったし、暗くなったら、もっと外国みたいに思えて」

「ああそう」

「そういう風景が見たくって。ぼくはまだ外国行ったことがなくて、だから外国って、きっとこんな感じなんだろうなって思ってさ」

「君にとって、そこがはじめての外国だったわけだ」

御手洗さんは言った。

「本当にそうだったな。ジャズが表にまでかすかに洩《も》れてきて、あそこが外国の入り口……。考えてみたら、今のここもそうかな、進々堂」

「君は外国が好きなんだね」

「すごく行ってみたかったです。すごくすごく。密航してでも行きたかったたな」

「高杉晋作か、新島襄《じょう》だね」

「そう。フィッシャーマンズを外国だって感じたのは、もうひとつ理由があって」

「うん」

「日が暮れたら、中に明かりがともるから、窓から店内の様子がよく見えるんです。そうしたら、カウンターの中に女の人がいるのが見えて、それがすごくきれいな人で、はじめて見た時、びっくりした。本当にきれいで、女優さんみたいだった」

　御手洗さんはうなずいている。

「だからますますその店や、周りが外国に見えた。明るくなった店内も、外もセンスがよくて、清潔で、輝いてた」

「外国って、決して清潔なばかりじゃないけどね」

　御手洗さんが、笑って言った。

「そう？」

「そうさ。埃《ほこり》っぽくて、みすぼらしくて、汚れている。そういうのが大半なんだ」

「きれいな場所はないの？」

「映画に写るような？　それはあるさ。でもそういう場所には差別もまたある。差別と誇り、そして道徳心は、実は同じものなのさ」

「え？　差別と道徳心が？」

　ぼくはちょっとショックを受けた。

「きれいな場所に住んでいる女の人は、外観が不潔だったり、ごみや汚物の処理にルーズな人を、どうしても軽蔑《けいべつ》してしまうんだ。アメリカの公民権運動の障害物は、結局のところこうしたものだった。でもそれは多く感情的なもので、冷静な観察や、論理思考の産物ではないんだ」

「どういうこと？　よく解らないよ」

「豚小屋に行ったことはあるかい？」

「あります」

「汚くなかった？」

「すごく汚かった。臭くて」

「だから豚は不潔だって思わなかった？」

「思った。犬や猫とは違うんだなって」

「ところが同じなんだ。豚を不潔な動物に見せているのは人間なんだよ。豚は雑食だからね、自分の食べ残しを豚小屋に撒《ま》く人は多い。そういうものだと人間が思い込んでいるんだ。豚自身の趣味じゃないよ」

ぼくはじっと考えた。

「どんなに清潔な人でも、不潔なことをしそうな顔だと思われたり、こそ泥と同じ種類の顔だと思われたら、軽蔑の対象になる。それが事実と違えば、人種差別の始まりさ」

「黒人？」

すると御手洗さんはうなずく。

「差別する側には、実は強い道徳心があるんだよ。これを多くやるのは女性だ。清掃担当が妻という家は多いからね。ごみ出しのルールを守れない人は軽蔑対象だ、当然のことだろ？」

「はい」

「でもルールを守っている黒人も、よく調べないで軽蔑してしまう、外観で決めつけてしまう、これが人種差別だ。人間ってね、恐ろしく勝手な生き物なんだよ。他人のヘマは解るけど、弱者への自分の傲慢《ごうまん》は、いろんな理由や言い訳を動員して許してしまう。それが道徳の体裁を持っていたら、一挙になんにも解らなくなる。それがこの社会の構造というものなのさ」

ぼくは、黙って言われたことを考えた。けれど、やはりよく解らなかった。

「漁師が威張っているのもそれ?」

すると御手洗さんは笑った。

「日本では若輩者が差別の対象、そしてあらゆる優越感は、生きる力さ。その女の人と、知り合いになったの?」

「長いこと外から見ていただけなんだけど、高校生は、一人で飲食店に寄ってはいけなかったから。でもフィッシャーマンズは、学校からずっと離れていたし、家にも近かったし、メニューにカレーやピラフがあったから、いつか寄りたいなとは思ってた。でも勇気が出なかったんです」

「ふん、そうしたら?」

「ある日、港にいたら雨が降ってきて、その店の軒先まで来て雨宿りしていたら、傘ないの? ちょっと入る? って声がして」

「そう言われたの?」

「はい。見たら、店のドアが開いていて、その女の人が横に立っていて」

「ほう」

「今まだお客さん誰もいないから、雨宿りにちょっと入ればって言ってくれて」

「そう、親切だね」

「すごく優しくて、そんなふうに親切にされたの、ぼくは生まれてはじめてだった。目の前で見たら、本当に絵みたいにきれいな人で、外から見る以上に。雨の匂いに混じって、その女の人がつけていた香水のいい香りがして、あれ、本当に夢みたいだったなぁ、映画のワンシーンみたいだった」

「で、入ったの?」

「はい。そしたらカーペンターズがぼくを包んで、店内のインテリアも格好よくて、お客さん、まだ誰もいなくて、だからその人が一緒にテーブル席にすわってくれて、しばらく話したんです。とってもいい人で、よく笑って、いろんな話ししたんです、雨がやむまで」

「ふむ」

「雨、土砂降りになっちゃって。店内まで雨の音が聞こえた。時には大声にならないと声、聞こえないくらいで、なんだか秘密の時間持てたみたいで、嬉《うれ》しかったな」

「どんな話、したの？」

「学校の話とか、家の話、自分のこと」

「聞かれたからだね？」

「そう。その人は美紗《みさ》さんて名前で、おなかがすいていたからカレーも食べて」

「おいしかった？」

「はい、でも普通かな。カレー、製造もとから缶に入って配達されてくるんだって。店はそれに、いろんなもの足すだけなんだって」

「そんなこと、正直に教えてくれたんだね」

「うん、なんでもよく話してくれて。だから、それからよく行くようになったんです、フィッシャーマンズ」

「友達とも一緒に？」

「友達には教えなかった。っていうか、その近くに住んでる友達、いなかったし」

「じゃあいつも一人だね？」

「はい、一人。音楽もよくって……」

「どんな音楽？」

「洋楽」

「ジャズ？　ロック？」

「両方。それも聴きたくて。カレーも食べたかったし、学校の帰りにフィッシャーマンズでカレー食べて、いつも美紗さんと話したんです、その時間はまだお客さんいないから。美紗さんも嬉しそうだったな」

「田舎の漁村に、珍しい店だね」

「本当にそう。美紗さん外国行ったことがあって、こんな店作りたいなって思った店見つけて、だからいっぱいそのお店の写真撮ってきて、それ参考にして、思い通りのお店作ったんだって、そう言ってた。その時の写真も見せてくれた。格好よかったな、アメリカのお店の写真」

「ふうん。でも彼女、よくそんなお店持てたね、まだ若いんでしょ？　美紗さん」

「うん。二十代だった。前はお母さんが雑貨屋やっていた家なんだって。でもお母さん、近くの実家に行っちゃったから」

「そうか」

「毎日通って、美紗さんと話して、そうしたら、だんだんにつらくなってしまって」

「どうして？」

「美紗さんが、いつも目の前に浮かぶようになっちゃって。学校の授業中も、体育の時間も、家で勉強していても、朝起きた瞬間とか、寝る前の寝床の中でも。思い出すと、呼吸が苦しくなるような時ができた」

「彼女のどんなところ？」

「向き合って話している時の笑い顔とか、カウンターの中で料理作っているとことか。ぼくが行く時間は、いつもそんなふうに仕込みしていたから」

「好きになったんだね？」

「最初は解らなかったんです。女の子好きになるって、相手はクラスの子とかだろうって漠然と思ってたから。そんな、学校の外の人なんてね、考えてもいなくて」

「年上だしね」

「はい、そう、年上。それも予想していなかった。でもだんだんに気づいた、本気で好きになってしまったんだなって……」

「学校にはいないタイプだろうからね」

「全然。全然いない。まったく違うタイプ、学校の子たちとは。おとなで、すごく華やかで、空気が全然違うんです」

「お化粧もしていたろうしね」

「はい。あの人といると、周りの空気が変わる。もしかして、S市中にもいなかったかも、あんな人。普通の人じゃないみたいだった」

「でも、その街で生まれた人なんだね？」

「そう。それも信じられなくて。フィッシャーマンズの周り、まるで異次元の空間みたいで。だって窓から海が見えて、漁船溜まりも遠くに見えて、好きな音楽が聞こえて、夕陽が落ちて。絵みたいに素敵なお店に、女優さんみたいにきれいな女の人がいて、まるきり別世界だった。ここ、本当にS市なのって、思っちゃった。そこだけ、ほかと全然違うんだもの」

するとと御手洗さんは、横を向いて笑った。

「ぼくは、だんだんに胸が苦しくなって、美紗さんのこと考えると。学校でもつらくなった。一人でぼんやりするようになって、友達にもなんか言われた。それで、ああこれが恋っていうものかって。そうなら、なんて苦しいものなんだろうって思って。全然いいものじゃない。

でも、ほかにどうすることもできなくて、操られるみたいにしてぼくは、学校帰りにフィッシャーマンズに通ったんです。毎日、夕方、来る日も来る日も。クラブ活動とかもしないで、カレーライス食べに」

御手洗さんはうなずく。

「で、美紗さんは?」

「いつも笑って迎えてくれて、楽しそうに見えて、だから救われました。それでぼくは学校のこと、毎日の悩みとかを美紗さんに相談して……。なんか、今と同じかな。ぼく、結局おんなじことしてますね」

思わず笑ってしまったが、御手洗さんは笑わず、言った。

「それで?」

「悩み相談……、でも一番の悩みは美紗さんのことだったんだけど、それはさすがに言えなくて。ぼくは兄弟いないし、家も学校もつまらなかったから、フィッシャーマンズなしじゃ、生活が考えられなくなってきて、なんだかフィッシャーマンズが家みたいになっちゃった」

「おじさんたちの飲み屋も、結局はそういうことなんだよね。そんな錯覚でこの商売は成り立っている。でも美紗さんが歓迎してくれたのならよかったね」

御手洗さんは言ったが、そう聞いてぼくは黙ってしまい、湧いた痛みに堪えていた。これまで生きてきて、あれが一番つらい経験だった。歓迎してくれる人ばかりではなかったのだ。

ぼくは決心し、ゆっくりと話しはじめた。

「雪が降った日で、寒くって、フィッシャーマンズの窓も曇っていた。それをぬぐったら、遠くの漁船も、甲板に雪をいっぱい載せているのが見えて。岸に引きあげられている小船なんて、雪に埋もれていた」

御手洗さんは黙ってうなずいていた。ぼくは、なんだか御手洗さんの顔が見られなかった。

「外は雪、でも店の中は暖かくて、美紗さんは優しい。だからぼくは楽しい気分で、なんだかとても、幸せな気分でいたんです」

「うん」

「いつまでもこれが続けばいいなって思っていた。でもぼくがテーブル席にいたら、スーツ着た男の人がいきなりテーブルに来たんです。そしてぼくの向かいにすわって、君はまだ収入がないだろう？　って」

「いきなりかい？」

驚いたように御手洗さんは言った。

「はい、いきなり。名前も名乗らず、なんか、憤然としてるって感じで」

「美紗さんは？」

「カウンターの中にいました。黙ってグラスかなんか拭《ふ》いてた」

御手洗さんはうなずき、先をうながした。

「それで？」

「男の人は、続けてこう言ったんです。では君はまだ美紗を養うことができないね？　だから君はまだ、彼女と結婚はできない」

「なるほど」

言って御手洗さんは、鼻先で笑った。

「君と一緒になったんじゃ、彼女はいつまでもここにいて、夜になったら酔っ払いの相手をしなくちゃならない。それでは彼女は幸せじゃない、解るだろう？　って」

御手洗さんは、あの時のぼくみたいに、こくんとうなずいていた。

「誰だって、年上の女の人を好きになる時期があるんだ。ぼくだってそうだった」

あの時の男の人の口調を思い出しながら、ぼくは話していた。その時の男の人の声、唇や口の端の動き、時々覗く歯の感じ、手の甲の黒い毛、ぼくは今も鮮明に憶《おぼ》えている。

「その人は？」

「美紗さんの彼氏でした」

「ふん」

話せば、すっかり思い出す。あの日、年上のその男がぼくの前でしたこと、ぼくはこまかいところまですべて記憶している。

彼はそれからタバコを取り出し、一本抜いて口にくわえ、ライターで火をつけた。そのタバコが一度、わななくように大きく震えたこと、煙を大きくひとつ吐き出した時、黒い縁の眼鏡の奥でしかめられた彼の両の目のことなども、はっきりと目に浮かぶ。それらのひとつひとつが、ぼくの心の傷になっているのだ。話しながら、ぼくは今、そのことを確認する。

「で？」

「時期を待つんだよって。君にふさわしい人がきっと現れる。君はまだ若い、もう少し待つんだ、解るねって」

「それで、君は解ったのかい？」

御手洗さんは訊く。ぼくは大きく首を横に振った。

「全然。全然解らなかった。いきなりだったし、いったい何の話だって思って。目の前のこの人が誰なのかさえわからなかった。事態が解ったのはだいぶ経って、男の人が店を出ていってからで。だからその時のぼくは、混乱したままでこう言ったんです」

「ふむ。なんて？」

「でも、ぼくが美紗さんを好きでいても、それはかまわないでしょうって？」

「うん」

「ぼくのは勝手に好きなだけで、美紗さんのこと、どうこうするなんて気なかったし」

「うん」

「まして結婚なんて。女の先生に憧れてるみたいなものだったから」

「そうしたら、彼はなんて？」

「それも困るって」

「そうか」

「そういうものなの？」

「さあね。彼はそうだったんだろう」

御手洗さんは言った。

「だけどそれはおかしいって思った。だってその時店内で流れていたカーペンターズとか、レッド・ツェッペリンとか、好きになるなって言われても無理だ」

御手洗さんは何回かうなずき、それから言った。

「自分ちにいるんじゃなくて、美紗さんはお店やっているんだものね。彼は、ほかにも何か言った？」

「ここは、君みたいな高校生が来るところじゃないよって。学校でも禁止されてるんだろう？　飲食店への出入り。今度来ているところを見たら、学校に通報するからねって」

「そうか」

御手洗さんはそうぽつりと言って、黙った。少し経ってからこう訊いた。

「実際禁止されてた？」

ぼくはうなずいた。

「そうか、つらいところだね、高校生には」

「はい」

「ほかにも?」

　ぼくは首を横に振った。

「何も。それだけ言って、席を立って、その人はお店を出ていった。ぼくは窓から見ていた。男の人は雪の上をゆっくり歩いていって、店の前に止めていた車に乗ってた」

　その光景が、はっきりとよみがえる。事態を理解した時、激しい屈辱感と敗北感がぼくを襲った。それは、堪えがたいくらいに強く、不快なものだった。

　混乱のただ中にいて、ぼくは表を覆《おお》った雪を、窓から見ていた。あの人は、どうしてこんなに勝手なことが、こんなにも自信満々で言えるのだろうって思った。美紗さんを自分が独占するのが当然の——、そうだ当然の「道徳」だと思っていた。今解かった。そういう社会が、ぼくを打ちのめしたのだ。

　だから別に、店を去る彼が見たかったわけじゃない。表の雪を見るつもりでいたら、男の姿が視界に入ってきたのだ。彼の車が、雪道の跳ね返りで真っ黒に汚れていたこと。それから車がバックで走りだした時、一個所あった雪のない場所を踏んで、タイヤに巻かれていたチェーンがチャラチャラと鳴ったことなどを、意味もなく思い出した。窓ガラス越しに、それがかすかに聞こえたのだ。

「一人になり、ぼくは苦しくて苦しくてたまらなかった。もっと前に言って欲しかった。こんなに、苦しいほど好きになる前に」

口に出せば、この時の屈辱感がよみがえる。ぼくは無力な青二才で、未成年だ。それが何よりつらかった。彼の言う通りだったからだ。

「みんなこんな時、どうするのか知りたかった。どうやれば堪えられるのかって」

御手洗さんはうなずき、訊いた。

「それでどうしたの?」

「美紗さんに声をかけられて、帰る前にカウンターにかけて、少しだけ話した。彼は仕事があるから帰っていったんだって、彼女は言った」

「何の仕事?」

「何かのセールスだって言ったな、確か。何のセールスだったかは忘れちゃったけど」

「彼女は何て?」

「ごめんなさいって。そして、ありがとうって」

「ありがとう?」

「何がありがとうなのか、ぼくもそれからずっと考えて……」

「うん」

「たぶん、口答えしなかったことかな」

「うん」

「黙っておとなしく聞いていたこと」

「おとなしく、引き下がってくれそうであることも、かな」

御手洗さんは言った。

「え？　そうなのかな」

「外国ではそういう意味がある。ありがとうは、そうしてね、という意味なんだ」

「ふうん」

うなずいて、ぼくはしばらく考えた。彼女のあの言葉には、そんな意味があったのだろうかと——。でももう記憶は遠く、解らなかった。

「こんな状態で、これからも生きていけるんだろうかと本気で思った。それに、ぼくには訊きたかったことがある、彼女に。それはとてもとても訊きたかった。でも彼女の『ごめんなさい』って言葉が、すでにもう回答だって気づいて、結局何も言えなかった」

御手洗さんはうなずく。

「もう来てはいけないんだなって思って、このお店には。美紗さんにもきっと迷惑がかかるから」

終わったなと思ったのだ。ごく短かかったけれど。店に来るようになって、まだほんの一ヶ月と少しだった。

「そして美紗さんは、ぼくにチンザノ・コークハイを作ってくれた。あれがぼくが、生まれてはじめて飲んだお酒だった。あまくて、それまで全然知らない味で、アルコールのかすかな刺激と一緒に、夢のようだった」

言うと、日本海の海べりの、雪景色が浮かぶ。

「お別れの酒」

「はい」

「そのお店には？」

「それからはもう行っていない、一度も」

「高校を卒業してからも？　今ならもう行けるよ」

ぼくは首を横に振った。

「浪人になって、もっと行けなくなっちゃった。あの男の人に会ったら、何言われるか解らないもの」

「美紗さんは？」

「知らない。まだいると思う、お店はあるから」

「つらいと感じるんだね？」

「もう忘れたと思っていたのに、まだなんだなって、今解かった」

「君は優しさに恋したのさ」

御手洗さんは言った。

「社会的弱者として生きる暮らしの中で、君ははじめて差別のない、おとなとしての対応に出遇ったんだ。そしてそのことに強く感動した。この感動は、あらゆるものに勝るんだよ。それはヒトとしての尊厳だからね」

言われて、ぼくはじっと考えてみた。そうなんだろうか——。

解からない、解からないと思った。そしてこの不明が、まだ自分が未熟であるせいに思われて、とても悔しかった。

「あれ、恋じゃなかったの？」

ぼくは訊いた。御手洗さんは横を向いていた。そしてこう言う。

「君が今死ねば恋さ。あらゆる判断は、比較から生じる。材料が多いほど、その精度もあがるんだ」

意味が解からなかった。ぼくは小瓶を手に取り、ラヴェルを見つめた。それからこう言った。最初から、ずっと言おうとしていたことを。

「最後のあの味、チンザノ・コークハイ、忘れられなくて。この喉スプレー、あの時のチンザノの味にそっくりなんだ」

# シェフィールドの奇跡

## 1

京大そばの定食屋に入って、今日は何を食べるかなと考えていた時だった。隣のテーブルの六人の集団が、メニューを見ながら相談している声が聞こえた。

「今週の特別料理だってよ、うなぎのフォアグラやて」

一人が大声で言った。

「フォアグラて、鴨《かも》のもんやろ。うなぎ? 気色悪いわ、それに高いわ、これだけ」

別の一人が言う。しかしすぐにこういう声も聞こえた。

「俺食ってみる、それ。うなぎのフォアグラ」

「じゃ俺も」

そういう声が付近から二、三あがり、ほかの人たちもメニューから目を離して、注文が決まったらしかった。中の一人が背後に向けて体をひねり、手を上げ、

「すいませーん」

と声をかけた。

ぼくも、うなぎのフォアグラには興味を引かれていた。けれど、食べる勇気が出なかった。高いのも難だった。だから彼らの感想には、横のテーブルで聞いていて、ぼくもまったく同感だった。

店員の青年が、寄りかかっていた壁から身を起こし、彼らのテーブルに向かっているのが見えた。あまり見かけない顔で、新入りらしかった。もっとも、ぼくも毎日ここに来ているわけではないから、以前からいたのかもしれない。小太りの彼はテーブルの脇《わき》に立ち、注文票の上にボールペンの先を載せながら、無言で注文の声を待った。

「うなぎのフォアグラ定食みっつね」

一人が大声で言った。そして、

「挑戦や」

と言い、笑った。

「新しいものに挑戦」

「あ、俺の場合はそれとポテトサラダね。定食プラスポテトな」

フォアグラ定食の一人が言った。

「俺、しょうが焼き定食。無難に行く」

フォアグラ組でない一人が言った。

「俺はさばの味噌煮《みそに》ね、定食で」

「俺、秋刀魚《さんま》の塩焼き定食」

それで全部だった。その様子を横目で見ていたぼくは、おやと思い、かすかな違和感を抱いた。白い上っ張りを着てテーブルの脇に立ちつくす青年の、ボールペンを持つ手先が動いていなかったからだ。

「うなぎのフォアグラなんてめずらしいね」

とその時、どこからか声がした。

「食べないのはもったいないね。君はしょうが焼き定食ね、よし最初から行こう、君、書いて」

トイレから戻ってきた御手洗《みたらい》さんだった。フロアを横切ってくると、彼は店員の青年の脇に立ち、そう指示して彼の手もとを覗《のぞ》き込んだ。

「で、君はさばの味噌煮定食だ。書いた?」

見ると青年は、黙々とペンを走らせている。

「君は秋刀魚の塩焼き定食と……」

言って、また店員の手もとを覗き込む。

「さて、ここからが醍醐味《だいごみ》だな、うなぎのフォアグラ定食に、単品のポテトサラダだ」

御手洗さんが言い、すると青年たちのテーブルから、

「なんや？　なんが醍醐味や？」

という声が起こった。

「そしてうなぎのフォアグラ定食だ」

「そ」

と注文した彼が言った。

「単品。書いたね？　そしたらもうひとつ、これが最後だ、うなぎのフォアグラ定食」

見れば青年の横顔は必死というふうで、眉根《まゆね》にしわを寄せ、懸命にボールペンを走らせている。

「いいぞ、いいね、いいね。じゃあそれをカウンターに出してから、ぼくのテーブルも頼むよ」

言って御手洗さんは場を離れ、ぼくのテーブルに戻ってきた。そしてメニューをテーブルに立て、臨時に貼《は》られているらしい「うなぎのフォアグラ定食」と書かれた紙を眺めながらこう言った。

「これは食べないわけにはいかないな、人に勧めたんだから。ぼくはフォアグラ定食にしよう」

ぼくは御手洗さんの行動の理由が解《わか》らなかったから、ずっと首をかしげていた。見て

いると青年は、注文票をカウンターに出しにいき、それからくるっとUターンして、ぼくらのすわるテーブルに向かって歩いてきた。

その時、見つめるぼくと青年のひたむきな表情の目が合った。そしてぼくは、御手洗さんが何故《なぜ》あんなことをしたのかが解った。

京都の街には秋風がたち始めていた。まだ寒いというほどではなかったが、時おり冷たい風が吹き、上着を着て出てきたことを、正解だったと内心喜びたくなるような日だった。

右手の京大構内に立ち並ぶプラタナスの木々も葉を落とし加減で、黒ずんだ塀の上に、黄ばんだ落ち葉が並んで載っていた。ぼくらは大学の塀に沿って歩道を行き、いつもの進々堂に向かった。

「京都の街も秋だね」

右手の塀越しに木々を見ながら、御手洗さんが言った。

「なんだか急に秋になっちゃった」

「はい」

言ってから、ぼくはそれだけでは愛想がないような気がして、

「京都は秋が似合いますよね」

と言ってみた。京都の夏は蒸し暑く、すごしにくくて最悪だと、日本海側で育ったぼくは思っていて、その夏がようやく逝《い》ったことを心楽しく感じていたのだ。

「夏は、喫茶店をハシゴしてすごさなくちゃならなくて、そうしたらタバコの臭《にお》いが服につくし……」

御手洗さんは何も言わなかった。じっと大学の中を見ながら歩を運んでいたが、前方に視線を戻しながら、ぽつんとこうひと言だけ言った。

「秋は、イギリスの色だな」


進々堂のテーブル席につくなり、ぼくは言った。

「ぼく、さっき、御手洗さんがどうしてあんなふうにしたのか解らなかったんです」

「さっき？」

すると御手洗さんは、怪訝《けげん》な表情をした。

「京大の塀のところで？」

「いえ、定食屋で」

「定食屋……、ああ！」

御手洗さんは言って、大きくうなずいた。

「さっきの店員の彼、ちょっと理解力が遅れているんですね。目が合って、顔を見た時に、ぼくにも解りました。御手洗さんには前から解っていたんですね」

　彼の顔つきや目つきは、一般の人とは少し違っていた。けれど、善良そうな表情は優しげで、いつも軽く微笑《ほほえ》んでいた。

「ああいう人たちを大勢見てきたからね。つき合ってもきた。彼は学習障害があるように見受けられた。軽い脳性麻痺《まひ》がある。でも彼は、とても人柄がいいね。ただ、反応や動作がスローなんだ。でもああいうお店で働けるんだからね、障害はさして重くない」

「はい。何も問題はないように見えましたけれど、でも御手洗さんは……」

　御手洗さんはうなずいた。

「大勢の客が、ひとつの大テーブルにまとまっているような時は難関到来だ、いちどきに注文が来る。特にさっきのような注文の仕方をされると、彼には難易度がぐんと上がる、飛躍的にね」

「さっきのような……？」

「彼には協調障害があるように見えた。そうなら、複雑な段取りの行為をこなすことや、込み入った思索や事態把握はむずかしい。変則的な注文のされ方をすると、すぐには対応ができない」

「複雑な段取り……、ではどうすればいいのですか？」

「Aの客の注文はこれとこれ、Bの客の注文はこれ、Cの客はこれ、というふうに一人の単位で注文を受け、単純化して理解しないと、対応ができない」

「ああ」

それでようやくぼくは、事態を正確に把握した。

「だからさっきみたいにうなぎのフォアグラをみっつ、というふうにまとめて三人前の注文を先にされたりすると……」

「そうなんだ。さらにその中の一人はポテトサラダをプラスしていた。こういう注文の仕方は彼には難関だ、能力がついていかない」

「そういうことかあ」

「一人ずつ順番に注文してあげないとね」

「そうかあ」

「しかし彼は、それでも頑張って注文票に書き込もうとしていた。ところが四人目からは一人一人が注文という、彼が前もって想定していた注文の仕方に戻ってしまった。注文のやり方が二種類現れた。だから彼は、とても混乱してしまったんだ」

「それで御手洗さんがあんなふうに、一人一人の注文というかたちに嚙《か》み砕いて、彼に理解させてあげたんですね」

御手洗さんは、無言でひとつふたつうなずいていた。

「優しいですね」

「ああすれば自分の注文も考えられたからね。言っているうちに、ポテトサラダなしのフォアグラにしようと考えがまとまった」

御手洗さんは、言って笑った。

ぼくらの会話は、いつもこんなふうにして始まった。たとえばこの店、京大裏の進々堂の窓から見えている景色、それともぼくがその日に経験したこと、御手洗さんと一緒に出会ったちょっとした街での出来事、そんなことから話は始まり、世界を旅してきた御手洗さんの体験談につながった。

ぼくは京大受験を目指す予備校生なので、最初は受験の心得とか、受験科目について訊《き》きたくて進々堂に通うようになったのだけれど、次第にそんなことはそっちのけで、御手洗さんの思い出話を聞くようになった。そしてだんだんに御手洗さんと親しくなって、一緒に食事に行けたり、街を歩けるようにもなった。

その頃の御手洗さんは、世界放浪の旅から帰ってきたばかりで、たくさんの生々しい海外経験を持っていた。御手洗さんはたいてい毎日午後三時すぎになると進々堂にやってきたので、そういう体験を聞くのが楽しみで、ぼくは進々堂に通うようになった。ぼくはまだ外国に行ったことがなく、見知らぬ異国の、見知らぬ人々とのちょっとした心の交流について聞くのが楽しく、受験相談なんかよりもずっと身になった。

さっき気になったことについても、ぼくは訊いてみることにした。

「さっき御手洗さん、秋はイギリスの色だって言っていましたね」

するとと御手洗さんは、無言でうなずく。

「あれは……？」

「さっきの青年で、思い出したことがあるんだ」

「イギリスでのこと？」

「うん。イギリスでの体験。今も忘れられないことがあるんだ」

「どんなことですか？　さっきの彼のような、ちょっと障害を持つイギリスの青年のこと？」

その時ウェイターが注文をとりにきたので、ぼくらは会話を中断し、ミルクティーを、と二人とも言った。

「うん、そうなんだ、さっきの彼のようなイギリス青年のことをさ、思い出したんだ」

御手洗さんは言った。

「そういう人物に会って、親しくなった。とてもいいやつだった。そして、驚くべき人物だったな、その時のことが思い出されてさ、懐《なつ》かしかった。聞きたいかい？」

「うん、はい、聞きたいです。社会福祉のこと、ぼくは少し興味があるから」

「一番大事なことだね。これからこの国は、ヴォランティアの時代に向かっていく。そう遠くない将来、国民の四十パーセント以上が六十五歳以上のお年寄りという国家になるからね、日本は。二十一世紀が明ければ、国民の大半がヴォランティアにならなければ、とてもこんな時代に対処はできない。イギリス人はその上、国民の六人に一人が、何らかの身体的な障害を持つといわれている」

「えっ、そうなんですか？」

「そうなんだ、だからあそこはヴォランティア大国でもある。イギリスに上陸して、あちこちを歩いて、放浪がシェフィールドという街にいたった時のことなんだ」

御手洗さんはそこで言葉を停め、窓外の木々に視線を移した。

「郊外に出たらね、ポテトを作っている畑があったんだ。歩き疲れたので道端に腰をおろして休んでいたら、青年たちの一団が目の前の畑にやってきて、農作業を始めた」

御手洗さんはぼくに視線を戻し、話を続ける。

まず穴をいくつも掘って、何かを埋めて、土をかけていた。最初は何を作ろうとしているのか解らなかった。それは何の畑だい、と訊いたらポテトだと言う、それで解った。でも妙に作業の手際《てぎわ》が悪い。みんなヘマばかりしていてね、ちっともはかどらないんだ。何をしようとしているのかと訊いたら、まず種を植えて、芋を育てて、それから大きな穴を掘って、その芋を植えて、増やそうとしていると言うんだ。こっちが訊かないことまで細かく教えてくれた。

どうして朝から作業をしないんだろうと思った。だってもう午後も遅めで、夕刻が近づいているんだ。そうしたら、朝家を出てきたんだと、中の一人が言った。だけどバスに乗らず、歩いてきたからこんな時間になってしまったという。家が遠いし、車椅子《くるまいす》の者もいたからと。

どうしてバスに乗らなかったのかと訊いたら、バスがワンマン形式に変わってしまって、乗り方がよく解らないんだという。大勢が乗り口に群れて、いつもとても時間がかかってしまうから、市民に迷惑かけたくなくて、それでバスはやめたんだという。

しかしようやく畑に着いて、始めた作業がこんな調子では、どう見ても夜までに仕事が終わりそうではない。手伝おうかと訊いたら、頼むというから、シャベルを借りて、ぼくが合目的と考えるかたちに穴を掘って、それからみんなで芋を植えた。

均等の深さに、均等な向きでと、そんなことに気を遣いながら作業をしていたら、彼方《かなた》で倒れる者がいてね、体調が悪くて、とても作業ができないという。問診をしたら、彼の場合、重めの脳性麻痺を持っていて、普段は車椅子を使っていた。この作業は、彼には到底無理に思われた。車椅子に乗せ、日陰に入れて休ませ、しばらく彼と話した。

このチームにリーダーはいないのかと訊いたら、いないという。福祉事務所の職員と一緒に、王立病院の医師がたまに来るけど、それは月に一回か二回、あとはヴォランティアの市民。中でもギャリーの父親が一番熱心なんだと言った。

彼らは障害者たちの団体で、みんなで障害者の家で暮らしているんだと言った。みんなとても若く、訊いてみると集団に三十代になった者はいなかった。十代の者もいた。しかし、障害者の家も無料ではない。大半寄付金でまかなえているが、自分たちも稼がなくてはならない。だから基金を設立したいのだと言っていた。

みんな学習障害があるので、複雑な手続きは苦手だ。家賃を払う際も大変で、支払いの日は、ギャリーの父親がやってきて指導してくれ、代行してくれるんだという。誰がギャリーかと訊いたら、彼は手を上げ、動作がひときわスローな、ちょっと小太りに見える青年を指差した。そしてギャリー、と名を呼んだ。

それからはギャリーと話した。彼は鼻眼鏡をかけ、いつも笑顔を絶やさない、すこぶるつきの好青年だった。髪が縮れていて、少し出っ歯なんだけど、童顔でね、愛らしい、少年のような顔つきをしていた。そして誠実で、とても魅力的な人物なんだ。

言葉を選びながら、彼は一生懸命に話す。こっちを退屈させないように、彼なりに気を遣っているのがよく解ったな。でも話し方がとてもゆったりして、彼の気持ちはそうじゃないのに、だるそうに、なんだか話すのが面倒臭そうに感じられるんだ。それに、話題によってはすらすら話せなくてね、会話の展開もとてもスローで、スマートにはいかない。そういう言葉につられ、動作もまたスローになる。

小太りに見えたけれど、全身に筋肉がうまくついていて、力がありそうだった。重量挙げをやっているんだと、彼はぼくに語った。どうして重量挙げをと訊いたら、団体競技のスポーツは、ルールが複雑で憶《おぼ》えられないんだという。バスケットボールなんかやると、途中でコートのチェンジがある。これが理解できなくて、敵がシュートすべき味方のゴールに何度もシュートしてね、コートを追い出されたと言った。そしてもう二度と、仲間に入れてはもらえなかった。

バレーボールも、ハンドボールも駄目だ。途中でコートチェンジがあるものはすべてアウトで、いくら自分に言い聞かせても、コートチェンジされると、どっちが自分の場所だったか解らなくなってしまう。サッカーもラグビーも、クリケットも駄目だ。これらはルールが複雑すぎ、試合が進めば、自分が何を為《な》すべきだったかが解らなくなる。だから個人競技以外は駄目なんだけれど、動作が遅いので、速く走るなんて到底無理だ。かといって、マラソンや長距離走には体が重すぎる。槍《やり》投げも、ハンマー投げも向いていない。できたことは重量挙げだけだ。

それはよい考えだ、とぼくは言った。ギャリーは身長は高くなく、一メートル七十あるかないかというところだったろう。その上に上半身の筋肉のつき方などは、重量挙げというスポーツに理想的だった。ぼくはこのスポーツに詳しくはなかったけれど、精進次第で、きっとよい成績も上げられるだろうと確信した。コーチについているのかいと訊いたら、笑って、ゆっくりと首を左右に振った。この街の大会で優勝したから父がコーチを探してくれているけれど、もう五年以上経《た》つのに見つからない。障害者の家に住んでいると聞いたら、みんな断ってくる。もう見つかりそうもないという。

優勝したのかい？　それはすごいねとぼくが言ったら、ギャリーは恥ずかしそうだった。そして、もっと強くなりたいんだと言った。父の自慢の子になりたいという。父はぼくのためにとても苦労をしたから、いつか応《こた》えたい。ロンドンの全国大会を目指したいんだけれど、コーチがいなくては駄目なんだという。お母さんはと訊いたら、彼が幼い頃に父と離婚して、家を出ていったという。

きっと見つかるさ、とぼくは言った。ぼくがよく知っているアメリカの状況なら、こういう選手でもコーチは見つかる。君はいくつかとギャリーに訊くと、先週二十歳になったばかりという。それでぼくはわずかに暗い気分になった。重量挙げの選手寿命は短い。多くは二十代の前半までだ。そうなら、十代からもう一線に出ているべきなんだ。二十歳からスタートでは遅すぎる。もっともそれは、オリンピックでも目指そうかという選手の場合だけれどもね。

それでぼくは、知的障害の種類や原理について、少し話した。その特徴や、傾向の型についても話した。ギャリーは驚き、君は医者かとぼくに尋ねた。アメリカの大学の医学部にいて、しばらく教鞭《きょうべん》をとったこともあると言ったら、どうしてそんな人が世界を放浪しているんだと訊くから、まあいろいろあってねと言ったら、ぼくら障害者の家に来てくれないかと言う。熱を出して寝ている仲間や、おなかを壊している仲間がいるから、診て欲しいと言うんだ。でも忙しいのだろうねと言うから、ヒマだと言った。だって世界を放浪して歩いている途中なんだからね、忙しいもないものだろう。そう言ったら、では今夜の宿が要るだろう、うちに泊まってよと彼は言った。

それから、じっとぼくの顔を見て、あなたはぼくのコーチになんてなれないかなと言う。ぼくは驚いて、重量挙げなんて見たこともないと言った。どうしてと訊いたら、なんでも知っているし、芋の植え方も上手だからと言う。ああ芋の植え方なら多少解るね、とぼくは言った。でも重量挙げなんて解らないよと言った。よほどコーチが欲しかったんだろうな。軽度の脳性麻痺で、学習障害があっても、彼は向上心の塊なんだ。

## 2

それから農作業の後片付けをして、仲間の車椅子を押し、小学生みたいに列を作ってバスの停留所まで歩いていった。バスを待ち、みんなで乗って、街の中心地区の、ちょっとはずれにある障害者の家まで戻った。みんなとてもおとなしく、礼儀正しくて、道中なんの問題も起きなかったよ。

彼らが集団で暮らす集合アパートの外壁は、明るいピンクのペンキが塗られていてね、これはまだ塗っている途中なのかと思ったのでそう訊いたら、いやこれでもう終わりなんだとギャリーは言う。だってその塗りは、どう見ても途中やめで、とても上出来とは思えなかったからね。どうやら仲間たちみんなで、手分けして塗ったみたいだった。

アパートの中には、病気で寝ている人たちが何人かいた。風邪引きの頭痛や腹痛といった、たいした病の人たちではなかったが、中に一人、激しく咳《せ》き込み続けている老人がいた。目の光が偏屈そうだったから警戒したが、体は見せてくれた。両足に浮腫《ふしゅ》が浮いて、臭《にお》いがひどかった。何日も風呂に入っていないようだった。

障害者の若者たちが、彼を風呂に入れてやるのはちょっと無理のようだった。老人は風邪を引いていて、青洟《あおばな》を垂らしていた。洟をかむやり方も忘れているようで、自分には息子や娘が二百人もいて、毎晩自分に会いにくるから、ここを動けないんだと語った。妄想《もうそう》が絶えず、統合失調症の特徴が見えた。ギャリーたちと一緒に彼をここに置くのはうまくないと思われた。両者は障害の傾向が異なる。しかし社会からはじき出された人たちは、そんなふうに内容におかまいなく、いっしょくたにされることがある。

風呂に入らないかと訊いたら、自分が見つからなければ子供たちが悲しむから、絶対に嫌だという。そこで体を拭《ふ》いてやる程度に留めるしかなかった。もっとも、免疫力が落ち、風邪がひどい今、風呂に入れるのは得策とは思えなかったからそれでいい。薬局で買って与えた方がいい薬剤の名を紙に書いて、ギャリーに手渡した。

そうしていたら、ギャリーの父親コリンがやってきたので、紹介されて話した。少し小太りの、とても知的な人物だった。今から近くのパン屋やマーケットを廻って、息子たちのために売れ残りの食材をもらってくるというので、ついていった。彼の車でいくつかの店を廻り、大きなプラスティックの袋に、売れ残りをごっそりもらってきた。彼はこうした活動を、いつの日かは組織化したいと言った。会社として経営もできるはずだと言う。それはいい考えだとぼくは言った。一部が黄色く変色したきゅうりや、傷ものの野菜などは、マーケットでは売れない。けれど食べる上ではなんの支障もないものね。

ペストリーやケーキ、ピザ、調理した鶏の丸焼きなどは、みんな一日単位で捨てる。でもその夜のうちに食べるのならば、味もまったく変化してはいない。シェフィールドくらいの田舎町でも、まだおいしく食べられる食材が、大量に捨てられていた。ロンドンだったらもっとだろうな。いつかこういう無駄はなくしたいものだと、ハンドルを操りながらギャリーの父親は語った。

だが今は、身障者も受け入れてくれるトレーニングジムだ、この改善が急務だと父親は言う。今、身障者は社会から差別されている。脳性麻痺の者や、車椅子を使用している者、またショートピープルといわれる人たちはすべて、町のトレーニングジムに入ることができない。まあ保護者が同伴していれば、渋々ＯＫするんだがね、それ以外は駄目だ。トレーニングの器材が、ハンディキャップの人たちも使えるように設計されていない。そこに説明書がうまく読めない、理解力が遅れた人たちが入ってきて、取り返しのつかない事故に遭ったら気の毒だ、そう彼らは言う。

だがそれは表向きの理由だ。実際のところは、どう見ても生理的な差別意識だ。ギャリーたちの顔つきが怖いんだ。身障者が使えないトレーニング器材なら、使えるように改善したらいい。実際そうすべきなんだ。身障者の家に暮らすこの青年たちだって、健常者と同じシェフィールドの市民であり、イギリス国民なんだ。みんな社会のために働き、貢献もしている。そうした改善が成せるような基金と組織を、いつかはこの町に作りたい。息子のような人たちは社会に大勢いる。私は連日、町の政治家や、ロンドンの実業家と掛け合い、協力を要請しているんだ、とギャリーの父親は言っていた。

障害者の家でのその夜の食事は、ぼくらがグローサリィストアでもらってきたピザとサラダ、それからローストチキンやスープで、なかなか豪勢なものだった。街のイタリアン・レストランなみだったよ。確かに社会の仕組みを見つめ直す目や、情熱的な行動力さえあるなら、社会の枠組みからはじき出された人たちの生活も、徐々に改善されていくだろう。その夜の食事は、ぼくにそう実感させた。ハンディキャップを持つ人たち自身は、自分ではなかなか行動に踏み出せないものだ。援助する人たちのこうした着想や、行動力が頼みなんだ。

食事のあと、ギャリーの父親コリンと、夜更《よふ》けまで話し込んだ。少年時代からこっち、ギャリーがどれほどの辛酸を嘗《な》めてきたかについて、父親はぼくに淡々と語ってくれた。

ギャリーが生まれるまで、自分が身障者の支援活動に携わるようになるなんて、思ってもみなかった。自分も、兄弟も両親も、ずっと見渡してみても、どこにも障害者はいなかったからだ。

　ギャリーが生まれた途端、自分は九年間いた建設会社の職を失った。建築士の資格があったから、収入に困るということはなかったけれど、不安定になり、生活は苦しくなった。ギャリーを育て、三人の生活を維持するのがむずかしくなり、妻も働きはじめた。保険の勧誘の仕事だったのだけれど、そうしていたら、勤務中に妻が交通事故に遭った。ようやく退院する頃になったら、今度はギャリーが、どうやら様子がみなと違うことが解ってきた。もうプライマリースクールにあがる頃だというのに、言葉を全然しゃべらないんだ。加えていろいろなことへの理解能力が遅れている。だがこちらとしてもどうしていいか解らず、一般のプライマリースクールに入れたら、案の定特別支援のスクールに入れるようにという通達をもらった。

　そういう学校を必死で探した。そうしていたら、妻の精神がおかしくなって、入院し、郊外の療養所に移った。ようやく見つけた学校に息子を入れ、通学のためにアパートを移り、息子の学校と妻の療養所とを往復していたら、ある日妻は療養所から姿を消していて、弁護士から離婚届が送られてきた。まったく笑うほかはなかったよ。本当に踏んだり蹴《け》ったりの日々だった。

産んだ息子のことを妻はどう思ったのだろう。少しでも可哀相《かわいそう》だと思ってくれたろうか。まったく人生最悪の時期だった。知的障害の息子を抱え、私は職探しと生活の維持に奔走した。いきおい、息子の世話がおろそかになった。一般の十倍も情熱を注がなくてはいけない息子なのに、私は人並みにさえできなかった。だから私や妻ではない、息子自身が、その何倍も辛酸を嘗めていた。私は生活に汲々《きゆうきゆう》として、息子の状況に気づいてやれなかった。

息子が学校からもらってくるテストの類《たぐい》は、すべてが見事に零点だった。何も書いていないのだから当然だ。答案用紙に息子は、自分の名前を書くのがやっとで、それもたいていい欄外だ。解答のための空欄には何ひとつ、単語ひとつ書けていないんだ。何も書けないのか？　私は息子に尋ねた。何かひと言くらい書けるだろう。その頃には息子は、しゃべるようにはなっていたからね。が、そういう私の質問には、彼はじっとうつむいて何も答えない。

私は、怒ってはいけないと自分に言い聞かせた。息子は何も悪くない、こんなふうに産んでしまった私たちの責任なんだと。そうして私は、また職探しに出た。だがそれがいけなかった。息子は一人で何年も苦しんでいたんだ。誰にも言えない苦しみの中に、一人でいた。

息子が九歳になった年に、担任の教師から呼び出しがきた。息子さんは、目が見えていないと言うんだ。仰天して、私はとんでいった。ギャリーは、左目がほとんど見えていなかった。そして右目もひどい近視で、検眼表の一番上の大文字さえ読めなかった。私は愕然《がくぜん》とした。親なのに、そんなことにも気づかずにいたんだ。

息子は零点しか取れない知能だったんじゃない、問題用紙の文字や、答案用紙の文字が見えないんだ。それで答えが書けない。テストだけじゃない、授業中だってそうだ。教師が書く黒板の文字が、全然見えないんだ。息子は完全な無能ではなく、IQも五十ほどはあった。私ともみんなとも、会話はきちんとできたし、教師の質問にも、時間はかかるがちゃんと答えることもできている。問題は文字が見えないことだったんだ。だが彼は言葉が不自由だったし、ひどい内気のせいで、そのことが口に出せない、説明ができないんだ。それで、極端な劣等生の地位に、じっとあまんじているほかはなかった。

その晩、私は泣いたよ。なんてひどい親だったんだろうと自分を思って。息子の目が見えていないことに、私はちっとも気づいてやれなかった。特別支援学級にさっさと入れて、それで親の責任を果たしたつもりでいた。一度、ギャリーが下半身ずぶ濡《ぬ》れで帰ってきたことがあった。靴もズボンも泥だらけで、私が帰宅したら、見よう見まねの不器用な手つきで、それらを洗濯しているんだ。誤って水の溜《た》まった穴に落ちたと言っていた。だがそうではない。あれは隣りのクラスの生徒に意地悪され、泥水の溜まった穴に落とされたんだ。目がよく見えていないから、連れ廻され、だまされて落とされたんだ。

ギャリーは、こまかなルールのある遊びや、スポーツができなかった。ルールが憶えられなかったこともあるが、何より目が悪くて、前方が見えていないからだ。だから、恐ろしく頭のとろい人間に見える。それで仲間にいいようにからかわれていたんだ。来る日も来る日もからかわれ、いじめを受けていた。性格がいじけないでいたのが奇跡だ。

私はひどい責任を感じた。小学校低学年のこの時期が、ギャリーに徹底した劣等感を刷り込んだ。それでギャリーは、もう平均的な児童の位置には立ち戻れなくなった。以来彼は、ずっと劣等生としてふるまい、すごしてきた。クラスメイトの手ごろないじめの対象として、憂《う》さ晴らしの玩具《おもちゃ》として、暮らしていかなくてはならなくなったんだ。

成績が遅れた大半の理由が目のせいと判明し、ギャリーはそのクラスを出て、一般の学校に戻ることができると言われた。私が眼鏡を作ってやったからだ。私は贖《あがな》いのつもりで、乏しい給料をやりくりし、最高級の眼鏡を作ってやった。しかしその眼鏡もまた、ギャリーを苦しめることになったんだけれどもね。

ある日私は、ギャリーがいつも頬杖《ほおづえ》をついていることに気づいた。机にすわっている時も、窓辺にいる時も、いつも同じ格好で頬杖をついている、こんなふうにね。手で左目を隠すようにするんだ。

どうしたんだギャリー、と私は息子に言った。なんでもない、と息子は言い、立って去ろうとした。私は彼の手を摑《つか》まえ、無理に顔を見た。そうしたら眼鏡の左側にヒビが入っているんだ。左側のレンズの上のところが。

これはいじめではないと息子は言う。仲間たちと押しくら饅頭《まんじゅう》をしていて、押されてよろけ、眼鏡を地面に落として、その瞬間、誰かの靴が踏んだ。大事な眼鏡を壊してしまってごめんなさいと息子は言った。お前の眼鏡だ、私に謝る必要なんてないと私は言った。息子は言えなかったんだ。家計が苦しくて、大変な思いをして私に眼鏡を作ってもらったという負い目があるからね。見えるのかと訊いたら、それは問題ないという。とりあえず私は、テープで補強してやった。そして明日、また眼鏡屋に行こうと言った。このままでいいよと息子は言ったが、とんでもないことだ、破片がはずれ、目に刺さりでもしたら大変なことになるからね。

確かにいじめではなかったんだろうと私も思う。だが、息子は言わなかったが、彼は日常的にひどいいじめに遭遇していた。子供らの、そして一般大衆という名の輩《やから》どもの不可解な加虐性《かぎやく》には、私は憤《いきどお》りを通り越して目を見張り、口あんぐりだった。どうして来る日も来る日もこんなことをしなくてはならないのか。何故飽きもせずくだらぬいじめを思いつくのか。そして何故いつも、私の息子を犠牲にするのか。

帰宅して家にいるのに、息子はわざわざ隣りのクラスの子に呼び出され、手ひどいからかい方をされた。中にはひどく手の込んだものもあり、そういういじめの仕込みが完了したから、家にいるギャリーを呼び出し、この計画の生《い》け贄《にえ》にするんだ。

たとえばこうだ。仲間の誰かが宝の地図を手に入れたと言う。どこかの泥棒が、ロンドンの宝石店から盗んだダイヤモンドを、この町の空き地のどこかに埋めたらしいってね。そしてその正確な場所を地図にして遺《のこ》していたってね。

後でギャリーから聞いたことだが、それには空き地の入り口のところにある大きな岩から、東に十歩、そこから西に二十歩の地点にX印が書いてあるというような、まあ私にも覚えがある、そんな類のものさ。そしてその地図を見せ、一緒に探そうとギャリーに持ちかけるんだ。そしてギャリーをそそのかして、一人でこの地図の通りに歩かせる。するとX地点には落とし穴が掘ってあって、一歩二歩と測っていったギャリーは、最後にその穴に落ちる、すると見ていたみんなは大喜びで、手を打ってはやす、そういうくだらない趣向さ。実にくだらないことだ。

毎日毎日、息子にはそんな災難の連続だった。上着をなくして帰ってきていたり、シャツを破かれていたこともある。靴を盗られ、裸足《はだし》で帰ってきたこともあった。だがギャリーは、そういう生活に黙って堪えていた。だがあれは、ある朝のことだったな。中学生になったギャリーを学校に送り出してから、私も出勤しようと近くの公園にさしかかったら、花壇のふちのところにギャリーの背中が見えたんだ。寄っていったら、彼は一人で泣いていた。私を見てびっくりして涙を隠そうとしたが、もう遅い。どうしたのかと理由を訊いたら、もう学校に行けないというんだ。毎日毎日いじめられて、もう限界だという。

私も息子の横に腰をおろし、しばらく一緒にすわっていた。すわって私も考えた。ついにこうなったかと思った。こんないじめられっ子の生活なんて、私だって無理だ。息子はよく堪えてきた方なんだ。だから息子を責めたり、無理に励ましたりはしなかった。こんな生活を、どうやって終わらせようかとだけ考えた。むろん死ぬことだって考えた、息子と二人で。だがすぐに打ち消したけれどもね、まだ今はその時期じゃないと。息子と二人、何かをやって世間に遺してからじゃないと、とても死ぬことなんてできんとね。

それからギャリーの手を引いて立ちあがり、入り口脇の公衆電話まで行き、一年間契約していた会社に、今日は休むと電話した。それから息子の手を引いて中学校に行き、教員室と校長室に行って、息子の窮状を訴えた。このままではわれわれはこの学校をやめるほかはない、なんとかならないものかと言ったんだ。教師たちは善処を約束してくれた。

その日はもう息子を学校には残さず、二人でバスに乗って、郊外の森に行った。子供の頃、私がよく行った場所だった。そして小川のほとりを二人で散歩した。私はなじんでいる場所だったが、息子にははじめての土地だからね、心細いんだろう、私の右手にぎゅっとしがみついてきてね、離さないんだ。その時、息子のつらい思いが解った。この異様に冷たい社会で一人生きている息子の、心細い気分というものがね。それが私にもよく伝わって、胸が締めつけられ、涙が流れた。息子がいとおしくてたまらなくなり、思わず足を止め、抱きしめたよ。

そのまま手近な石の上に並んで腰をおろし、しばらく話した。このひどい世の中についてだ。どうしてこんなことになるのか。息子だけがどうしてこんなふうに生まれてきたのか。この不公平に、何か意味はあるのかとね、私は自問した。そしてこんな私たちも、いつの日か、実りのあるゴールに到着できるのかと。

息子の方を向き、私はこう訊いた。いじめてくるみんなを、なんとか見返せないものか？　と。息子は驚いたように私を見た。怯《おび》えているようにも見えた。考えてもいなかったというふうだったな。そして長いこと黙っていた。

しばらく考えていたが、彼は首を横に振った。そして考え考え、こんなふうに言った。ぼくには、あまりにも何もない。なんの力もない、何もできない、誰も助けられない。成績も悪いし、走るのも遅いし、楽器の演奏もできない。頭も人と違っている。みんなに勝るものなんて何ひとつない。見返すなんて、みんなと同じ力を持つ子供が考えることじゃないの？　だからぼくには何もできない。見返すなんてとても無理だ、ただ堪えるしかない、そう息子は言ったんだ。

本当に何もできないのか？　私は訊いた。これは自分自身に向けた問いでもあった。

何かひとつくらいはないのかと。みなができないこと、おまえだけができる何か、ひとつくらいはあるだろう。

息子はまた考えていた。だけれど、すぐに首を横に振った。ないと言った。絵は？ 私は訊く。息子は首を横に振る。歌は？ 駄目だという。国語は？ 詩の朗読は？ 演劇は？ 踊りは？ すべて駄目だという。

体育の時間はどうしている？ とそう訊けば、それが一番駄目なのだという。子供というものは、スポーツができる子、体力がある仲間を尊敬する。ギャリーは、球技になるといつもコートを追い出され、見学させられるんだ。ルールが呑《の》み込めず、いつも頓《とん》珍漢《ちんかん》なプレーをするからだ。チームメイトに迷惑をかける。団体競技となると、息子はいつも頭数に入れられない。それで、みんなに馬鹿にされるのだ。

陽も傾いてきて、私は息子を連れて森を出、帰りのバス停に向かっていった。やってきたバスに乗り、バスが町中にさしかかった時だ。下校時の生徒たちが見え、それは五、六人の仲間だったんだけれど、一人だけ、ほかの全員のカバンを持ち、重そうに歩いている子がいた。それを見ていた息子が、あれは腕が痛いんだとぽつんと言ったんだ。

息子の二の腕を見たら、線状の痣《あざ》がいくつかあった。聞けばいくつものカバンの、べルト同士が折り重なって、金具が腕の肉に食い込むという。それでどうやら息子も、あんなふうにいつも仲間たちのカバンを持たされているらしいと解った。ちょっとしたくじ引きをして、負けた者がみなのカバンを持つルールらしいが、息子はいつも負ける。なに、なんらかのトリックに決まっている。障害のある少年をだますくらい、いとも簡単なことだからな。

　アパートのある地区でバスをおり、商店街を歩いて家に向かっていた。するとちょっとしたスポーツジムがあってね、マシンを使って汗をかいている男たちの姿が、表の歩道から覗けるんだ。私はふと思いついて、息子に言った。おまえ、力が強いとみんなに思われているんじゃないのかい？　と、それで仲間のカバンを持たされたりするんじゃないのかと。

　息子は首をかしげている。解らないという。息子は体は大きいんだ。筋肉がしっかりとついている。それでちょっとジムに入ってみた。ジムの者が不安気な顔をするので、父兄が同伴ならいいだろうと言い、強引に押し入った。

　ワイヤーで重しを引いたバーを、頭上から胸まで押し下げる器械とか、左右のグリップを持って、それを胸の前で合わせる器械とかね、ボート漕《こ》ぎのマシンとか、自転車漕ぎだとかね、息子をすわらせてひと通りやらせてみた。息子はまだ中学の二年生だったが、体は平均よりも大きい方だったし、おとな向けの器械なのに、なかなかうまくやるんだ。ものによっては、私よりも腕力を示すくらいだった。

　それで私は重量挙げのコーナーに連れていって、バーベルを持ち上げさせてみた。すると、かなりのものを上げることができる。横にいたジムの男が、中学生でこれが上げられるのは驚きだと言った。そしてしばらくやらせてみてはどうだと言ってくれた。

私は腕を組んで考えた。息子には協調障害があるから、チームメイトと協力してやる団体競技はすべて駄目だ。だが器械を相手に単独で力を出し、ただ重いものを持ち上げるというだけの単純な競技には、天分を示したんだ。

入会金を払ってジムの会員になり、それからの私は、勤めから帰宅したら毎日、息子を連れてジムに通った。そして重量挙げのバーベルを持ち上げさせてみたんだ。

重いやつが持ち上がらず、息子が苦しめば、私は床を踏み鳴らしながらこう叫んだものだ。頑張れギャリー、そいつを持ち上げろ。お前をいじめたやつを見返せ！ってね。

いろいろなことが、到底長続きするとは言えない息子だったが、重量挙げだけは続いた。理由は多分、私やジムの者が、息子の首尾に感心して手を叩《たた》いたからだ。息子にとって、拍手を受けるなんて、生まれてはじめての経験だった。息子はそれまで、「おおすごいなギャリー」などとは、ただの一度だって言われたことがなかった。重量挙げで、彼は生まれてはじめてそんなふうに声をかけられたんだ。

いじめっ子どもを見返したい一心で、彼は頑張っていた。だってどんないじめっ子も、ギャリーみたいには、バーベルを持ち上げられなかったからね。

バーベルを持ち上げては、ギャリーは器械を使って腕力と脚力を鍛えた。次第にそれが面白くなってきたようで、私に言われなくてもジムに足が向くようになった。そして一人で黙々と、全身に筋肉をつけていた。すると、前は上がらなかった重量のバーベルも、うまく上がるんだ。それが解ってきて、ギャリーも楽しくなったんだな。

一方私の方も面白くなり、重量挙げの解説書をたくさん買い込んできて、ルールを憶え、毎日辛抱強く息子に教えた。そして力の込め方や、ステップの取り方をアドヴァイスした。真剣に息子のコーチを務めたんだ。ラグビーのルールなどに較《くら》べれば、重量挙げの決まりごとは簡単だからね、ギャリーもこれは、次第に憶えていった。

一年ほどがすぎ、街の公民館で、メイフェア地区の重量挙げ大会が開催されることになった。重量挙げというスポーツが、次第に市民権を得てきはじめる頃だった。この大会には、中学生の部というものはなかったんだ。それで私は市の教育委員会に掛け合って、中学の部も加えてもらった。いじめられっ子の息子に自信をつけさせたいんだと何度も説明し、頭を下げ、中学生の息子を持つ知り合いに参加を頼んで、ついに実現させた。続いて私は中学に出向き、教師に頼んで、ギャリーの同級の生徒たちを引率して、大会見学に来てもらうことにしたんだ。

ところがこの頃になると、息子にまた悪い癖が出て、つらい、やめたいと言いはじめた。これが学習障害というものなんだろうな。だから私は、ずっとなんて言わない、大会まででいいから頑張れ、と励ました。終わったら即刻やめていいからと。

大会の日、中学生の部で、ギャリーは優勝した。なに、それは実は大したことじゃないんだ。重量挙げ大会に参加する中学生なんて、ギャリーを入れて三人しかいなかったんだからね。上げたバーベルもほんの数十ポンドで、おまけに競争相手は、私が無理に参加を頼んだ知り合いの子供らで、重量挙げなんてほとんどやったこともなかった。ギャリーが勝つのは当たり前なんだ。でも私は、勝つことで、ギャリーに自信をつけさせることをもくろんだんだ。

効果は抜群だったな。以来、ギャリーは学校でいじめられなくなった。ささやかな大会でも、たった二人が相手でも、まがりなりにも闘い、勝った息子を見て、クラスメイトは驚き、感心したんだ。それで私は息子を祝福した。うまくいったなと。ごくごく小さな目標だったけれど、息子はそれを成し遂げた。クラスメイトだってできないことをね。私は嬉《うれ》しくてたまらず、おまえは私の誇りだ、そう息子に言った。

実際、はじめてそう思ったんだ。もうこれでいい、これで今後も、何とか自信をもって学校生活を送ってくれたらいい、そう私は思った。それで私は息子に、続いてこう言った。終わった、これでもうやめてもいいよとね。

そうしたら、驚くべきことが起こった。やめたくないと息子が言ったんだ。重量挙げを今後も続けたいとね。私はびっくりした。何故だと訊いたら、パパの誇りになりたいんだと。はじめて父にかけてもらったこの言葉に、彼は自分なりに燃えたんだ。私は喜び、感動した。いいとも、と私は言った。いったい私になんの反対があるだろう、おまえの好きなようにしたらいい、そう言ったんだ。

だがそうなると、その後はいばらの道だった。高校生ともなるとね、本気にならなくちゃいけない。中学の時のような、お遊び気分とはいかない。メイフェア地区だけじゃない、上にシェフィールド市民大会もあるし、ロンドンでの全国大会もあれば、ヨーロッパ大会、頂上にはオリンピックだってある。高校生ともなれば、重量挙げとはもうそういう、本気のレースなんだ。

そうなら、もう私とか、ジムの若者のにわかコーチでは駄目だ。プロのコーチをつけ、本格的にトレーニングを始めなくてはならない。でもメイフェア地区で勝った中学生というくらいでは、とてもついてくれる有名コーチなんていない。しばらく探したが、会うコーチすべてに断られ、私はあきらめた。まあコーチについてもらっても、当人がどこまで続くか解らないしな、などと思った。

ところが高校に入っても、ギャリーの孤独な精進は続いた。生まれてはじめて、息子がひとつのことに本気になったんだ。ギャリーはマシンを活用し、めきめき筋力をつけていった。そしてメイフェア大会の高校生の部でも優勝、シェフィールドの大会でも三位になった。銅メダルさ、これには驚いたな。

これで自信をつけ、彼はさらに精進、三年生の卒業前にはついに優勝さ。そうなると残るは社会人の部だ。これがシェフィールドの町では頂上なんだ。ギャリーは大学には行けなかったからね、トレーニングの時間ができた。社会人大会への最初の参加でまず三位、二回目の参加で二位、先月の大会ではついに優勝した。なんと三百ポンドを上げたんだ。この町で三百ポンドを上げられる者なんていないよ。

ギャリーは、なんとロンドンの全国大会に出場する資格を得た。私はあわてた。そうなら、是非ともコーチが必要だ。全国大会で勝つためには、三百五十ポンドを上げる必要がある。あと五十だ、そうすればギャリーは、イギリス一になる。彼はついにそこまで昇ってきた。私は興奮した。

ところが、ことここにいたるも、どう頭を下げて廻っても、この町のコーチたちは指導を承知してくれなかった。知性に障害を持つような選手のコーチは引き受けられないと言うんだ。さらには、驚いたことにジムまでが歩調を合わせ、私たちに非協力的になった。それまでは、ギャリーが一人で行っても入れてくれていたジムが、息子単独では入館を渋るようになった。保護者が一緒でないと困る、そう言うようになったんだ。

私は仰天した。息子はこの町で一番の選手なのに、みんな協力しようとしないんだ。私にはわけが解らなかった。が、時が経つにつれ、次第に解ってもきた。市民はみんな、障害を持つ選手にシェフィールドの町を代表して欲しくないんだ。確かにギャリーは、インタヴューでうまくしゃべれない。ギャリーがシェフィールドを代表してロンドンに行けば、シェフィールドは障害者の町のように思われてしまう。みんなこれを嫌がっているんだ、そう私にも解ってきたんだ。

3

翌日、ぼくはギャリー親子につき合い、英国のトレーニングジムの施設全般や器械を、障害者も利用しやすいものに改善するための、組織と基金を設立するアピールを行って廻った。ギャリー親子と三人で、街の有力者や政治家と会い、個別に陳情する。そして少しでも予算を廻してくれるようであれば、即刻組織を立ち上げ、ヴォランティアを募るからと訴えるのだ。

ぼくも横で、必要に応じてアメリカ国内の事情を説明した。けれど、街の有力者たちの対応ときたら、まさにけんもほろろだったな。誰もみなこんな問題に関心がなく、普段考えることもないようだった。

シェフィールドの町に、障害者などはごく一部だったから、到底これは市民の声とは言えない。この苦痛の時間が早く終わって欲しいという気分が彼らの顔にはありありで、目の前に立つギャリーに、何か質問してきた者もなかった。そして彼らはたいていこう言った。気持ちは解る、そうしてあげたいが、予算には限りがある。たとえ私個人が必要なことだと感じても、それらみんなに廻せるほど潤沢な予算枠はないんだ。

しかし実のところ、重要な問題だと思ってはいないようだった。誰もそう口には出さないが、トレーニングジムの器械なんてもの、そもそもが健常者のものであり、なにも障害者が無理して使わなくていいだろう、というのが彼らの本音のようだった。障害者に必要なものはリハビリの器具で、普段は家か施設でじっとしていればいいというわけだ。こういうことは、わが身に降りかからなければ決して解らないものさ。

ひと通りの陳情を終わり、最後の会見場所だったシティホールを、ギャリー親子は悄《しょう》然《ぜん》と出た。石敷きの広場を横切り、噴水前の石のベンチにすわった。もう陽が傾きかけていて、風は涼しく、しかし彼らに言葉はなくて、ただ疲労の色を浮かべていた。これまでもそうだったが、これから先も延々とこんな日が続くと、彼らは知っていたんだ。

ぼくの目からも、親子の道はまだまだ遠く、障害者がジムの施設を自由に使い、重量挙げなどのスポーツを、健常者に混じって対等に楽しむなんて時代は、まだずっと先に思われた。機はまだ熟してはいない。いつかはそんな時代が来るにしても、それはずっと未来だ。

コリンが立ちあがり、ちょっと待っていて欲しいとぼくらに言い置いて、広場の隅に電話をかけにいった。二人になり、ぼくはギャリーに訊いた。怒りを持つことはあるかと。彼は即座に首を横に振った。そんなこと、考えることもないと彼は言った。父には感謝している。そして毎日迷惑をかけている気がする。もういいと、いつも思うんだ、ぼくはもういい、大丈夫だって、そう思う。でもそれが言えなくて、そう彼は言った。

石畳を横切って、父親が帰ってきた。そしてこう言った。

「今夜、ジムにレオン・フラナガンが来るそうだ。ジムを閉める午後の十時に、器材のチェックに来るらしい」

それからぼくに向かってもこう言った。

「レオンは、この町一番の重量挙げのコーチなんだ。昔オリンピックにも出た。再三、ギャリーのコーチを引き受けて欲しいと申し入れているんだけれど、未《いま》だにOKをもらえない。今夜、もう一度アタックしてみようと思う。よかったら、あんたも一緒に来てくれないか。そしてアメリカに較べて遅れているこの国の意識について、話して欲しい」

いいともと、ぼくは言った。しかし、この感じではまず無理だろうなとも思った。

その夜、ぼくらは十時すぎに出かけていき、ジムの器械群の隅で、レオン・フラナガンをつかまえた。さすがにもとオリンピックの重量挙げの選手で、いい体をしていたが、髪は真っ白で、もうかなりの年配者だった。コリンの顔を見ると、レオンは露骨にうんざりした顔になった。

「ハイ、コリン、まったくあんたは地獄耳だな。誰にここを聞いた」

レオンは言った。

「この調子では、今に便所の中でもあんたの待ち伏せを食いそうだ」

コリンはぼくを紹介した。アメリカ人の医師だと言った。少しでも、権威筋の味方をつけたい思いからららしかった。

「フラナガンさん、今から私が何を言いたいかは解っていると思う」

コリンは言った。

「ああ、解っているとも」

レオンはかぶせるように言う。

「だからこっちも言わせてもらう。私の返事も、あんたはもう解っているはずだ」

レオンは、チェックシートが挟まれたボードをそばのデスクに放り出し、デスクの端に腰をおろした。

「息子はこの町の社会人の大会で優勝した、三百ポンドを上げたんだ」

コリンは言った。

「ロンドンの全国大会に出られる切符を手にした。三百五十ポンドを狙《ねら》いたい。そのためには一流のコーチがいる、あんたのようなな。あと五十ポンドなんだ、あと……」

するとレオンは右手をあげ、コリンの発言を制した。

「その五十の壁は厚いぞ」

彼は言った。

「だからコーチが欲しいんだ。息子がこの町を代表して……」

「それを喜ぶ者はない」

レオンは、コリンの言にかぶせて言った。そのぴしゃりとした冷酷な響きに、コリンは鼻白んだ。

「いいかコリン、私はこれまでできるだけ婉曲《えんきょく》な表現をしてきた。だがそうしている限り、あんたは永遠にこの不毛なアピールを続けるだろう。だからこの際、心を鬼にして、遠慮なく言わせてもらう。もうやめろコリン、ここが終点だ」

「なんだと？」

コリンは驚き、目をむいた。

「ギャリーはよくやった。彼は持てる限界をはるかに超えた数字を残した。私も目を見張ったことを認めよう。だが、ここが終点なんだ」

「それはどういう意味だレオン、どうして解る？」

「いいか、よく聞けコリン、彼のＩＱは五十だ、そうだったな？」

父親は黙ってうなずく。

「そして重量挙げは、見かけ以上に危険なスポーツなんだ。ここまで事故がなかったことが奇跡だ」

ぼくらは沈黙した。

「これまではよかった。だがこの先で待っているバーベルは、三百五十ポンドだ。とてつもない重量であり、とてつもない障壁だ。これが君たちに実感できているか？　三百五十ポンドのバーベルがどんなものか。体の上に落ちたら即死だ。骨を粉砕し、肉もぺしゃんこにする。飛び散る血は、ジムのフロアを赤いプールにするだろう。五十しかIQのない人間にやらせられるスポーツではない」

「だからコーチだ……」

「コーチに何ができる？　彼が三百五十ポンドを持ち上げきれず、バーベルを肩の上に落とした時、または首の上に落とした時、私に何ができる？　ひょいと片手を伸ばして三百五十ポンドのバーベルを持ち上げるのか？　私はスーパーマンではない」

「そうさせないのがコーチではないのか？」

「ああそうだ、コーチが教えて、重大な事故を回避させられるさ、IQが百もあればな！」

　コリンは言葉に詰まり、沈黙した。しばらく黙り、それからこう言った。

「あんたは何か勘違いをしている。ギャリーは学習障害があるというだけなんだ。教えたことは理解するし、憶えもする。過《あやま》ちを繰り返したりはしない」

「繰り返す余裕などはない。一度過ちをやれば死ぬんだ」

「習得に時間がかかるというだけだ。学習障害とはそういうことだ。習得が不可能ということではない」

「コリンいいか、よく聞け。重量挙げの選手寿命は短いんだ。ギャリーはいくつだ、二十歳だろう」

「ああ、あんたたちが引き受けてくれなかったからな」

「今からジャークのステップを教えても、もう遅い。おまけに学習障害か？ ステップの習得に二、三年かかってみろ、もう引退の歳《とし》だ」

「だいたいのことは私が教えた」

「素人《しろうと》では駄目だ」

「レオン、だからあんたに頼んでいるんじゃないか」

父親は言った。そして彼はぼくの方を向いて、アメリカの状況を説明してくれと言った。ぼくは知る限りを話した。終わると、コリンはこう言った。

「とにかく一週間でいいレオン、やってみてくれ。結果があんたの考えるようなことだったら、そのときはおりてくれ。私も無理強いはしない」

「やってみるまでもない。私はプロだぞコリン、これまで数々の選手を育ててきた。素質のある選手、将来がある選手はひと目で解る」

「ひと目で？」

「ああそうだ、目を見れば解る。重量挙げは格闘技だ、攻撃的な目をしていなくてはならない」

「ギャリーは駄目だというのか」

「何度も言わせるな、こちらを推察してくれ。厳しいことを言いたくないんだ」

「もう言っている、これ以上ないくらいのきつい言葉をな。あんたはここまで言っているんだ、ここで多少の言葉をつくろったところで、こちらの受ける印象に大差はない。はっきり言ってくれないか」

「解った。では言おう、時間の無駄だ」

コリンは絶句した。

「時間の無駄だって……？」

「ああそうだ。遠慮のない言い方は謝る。だがこれが現実なんだ」

「ギャリーはこの町のチャンピオンなんだぞ。まがりなりにもチャンピオンだ、解っているのか？　レオン」

「うちに帰り、そのチャンピオン盾を居間に飾っておけ。そして別の道を考えろ、息子のために。そしてここまで一度も深刻な事故がなかったことを、神に感謝しろ。自分にも、他人にも怪我《けが》をさせなかったことをな」

「レオン、君は勘違いしている。息子は学校に行き、卒業し、社会に適応して暮らしているんだ。あまり息子を侮辱しないでくれ、彼は精神病院の個室にいるわけではないんだぞ」

「勘違いしているのは君だ、コリン」

「私が何を勘違いしている」

「私は遊んでいるわけではないんだぞ、毎日猛烈に忙しいんだ。常時五十人もの学生を抱え、指導している。その中には将来のオリンピック選手もいる。メダルが確実な選手だっているんだ」

「ギャリーだってそうだ！」

コリンは声を荒らげた。

「息子だけをどうしてはじく？　彼はこの町一の選手なんだぞ」

「俺の目を信じて君はコーチを依頼しているんだろう、コリン。違うか？」

「それがなんだ」

「では俺の目を信じろ、プロのこの目を。ギャリーは違う。何度も言わせるな、君の息子を傷つけたくない。彼はここまでなんだ」

「あとは落ちるだけと？」

「そうだ、落ちるだけだ」

「落ちると、そう確実に言えるのか」

「ああ言える」

「パパ」

ギャリーが横から口を出した。

「もういいよ。うちに帰ろう」

ギャリーは言った。

しかし父親はそれでもレオンを睨《にら》みつけ、悔しそうに立っていた。しかしやがて緊張を解き、肩を落としてゆっくりとコーチに背を向けた。そして息子をともない、悄然と出口に向かった。

「すまなかったなコリン、ギャリーも。あんたたちの努力には敬意を表する。だが、今に解る」

後方から、レオンが声をかけてきた。コリンは振り向き、こう言った。

「それがプロの目かレオン。そうなら俺は、もうプロなんか信じない、こんりんざいな。あんたも信じない」

「身内びいきだコリン、客観的になれ」

「その言葉をそっくりお返しする。あんたは常識にやられすぎだ。あんたこそ客観的になれ、そして現実を見ろ。息子以上のバーベルを持ち上げられる者は、今この町にはいないんだぞ」

「たった今はな」

「もう頼まん！　俺は自分で、息子の才能を花開かせて見せる。あんたはそこで、黙って見ていろ」

そして背を向け、すたすたと歩いて、ぼくらはジムの外に出た。いつの間にか正面入り口には、ステンレスの横バー式のシャッターが半分おりていて、ぼくらはそれをくぐらなくてはならなかった。

「おまえは悔しくないのか、ギャリー」

シャッターをくぐり抜けて歩道の敷石に立ち、とぼとぼと歩きだしながら、父親は言った。

「いいんだよパパ」

息子は言った。

「学校でいじめられなければ、ぼくは重量挙げなんてやらなかった。パパがいなければ、この町のチャンピオンにはなれなかった。みんなに感謝している。もうこれでいいんだ。何のとりえもなく、自信なんてまるで抱けなかったぼくが、自信をもって毎日を送れるようになった。これで充分さ」

「腹は立たないのか？　ギャリー。おまえはチャンピオンなんだぞ。ここまで来る努力を、誰も認めようとしないんだぞ」

ギャリーは黙って首を左右に振った。悄然としたその様子は、そんな感情などとうの昔に忘れたと言っているように見えた。こんな社会、忘れなければ生きていけないと。

しかし父親は、感情がおさまらないようだった。敷石を踏み鳴らして歩道を歩き、拳《こぶし》を天に突き上げて、こう言った。

「おお、神よ！」

その瞬間だった。恐ろしいことが起こった。ごうという音が彼方《かなた》からやってきて、地面が大きく揺れた。ガラスの割れる金属性の響きがあたりを充《み》たし、女性たちの悲鳴が聞こえ、何か大きなものが倒れるらしい、どすんどすんという音がした。コリンは驚き、身をかがめて、敷石に片手をつきそうにした。

ばらばら、がしゃがしゃと、何かがくずれて地面を転がる音がした。それと同時だった。耳を聾《ろう》するほどの恐ろしい破壊音とともに、メイフェア・トレーニングジムと書かれた看板の、支柱のひとつが壁からはずれた。看板は、回転しながら猛然と落下し、ぶらりと垂れ下がった。そして今しもシャッターをくぐりながら、表に出ようとしていた男の頭部を直撃した。

男は看板に打ち倒され、床に腹ばいになった。その瞬間、ステンレスのシャッターが猛烈な勢いで落下して、男の胸部を背中から挟んだ。衝撃に、男の体は弓なりになって跳ね、彼は苦痛の絶叫をあげた。

ぼくもギャリー親子も、あわてて男の救助に駈《か》け戻った。銀髪に、みるみる血がにじんでいく。苦痛のうめき声をあげるその男は、レオン・フラナガンだった。

　ぼくらはレオンの上半身に手をかけ、手前に引き出そうとした。しかし、ぴくりとも動きはしない。シャッターが強く挟み込んでしまっているからだ。その力は、恐ろしいほどだった。そうしている間も、揺れは断続的に続き、あちこちで悲鳴があがる。

「地震だ」

　ぼくは言った。

「かなり大きい」

「駄目だ、死ぬ。なんとかしてくれ」

　レオンが、きれぎれの声を洩《も》らす。

「シャッターの緊急封鎖が作動した。建物内のどこかにある非常スウィッチを、すぐにオフにするんだ。どこにある？」

　ぼくは訊いた。

「知らんよ、そんなものは」

　コリンは目をむき、言って、首を横に振る。

「見たこともない。それより人を呼ぼう！」

「駄目だ、間に合わない。このシャッターは、緊急封鎖モードが作動すると、三百五十ポンドの力でここを封鎖する。このままでは彼の骨を砕く。ギャリー」

ぼくはギャリーに向いて、こう言った。

「君の出番だ。君の力を見せろ。三百五十ポンドを持ち上げろ」

言われてギャリーは驚いていたが、しゃがみ込み、シャッターの下端に手をかけ、身がまえた。

「行け、ギャリー！」

ぼくは叫んだ。

「力を見せろ！」

父親もゆるゆるとしゃがみ、シャッターの下端に手をかけ、おろおろ加勢しようとする。

「コリン、いい。一人でやらせよう。彼ならやれる。それよりぼくらは、ほんのわずかでもシャッターが持ち上がったら、レオンの体を素早く手前に引き出すんだ。二人がかりでいこう。いいか？　迷って停めたりしないで。もしその瞬間、ギャリーが力尽きたら、今度は腰や足が挟まれて、そのあたりの骨が折れる」

ギャリーは渾身《こんしん》の力を込めていた。ちょうど重量挙げのスタイルになっている。それは誰よりも、レオン・フラナガンにとって幸運なことだったはずだ。彼の命は、自身ではそう認めなかった、シェフィールドのチャンピオンの頑張りにかかっていた。

ギャリーの顔面に血が昇り、真っ赤な顔になって、食いしばる白い歯を見せた。

「ギャリー、今こそ君の力を見せろ。君を認めなかったすべての人たちに。とりわけ、一番君を軽視したこの男に、君の力を示せ。今彼を助けられるのは、この町に君だけだ!」

ぼくは言った。

「くうっ!」

ギャリーが声を洩らした。ギャリーの太い二本の腕が、大きな力瘤《ちからこぶ》を作り、ぶるぶると震えた。シャッターは、がたがたと振動しながら、ほんのわずかずつ、持ち上がっていった。

それでぼくとコリンは、レオンのシャツの背中を握り、手前に引こうと力を込めてみた。だが、まだ不充分だった。

「もう少しだ。もう少し頑張れ、ギャリー!」

「がーっ!」

ギャリーが大声を出した。隙間《すきま》が開いた。

「今だコリン!」

ぼくは叫び、渾身の力を込めて、コリンと二人、レオンの大きな体を手前に引きずり出した。中腰になり、前方の石畳に放り出した。レオンが大声で悲鳴をあげた。

「やったぞ!」

ぼくは叫んだ。

「ギャリー、もういい、もういいぞ。あとは救急車だコリン、すぐに呼んでくれ、骨折している！」

コリンがそれで立ちあがった。そして息子の肩を叩く。

「よくやったぞギャリー、本当によくやった。おまえは私の誇りだ！」

叫んでおき、コリンは公衆電話に向かって駆けだす。

ぼくは、苦痛でうなり続けるレオン・フラナガンの体を点検していた。地震の揺れはもうおさまっていた。骨折は肋骨《ろっこつ》が三箇所、頭蓋骨《ずがいこつ》にもヒビが入っているかもしれなかった。

「ギャリー」

ぼくは驚いて声をあげた。レオンを救助したのに、振り返って見れば、ギャリーはまだシャッターの下端から手を離していなかった。歯を食いしばり、渾身の力を込め続けている。

「どうしたんだギャリー、もういい。手を離せ！」

ぼくは叫んだ。しかしギャリーは、手を離そうとはしなかった。顔面を紅潮させ、全身をぶるぶると震わせ続けながら、歯をむき出した鬼のような形相で、彼は一人、シャッターに挑戦を続けていた。

その形相は、怒り以外のなにものにも見えなかった。何に怒るギャリー、何に君は腹を立てている。そして、いったい何に闘いを挑んでいるんだ。一致団結して君をはじき出した、この愚劣で薄汚れた社会にか？　ぼくは思った。

「うおーっ！」

次の瞬間、ギャリーは野獣のような雄叫《おたけ》びをあげた。セメントのかけらが、あたりにはじけて飛んだ。もうもうと土煙があがり、轟音《ごうおん》とともに、ステンレスのシャッターが壁面からはずれた。

土埃《つちぼこり》の中に、鬼のような形相をして、ギャリーは立っていた。そして、もぎ取ったステンレスのシャッターを、彼はジムの玄関内に渾身の力で叩きつけた。

そして、ぶるぶると全身を震わせながら、彼はゆっくりとこちらを振り返った。肩で荒い呼吸を続ける彼の目には、涙がいっぱいに溜まっていた。

4

「それで？　それでどうなったのですか？」

「救急車で運ばれたレオン・フラナガンだが、傷が癒《い》えて退院したら、ギャリーのコーチになった」

「ああよかった。それまで御手洗さんは、その町にいたのですか？」

「いや、このあとすぐに離れた。父親との電話や、手紙で知ったんだよ。レオンのコーチで、ギャリーは記録を伸ばし、ロンドンの大会では見事に三百五十ポンドを上げて、彼は全英チャンピオンになった」

「すごいですね！」

「ああ。でも彼は、一度もう上げているんだからね、三百五十を」

「ジムのシャッターですね」

「そうだ。そしてエリザベス女王から勲章をもらった。それほどの選手になったみたいだ」

「学習障害を克服したんですね」

「そういうことさ。ＩＱ五十でもやれるってことを、彼は世界に示した」

「オリンピックには出たのですか？」

「それは再来年のモントリオールだ、きっと出ると思うよ」

「メダルが獲《と》れるといいですね」

「ああ、そう祈ってる。もしもそうなったら、それこそはＩＱ五十の大きな勲章さ。でも、楽観はできないな、その頃には、たぶん彼はもう体力のピークを過ぎている。重量挙げの選手寿命は短くて、オリンピックは四年に一度しかない」

「そうか、タイミングがあるんですね」

「そういう運も、実力のうちなんだろうな。だがいずれにしても彼は、もう一人ぼっちじゃない、大勢の仲間に囲まれて頑張れている。そしてすごいことは、ＩＦＩという団体が立ちあがったらしいことだ。トレーニングジムの器械を、障害者も使いやすいようにチェックし、改善する団体だよ」

「それはすごいですね、ギャリーの活躍で？」

「そういうことだね。親子の活躍が、ついに実を結びはじめたんだ」

そう言って、御手洗さんは進々堂の窓の外を見た。そこには、葉の色が少し褐色に変わった京大構内の木々が見えている。

「さっきの定食屋の青年を見て、シェフィールドのギャリーを思い出した。定食屋の彼も、ギャリーのように、全身でぶつかれる、頑張りの対象が見つけられたらいいなと思ってさ」

御手洗さんは言った。

# 戻り橋と悲願花

## 1

ある九月の日曜日、ぼくは京大の御手洗《みたらい》さんを誘って、上京区の堀川にかかっている一条戻り橋まで散歩した。予備校はお休みだったし、受験勉強ばかりで頭が疲れてもいた。進々堂《しんしんどう》でばかりじゃなく、たまには外で会いたかったのだ。

京都の街のあちこちに口を開けている冥界《めいかい》への入り口、といった類《たぐい》のホラー伝承がぼくは大好きで、興味があった。御手洗さんは医学生で、科学者だから、そういうものは信じないみたいだったが、京都に住む者として、知識としては知っていてもいいと思うから、案内したのだ。

雲の多い昼下がりで、それでも曇天ではなく、柔らかな秋の陽射《ひざ》しが時おり行く手の舗装路を照らして、散歩には格好の日だった。たまに風は吹いたけれど、それほど強くはなかったから、残暑の季節には汗を抑えてくれてちょうどいい。

「御手洗さん、この橋のこと知っていましたか?」

ぼくは訊《き》いた。

「いや」

と言って御手洗さんは、あっさり首を横に振った。世の中のことを、何でも知っているような御手洗さんだったから、ぼくはずいぶん意外に思った。ぼくら世代の京都在住者にとっては、このあたりは有名で、もう常識だったからだ。

「ぼくは京都のこと、意外に何も知らないんだ。基本的なことも知らないかもね。でも一条と言うくらいだから、ここは古い京都の端っこなのかな。北の端なの?」

「そうです」

言って、ぼくは苦笑した。

「なんだか、ぼくが御手洗さんに何か教えるなんて、変ですね」

「ああそう?」

御手洗さんは平然と言った。

「いつも、教えてもらっているから」

「古い橋みたいだね」

「そうです。西暦七九四年に平安京ができた時、もうこの橋は架けられたんです。橋そのものは何度も架け替えられているけど、場所はずっとここで、同じです。堀川に架かっているんです」

「千年橋だね」

「はい。ここは古い平安京の北端に位置して、街も、条と名のつく道も、ここから始まります。南に向って一条二条と。ここは洛中《らくちゅう》と洛外を分ける境目、北の境界線で……」

「この橋が？」

言いながら御手洗さんは、石造りの橋の欄干にゆっくりと腰をおろした。

「そうです。そして平安京に入ってくる厄神《やくじん》を遮るための、ここは格別呪術的《じゅじゅつてき》な、重要空間だったそうです。橋というものには特別な意味があるらしくて」

「へえ」

「この橋を通る道、東西方向がずっと境界線、ここから南は洛中、華の平安京ですけど、北側、あっち側に一歩出ると、もう黄泉《よみ》の国、霊界なんです。だからあの世」

「死者の国？」

言って、御手洗さんは下を見おろした。

「水がないな」

「水が汚れて、暗渠《あんきょ》化されたんです。でもここは鬼や魔物が棲《す》む霊界。この橋は、あの世とこの世の境界線上に架かっているんです」

「そうか、思い出したよ。今の京都御所は、平安京時代の平安宮御所とはだいぶ位置が違うんだったね。大内裏《だいだいり》は、今の御所よりずっと西、ここよりももっと西だな、ずっと中央寄りにずれていて、さらにもう少し南にあった。その大内裏の北端に接する東西の線が、一条通りだね」

「はいそうです」

「今のこの一条通りだと、東に行くと御所の中途に突き当たってしまうけど、当時この道は、新設都市平安京の、北の境を走っていたんだね。いわば都市を囲む外枠の一本だ」

「そういうことです」

「そして当時の朱雀大路《すざくおおじ》、つまり南北方向の最も太いメインストリートは、今の千本通りにあたる、そうだよね？」

「はい」

「現在の京都御所は鎌倉《かまくら》時代に、二条城は江戸時代に作られたんだから、往時の平安宮の計画とは何の関係もない」

「はい、そういうことです」

「理解したよ、それで平安京の北の外側は、もう闇《やみ》の領域だったってことね？」

さすがに科学者らしく、御手洗さんの理解は徹底していて明瞭《めいりょう》だった。

「往時なら、このあたりはだだっ広くて、草深い街はずれで、ましてこの外側なんてね、広漠たる荒地だったろうからね、ここから山地に向けては鬼の住処《すみか》だったろうな。夜は踏み込むのもためらわれたろう」

御手洗さんは顔をあげて、今はビルも建つ、洛外の方向を見渡していた。

「ここは京都の霊スポットなんです、魔界。けっこう有名で、この橋の下には、醜い式《しき》神《がみ》が封じ込められていたんだって。安倍晴明《あべのせいめい》の霊力によって」

「式神って何？」

「陰陽師《おんみょうじ》が使役《しえき》する鬼神のことで、識神とも書きます。安倍の奥さんがこの式神を怖がったから、この橋の下に、石の棺《ひつぎ》に入れて封じ込めていたんだって」

「じゃあずっとここにいるのかな？　その鬼の神は、今も」

「そうです。だからこの橋の上は、占いにいいんだって。昔から『橋占《はしうら》』とか呼ばれていて、この橋の上で、誰かが何か意味深いことを語ろうとすると、橋の下の式神がその人に乗り移って、その口を借りて話すんだって……」

「いいね！」

いきなり御手洗さんが言った。

「じゃあしばらくここにいようか」

「はあ……、それはいいですけど……」

夜ではないし、怖くはなかったのだが、厚い雲のせいで時おり陽が翳《かげ》り、木々をざわつかせる風も強くなりはじめていて、ちょっとだけ気味が悪かった。

「ぼくの口を借りて、その式神が何かを語るかもしれない」

　欄干に腰かけたままで御手洗さんは言う。

「この橋の名の由来は？」

「この立て札に書いてありますよ、由来」

「君の口から話してよ」

「延喜十八年、西暦九一八年の十二月、漢学者の三善清行《みよしきよゆき》が亡《な》くなった時、熊野《くまの》で修行していた息子の僧侶《そうりょ》、浄蔵《じょうぞう》が、訃報《ふほう》を聞いて急ぎ駈《か》け戻ってきたら、父の葬列は、ちょうどこの橋の上にさしかかるところでした」

「うん、それで？」

「嘆き悲しんで棺にすがり、泣きながら浄蔵がしばらく念仏を唱えていると、棺の蓋《ふた》が開いて、父親がむっくりと蘇生《そせい》したそうです。浄蔵は喜び、親子はしばし抱き合い、短い別れの時をすごしました。しかし葬列が一歩洛外に出ると、父の清行はまた死者に戻り、再び生き返ることはなかったと。でもこの時、父親の生命がいっときでも戻ったという言い伝えから、以来この橋を、戻り橋と呼ぶようになったそうです」

「なあるほど」

　小さくうなずきながら、御手洗さんは言った。

「以来、死地に赴くような人やその家族は、必ず生きて帰るようにという、ここは願掛けの橋になったんです」

「人の命が必ず戻る、だから戻り橋か」

「はい。逆にお嫁に行く人とか、その関係者は、この橋には絶対に近づかないそうです」

「ああなるほど」

「でもこの橋には、もっと有名なお話があるんです」

「どんな？」

「平家物語に出てくる話なんですけど、源頼光《みなもとのよりみつ》の四天王の一人、渡辺綱《わたなべのつな》という武将が、夜更《よふ》けに馬でこの橋を通りかかった時、月光に照らされて綺麗《きれい》な女の人が現れ、彼を呼びとめたんです。そして、こんな夜更けで一人は恐ろしいから、どうか家まで送ってくださいませと頼んできた」

見ると御手洗さんは、黙ってうなずいている。

「渡辺綱は、こんな夜更けに女が一人でいるとは妙だなといぶかしみながら、それでも承知して女を馬に乗せてやりました。すると女はたちまち鬼の姿に変わり、綱の髪の毛を摑《つか》んで、愛宕山《あたごやま》の方角に飛び去りはじめたんです。綱はとっさに抜刀して、鬼の腕を切り落とし、なんとか難を逃れることができました。

その腕は、綱の屋敷にしばらく置かれていましたが、鬼は今度は綱の養母に化けてやってきて、取り戻していったそうです」

「そう」

御手洗さんは言った。

「それはよかった。腕も戻ったわけだ」

「はい」

「京都は古い都だから、あちこちで霊界とつながっているんだろうね。千年の昔から、夜の帳《とばり》がおりれば、無数の鬼や魔物が道を跋扈《ばっこ》するような街だったんだ」

「本当にそうなんですよ」

「そういう呪《のろ》いの街が、千年もの長い間、滅びずに命を永らえてきたのは不思議だね」

「今のはお話だけど、この橋は、実際に恐ろしいものを見てきているんです」

「うん」

言って、御手洗さんはぼくを見た。

「豊臣秀吉の怒りをかって千利休が切腹させられた時、彼の首はこの橋のそばに晒《さら》されたそうです。これは史実です」

御手洗さんはうなずいている。

「戦国時代には、細川晴元によって、和田新五郎という武士が、ここで首をのこぎり引きにされて、殺されたようです。また秀吉のキリスト教禁止令のもとで、キリスト教殉教者たちも、ここに並べられ、見せしめのために耳たぶを切り落とされてから、長崎の殉教地に送られたそうです」

「彼らは帰ってこなかったんだね」

「はい」

「現実の世界では、戻り橋の効能はなかったわけだ。おや？」

御手洗さんが、欄干のたもとに視線をとめた。そこは石の柱の陰になっていて、ぼくらの目からは見えにくい位置だった。御手洗さんはついと欄干から離れ、そっちに向って歩きだした。ぼくもついていった。

欄干の石の陰に、誰が置いたものか水の入った牛乳瓶があり、そこに赤い花が二輪、挿し込まれていた。

「あの世との境界線に、あの世の花だよ」

御手洗さんは言った。

「赤い曼珠沙華《まんじゅしゃげ》だ」

「曼珠沙華？　あの世の花？」

ぼくは訊いた。

「うん、死人花《しびとばな》とも、地獄花とも言われている。天上の花ともいうね。こんなにたくさん名前を持った、変わった花もほかにないな」

御手洗さんは、また欄干に腰をおろした。

「ほかにも?」

「いろいろとあるよ。彼岸花というのが一番穏やかな呼び名だけれど、天蓋花《てんがいばな》、幽霊花、剃刀花《かみそりばな》、狐花《きつねばな》、狐の松明《たいまつ》、狐のかんざし、捨て子花、三昧花《さんまいばな》、したまがり……、はっかけばばあとか、まだあると思うよ」

「どうしてそんなに名前が多いのかな」

「植物として、すごく変わっているからなんだ、葉見ず花見ず、というのもあるな」

「葉見ず花見ず……?」

「そう。この植物は、花が咲く時は葉っぱが消えるんだよ。葉っぱがある時は花がない。だから花は葉を見ることがなく、葉は花を見ることがない、永遠にね。だから互いに憧《あこが》れ続けている。この花は、韓国ではサンサファ、あるいはサンサチョというらしい」

「サンサファ?」

「うん。その場合、漢字では『想思華《サンサファ》』と書く。一本の茎を共有しながら、葉と花は、決して出会うことがない。だから互いに、永遠に思い焦《こ》がれているという意味」

「ふうん、なんだか切ないですね」

「この花は、中国や朝鮮半島から日本に伝わったといわれている。だから渡来の朝鮮人たちは、この花を大事に育てて、後にしてきた祖国を思う気持ちを込めていた。

この花の大集落が、関東にあるよ。秩父《ちちぶ》の日高という地方、高麗《こま》の里として有名なんだ。ここには日本最大の曼珠沙華の大群生が見られる。秋には、野が真っ赤に染まるんだ。

日高は、かつての大和朝廷の命によって、朝鮮半島から渡来した高句麗人《こうくりじん》たちが集められた里なんだって。そこで彼らは、力をあわせて水田を開拓し、神社を建て、祖国にあった懐《なつ》かしい祭りや踊りを、今に伝えながら暮らしている」

「ふうん」

「曼珠沙華は日本全国に咲くけど、名所は関東に多いな。皇居にもいっぱい咲いているんだって。関西にもあるんだけど、何故《なぜ》かここ京都にはないね、聞こえた名所は。どうしてなんだろう、不思議だね」

「はあ」

「ここそが、この花にふさわしい土地なのにね。千年の怨霊《おんりよう》都市、数限りない政争の舞台になって、大勢の罪のない人たちが、往来で非業《ひごう》の死を遂げた」

「はい」

「死人花、墓場花《はかばばな》を手向《たむ》けるのにふさわしい街だ」

「はい」

「ぼくらは子供の頃、この花だけは抜いてはいけないと言われた、年長の人に」

「どうしてですか?」

「死刑で殺された人の命が、この花には乗り移っていて、だから血の花を咲かせるんだって。だから引き抜くと、花が人の命を奪う叫び声をあげるんだって」

「本当に?」

すると御手洗さんは笑った。

「実際は、球根に毒があって、子供には危険だからだと思うよ。でもいずれにしても不吉な花。これは、死んだ人の魂を慰める花なんだ。

戻り橋か……、ふうん。だからきっと誰かが、この花の意味を知っていて、ここに置いたんだろうね。それとも式神かな。この橋に立って、ぼくには解《わか》ったことがあるよ」

「なんです?」

「この花はパスポートなんだ。黄泉の国、つまりあの世と、この世とを往《い》き来《き》するための。イザナギの命《みこと》の話は知っているでしょ?」

「うーん、だいたい」

「愛していた妻のイザナミの命が、黄泉の国に隠れてしまったから、夫のイザナギが迎えにいったんだ、どうしてももう一度会いたくて。

黄泉の国の入り口で門番に談判したら、この大岩の手前で待てといわれ、しばらくしたら、岩の向こうから妻の声が聞こえてきた。そこで、どうかひと目だけでも姿を見せて欲しい、君の美しい姿をもう一度この目で見たくてやってきたんだ、そうイザナギが言うと、それは許されません、声だけでも特別のはからいなのです、と妻は言った。私の姿は、絶対に見てはなりません、そう彼女は言う。

そこでイザナギは仕方なく、君と二人で創《つく》りはじめた国は、まだ完成していない。だからどうか帰ってきて、最後まで一緒に創ろう、と誘った。

そうしたら妻はこう答えた。それは残念なことでした。黄泉の国の食べ物を口にしてしまった以上、私はもう地上には戻れません。でも待ってください、もしかしたら、なんとか帰る方法があるかもしれない、今黄泉の国の神様に相談してみますから、そう言って、声が遠ざかっていった。

待たされる時間は長くて、丸一日というまでの時が流れた。イザナギがすっかり痺《しび》れをきらした頃、また妻の声がした。今神に言われました。天国の花園に咲いている花を一輪持ってきていただけるなら、帰してもらえるそうです。その花を私が胸に抱けば。でもそれは、とてもむずかしいことです。

私に行けというのか、天国になどどうやって行くのだ、イザナギは尋ねました。するとイザナミは、ではもう一度戻って、天上への行き方を尋ねてまいります、もう少しだけお待ちください、そう言って、奥に戻ろうとした。

痺れをきらしていたイザナギは、もうこれ以上は一刻たりとも待つことができず、入り口からずかずかと入り込み、ついで駈けだした。大岩の向こう側に廻っていくと、ほっそりとした背を見せ、妻の後ろ姿が遠ざかっていくのが見えた。イザナギは追いすがり、彼女の肩に手をかけ、ぐいと強引に振り向かせた。

とたんに、イザナギは大声で悲鳴を挙げた。白く美しかった妻の顔は、すっかり干《ひ》からび、腐りはてた肉の塊だった。鼻は溶けてなくなり、ふたつの小さな穴が開いているばかりで、茶褐色に変わりはてた頬の上には、ふたつの眼球が、しなびて垂れ下がっていた。

着物の合わせ目からのぞく彼女の胸もとも、肉が腐り、強い腐臭がしていた。かつて豊かだった乳房も、乾いた肉が褐色の紐《ひも》のようになって垂れ、その下には汚れた肋骨《あばらぼね》と、ぽっかりと開いた空洞がのぞいていた。

啞然《あぜん》とするイザナギに、イザナミは腐った顔の肌をゆがめ、汚れた歯をかっとむき出して、

『見たなー、私を……』

と、肺腑《はいふ》から絞り出すような低い声を発した。

イザナギは、激しい恐怖で、髪の毛が逆立つのを感じた。そして変わりはてた妻に、反射的に背を向け、逃げだそうとした。

ところが、体が動かない。見れば妻が、白骨の浮いた手で、しっかりと着物の裾《すそ》を摑んでいるのだった。

必死でその手を振りほどき、イザナギは無我夢中で逃げだした。もう後も見ず、一心不乱に駈け続け、ふと振り返って見れば、どこから現れたのか、地面は獣に似た魍魎《もうりょう》で埋まり、みなが自分を追ってざわざわと駈けてきていた。

顔を上げて見れば、彼方《かなた》には妻の姿が佇《たたず》んでいたのだけれど、今その姿もゆるゆるとうずくまり、そして四足《よつあし》の獣に変身した。と見る間に、妻もまた歯をむき出し、唸《うな》り声をあげながら突進してきた。イザナギは悲鳴をあげた」

そこまで語ると、御手洗さんは言葉を停め、にやりと笑ってぼくの顔を見た。

「それで、それでどうしたんです？　イザナギは」

夢中で、ぼくは訊いた。

「命からがら、この世に逃げ帰ることができた。そしてもう二度と、黄泉の国に出かけていこうなどとは考えなかった」

ぼくは溜《た》め息《いき》をついた。

「このあたりのことだったのかもしれないな」

御手洗さんは言った。

「黄泉の国への入り口は。きっと、ここに逃げ帰ってきたんだよ」

そしてくすくす笑った。

「嫌だよ、怖いよ、もう行きましょうよ」

ぼくは言った。

「いや、この橋の上がいい」

御手洗さんは平然と言って、身をかがめ、曼珠沙華の一本を、牛乳瓶から引き抜いた。

それを鼻先に眺めながら、

「式神が、ぼくに何かを語らせようとしている」

と言った。

「嫌だよー」

ぼくは鳥肌がたった。

「イザナミは、この彼岸花を手にできたらよかったんだ」

ぼくは、なんだか花が直視できなくなった。

「サトル君、ほら、見てごらん。この花、変わっているだろう？　こんなにたくさん、まるでアンテナみたいに細くて長い棒が飛び出している。花びらよりもずっと長いんだぜ。だからまるで棘《とげ》でできた花みたいだ。それがこの花を、とても華麗な印象に見せている。派手で、妖艶《ようえん》だね。こんな女の人がいると思わないかい？　着飾ってさ、アクセサリーでいっぱいの人」

「ああ、ちょっと怖い」

「うん、グロテスクだって言う人もいる。忌《い》み嫌う人もいるんだ、毒々しくて、嫌らしいって。真っ赤な、血の色をしているしね」

「それで死人花？」

「この棘、実はおしべとめしべなんだ。ほら、珍しいだろう？　こんなに長いんだよ。しかも花びらよりも外側にある。めしべは普通花びらの内側にあるだろう？　反対だ。だから、花びらよりも目立つよ」

「どうしてなの？」

「さあ、どうしてだろうね。新しい土地にでも、なんとか根づこうとする強い思いからかもしれない。強い受粉願望。これだけ飛び出していれば、受粉しやすいものね。派手だから、虫たちに対してもアピールがある」

「誘っているの？」

「そうさ。この花はね、ほかの花たちとは真反対の行動を取る」

「どういうふうに？」

「この花は、ほかの花たちが枯れる、秋に芽を出すんだ。そして一日十センチという猛烈なスピードで成長する。そして瞬《また》く間に五十センチという長さの茎になって、先っぽにこの派手な花を咲かせるんだ」

「ふうん、すごいエネルギーだね」

「そう、すごいエネルギーを蓄えている。けれど花は、一週間くらいでしぼんでしまう。そうしたら、茎も一緒に枯れてしまう。すると今度は球根から葉が出てきて、猛烈な勢いで伸びていく」

「冬なのに？」

「その通り。冬なのにね。冬で周りの植物がみんな枯れてしまっている中で、この花だけは青々と葉を繁《しげ》らせたまま、冬を越すんだ。そして春になったら、明るい陽光のもとでせっせと光合成をして、栄養を球根に溜め込む」

「はい、そして夏……」

「そうしたら枯れてしまうんだ」

「え？」

「夏場には枯れてしまう。だから夏には、この花は存在しない」

「へえ」

「そして秋の長雨の季節、また芽を出してまたたく間に茎を成長させ、この派手な花を開かせる。ほかに咲いている花がないから目立つよ」

「そうですね」

「それがお彼岸の頃。死者の魂が戻ってくる季節。だから彼岸花だ」

「はあ、変わってますね、変わった生態だ」

「だからこれは、地上の植物ではないと言われるんだ。天上から来たんだ。天国の花園から降ってきたんだよ」

「ふうん」

「天上には四つの花が咲いているんだ、これはそのひとつ」

「あとの三つは？」

「みんなハスの花。ハスの花三種なんだ。天上はハスの花だけが咲くことを許される。曼珠沙華は、たったひとつの例外なんだよ」

「ふうん」

「だからこれは、天上の強いエネルギーを持った花なんだ。だからイザナミは、この花を天国の花園から摘んできてくれたら、自分はこの世に復活できると言ったのさ」

「ふうん」

「曼珠沙華というのはね、仏教の経典に出てきて、『天上の花』とか、『赤い花』という意味なんだって。サンスクリット語では『マンジュサカ』って言うそうだけど。そして地上で何かお目でたいことがあると、この花が天上から降るんだってさ。そういう言い伝えがあるんだよ」

「そうやってこの花は増えたのかなぁ、地上に。空から降ってきて」

「そうかもね……。ああそうさ、その通りだよ、降ってきたんだ」

御手洗さんは、何故だか、急に思いついたように言った。

## 2

「いろいろと思い出したよ」

赤い曼珠沙華を牛乳瓶に挿しもどしながら、御手洗さんは言いはじめた。

「大学で聞いたことだ。太平洋戦争時、陸軍に、京都出身の若者ばかりで構成された、第十五師団という部隊があったって。京都の祇園祭《ぎおんまつり》にちなんで、その部隊は『祭兵団《まつりへいだん》』と呼ばれたたって」

「へえ」

「京都の彼らは、みんなこの戻り橋を渡ってから、南方に出陣していった。第十五師団はなかなか勇猛な部隊で、総勢は二万数千人もいたんだけれど、ビルマからインドの都市インパールやコヒマにいるイギリス部隊を、延々徒歩で山越えしてのち攻める、有名なインパール作戦というものに従軍して、半分以上が戦死した。残りも多くが病死し、ここに帰ってくることはできなかった」

「インパール作戦か、聞いたことあります。日本兵が三万人も死んだって」

「その半数が、京都の兵隊だった。それ以外の、病気や、入院を要する負傷兵は四万人以上にのぼった。この作戦は、旗色が悪くなった戦局を、一挙に打開するために立案されたんだけどね、連合国側から中国軍への、補給ルートを切断するのが目的だった。

だけど日本軍の装備は旧式で、その上大砲も、分解移動式の簡易なものだった。それは例の皇軍ひとつ覚えの、『ひよどり越え』を意識した迂回《うかい》奇襲がもくろまれたからだ。太平洋戦争中、二百数十という迂回奇襲作戦が立案されたけれど、成功したのは真珠湾がただひとつきりなんだ。

第十五師団以外に二師団、計三師団で険しい国境の山地を越えたんだが、上層は、後方に援軍も用意していなければ、食糧補給もまったく考えていない。上は摑んでいなかったが、待ちかまえる英軍との兵力差は絶大で、奇襲装備ではまるで無理だったんだ。

補給があてにできないから、それぞれの兵員が運ぶ食糧弾薬だけで、三十キロから六十キロにもなった。背負ったら、立ち上がれない兵もいるほどだった。そういう装備で、二千メートル級の山越えをした。その距離と様子は、国内で言うと、ちょうど軽井沢から槍《やり》ヶ岳《たけ》を越えて、岐阜に向う感じに近いそうだよ。戦場にたどり着くだけでも大変な苦行だ。

険しい山地を、馬は越えられず、食糧用の家畜を三万頭も引き連れての行軍で、家畜は何とか山を越えたけれど、大河を渡る時、大半は流されて死んだ」

「へえ」

「一方イギリス側は大軍で、装備は最新鋭で強力だった。最新型の大型戦車が大量に投入され、待っていた。彼らは、まさかこれほど大軍が山側から来るとは思っていず、だからそれなりに意表は衝《つ》いたんだけど、こんな敵に軽装備ではまるっきり無理だ。兵はすでに疲れきっていたし、万全の重装備で、堂々と正面から行くべき局面だ。

待ち伏せされていて、罠《わな》として掘られていた直線状の塹壕《ざんごう》にまんまと逃げ込み、横から機銃掃射された上に、戦車軍に簡単に轢《ひ》き殺された。重戦車相手に、歩兵銃なんかではまるで歯が立たず、隊は壊滅して、指揮官は、死刑覚悟で敗走を決断した。

一番状況が厳しかったのが、インパールを任された祭兵団だったそうだよ。戦死以上に、マラリアや餓《う》え、道端の草を食べての食あたり、さらに雨季の激しい雨が兵隊を襲って、敗走中、高熱で動けなくなり、手りゅう弾で次々に自決した」

「ふうん」

「死ねば高温多湿の気候と、蛆《うじ》と蟻《あり》で、翌日にはたちまち白骨化した。だから敗走ルートは、白骨街道と呼ばれたんだ。しかしそれでも上層部は、作戦中止を下達《かたつ》してこなかった。遥《はる》か彼方の安全地帯から、陣を死守せよの一点張りさ」

「へえ」

「この歴史的な大敗北が、事実上、日本陸軍壊滅の引き金になった。後日、作戦を立案した司令官は、怒りの涙でこう訓示した。インパール攻略の軍は、食うものがないから退却したと抜かした。食うものがない、鉄砲がない、弾がない、そんなものは闘わん理由にはならん。弾がなければ銃剣があるじゃないか。銃剣がなくなれば腕があるじゃないか。腕がなくなれば足で蹴《け》れ。それがなくなれば噛《か》みつけ。それが大和魂を持つ皇軍というものだ、とね」

「はあ！」

「もはや妄想の世界だ。自分ではなく、現場の兵が悪いんだと言った。日本軍の上層はいつでもこんな調子だからね、日本兵は使い棄《す》てられ、どんどん死んだ。そこで息子を戦地に出した母親たちや大衆の怒りが、時に爆発することがあった」

「へえ。大本営に陳情に行ったとか？」

するとと御手洗さんは笑った。

「そうなら見上げたものだが、いつもの弱い者いじめさ。このへんに朝鮮人の家があったんだ。みなでその家を焼き討ちにしたんだよ」

「ええっ、どうして？」

「戦争が始まった当時、植民地の民は召集を免除されていたんだ。だから戦地に行って死ぬのは日本人ばかりだった。それで、子供を兵隊にとられた日本の親たちの怒りが爆発した」

「ああそうか」

「この橋は、そういう醜いものも見てきたわけだ」

「そうだよねー」

「日本軍上層の兵の用い方は、こんなふうに徹底してトンチンカンだったから、このままでは兵員の数が底をつくのは目に見えていた。だから軍上層から懸念《けねん》の声が起こった。どんな懸念かといえばね、このまま日本人ばかりが死に続け、日本男子の数が減って、朝鮮人男子の比率が上がった将来、想定し得る事態を憂慮すべし、というわけさ」

「そうか、日本女性の数は変わらないものね。そうなら、日本人女性を愛人に持つ朝鮮人も出てしまうと、そういうこと……？」

「先を見越した一見賢そうな意見だが、本末転倒だね。そう思うなら日本兵を殺さないようにすべきだ。そして最初から、侵略戦争などしなければいいのさ」

「そうだね」

「それで日本国政府は、朝鮮総督府《そうとくふ》と連携して、植民地の民に皇民化《こうみんか》教育を徹底することを国是として確認した。そして植民地の朝鮮にも、急ぎ徴兵制を敷いて、朝鮮人も死ぬべしと言いはじめた」

「はあ……、ふうん」

　思わず首をかしげた。なんだか論旨が逆立ちしているような気がしたからだ。

「それまでにも朝鮮半島では、創氏《そうし》改名《かいめい》政策などを断行、朝鮮人の民族性を否定、せいぜい日本人化を推進してきていたんだが、これをさらに徹底して、半島各地に国民学校を創設、その学内では朝鮮語の使用禁止、日本語の使用のみ許可。そして皇国臣民の誓詞《せいし》とか、教育勅語を生徒に暗記させた。朝礼では、遥か日本の宮城《きゅうじょう》に向って最敬礼、朝鮮人も天皇の臣民である、という意識を徹底して若者に刷り込んだ」

「皇国臣民の誓詞？」

「こんな言葉、もう日本人も解らないね、死語だ。自分が天皇の民であることを誓う言葉だよ。そして朝鮮からも、外国人である日本の天皇のため、命じられれば迷いなく、黙って死んでいく兵隊を大量に作りだそうとした。日本兵の不足を、朝鮮人で穴埋めしようとしたんだ」

「誓詞の暗記までさせるんだね」

「まず最初に徹底して思想教育を施さないと、抑圧された民だ、与えた鉄砲で日本人上官の背中を撃ちかねないからね。しかしほかに方法はないし、時間もない、だから教育する側も焦《あせ》ってヒステリックになる」

「うん」

「不足しているのは兵隊ばかりではなかった。軍需工場で働く労働者に関しても、それは同じだった。だって男はみんな前線に出ているんだものね、内地の工場で働く男手なんてないよ」

「教育勅語って何?」

「うん、明治時代に天皇の名で発布された、修身や道徳教育の規範だね。日本国民に対し、天皇が語りかけるという体裁で作られていたんだけれど、この際むしろ、朝鮮や台湾など植民地の生徒教育において、これの刷り込みを徹底することにしたんだ。

外地の国民学校の生徒たちは、だからこれを丸暗記することになった。親への孝行や、友愛、夫婦の和についても説いているんだけれど、結局は天皇への忠誠要求であり、そうした道徳心を、戦争遂行に利用しようとするものだった。

だから意味なんて解らなくてもいい、教師の側だってよく解ってはいない。政府だって迷っている。ただ、懸命に憶《おぼ》えて暗唱するという行為自体が恭順《きょうじゅん》の意を感じさせるから、自信のない教師は頭を撫《な》でてくれるさ。

朕《ちん》おもうに、わが皇祖《こうそ》皇宗《こうそう》、国をはじむること宏遠《こうえん》に、徳を樹《た》つることとうんぬん……、もう意味がよく解らない」

「よく知っていますね」

「今も忘れられないことがあるからなんだ。この橋の上で、この赤い花を見て、思い出したよ。ぼくは長い世界放浪の旅をしてきた、そのことは話したよね?」

「はい」

「思えば戦争を巡る旅さ。世界の街角、どこに立っても、戦争の傷痕《きずあと》を見つけることはできた」

「ああ、ここだってそうですものね」

「戻り橋か、象徴的な名前だ。旅がアメリカ西海岸に達した時、ロスアンジェルスのダウンタウンで、チャンさんという韓国人と知り合ったんだ。そして数日間を一緒にすごした。その間彼とは、ずっと日本語で話した。だって彼は、韓国のクァンジュという街で国民学校に行き、ずっと日本語教育を受けていたから。つまりは、徹底して皇民化教育を受けていたんだ」

「ああ」

「彼はそういう世代だった。その後日本にも連れてこられ、秩父に長くいたからね、日本語が上手に話せた。向こうも、懐かしい日本語を使いたがっていた。だから、彼の生い立ちについて、日本語で詳しく聞いた。まさしく苦難の人生でね、感銘を受けたな。そして戦争の愚劣さというものを、またしても考えた。

その時、彼の口からこの教育勅語の暗唱を聞いたんだ。もっと長々聞いたんだけど、退屈だったから忘れてしまった」

「ふうん」

「彼のお姉さんは、教育勅語の暗唱がもっとずっと上手だったと彼は言った。クァンジュの国民学校時代、日本語の成績は全校で一番、級長もやっていたそうだよ。チャン・

ソニョンさんという名で、姉さんは自分の誇りだったと彼は言った。兄さんもいてね、ヨンシクさんという。彼のことも誇りだったそうだ。優秀な一家だったんだね。

末の弟の彼は、名をビョンホンといった。その時ダウンタウンの日本人街の、日系人博物館でね、マンザナー日系人強制収容所の展示をやっていたんだ。写真のパネル展示と、映像もあった。それに、室内にバラックも再現されていてね、興味があったから観《み》に入ったら、そこで彼に出会ったんだ。

彼も展示を観にきていて、ＬＡの日系人だと思って、展示についてぼくに訊いてくるから、ぼくも知らないんだと言った。でも彼は英語がよく読めないみたいだったから、説明文をすべて読んで、日本語に訳してあげた。そうしたらとても喜んでくれて、たちまち打ち解けた。

彼も一人だったからね、館を出ても別れず、日本人街の歩道を歩いて、日系人の経営する近くのカフェに入って世間話をした。店の前の歩道には、ウシカワ・ホスピタルとか、ニホン・ホテルなどと、ごく小さな文字が書かれていた。その文字を見ながらカフェに入り、彼のこれまでの経緯を聞いたんだ。一日聞いていても飽きることはなかったね。日本を巡る、アジアの近代史そのものだったから」

「三人兄弟なんですね」

「うん。でもそれゆえに一家は貧しかった。三人ともクァンジュで生まれ育っていて、町を出たことはなかった。一番上の兄さんは、皇民化教育の成果で、朝鮮総督府の志願者訓練所を経て、教育飛行隊に入隊していた。少年飛行兵が彼の憧れでね、子供時代からのその夢に向かって、兄は邁進《まいしん》していたらしい。

お姉さんもそうだった。優秀なお兄さんに負けまいとして、国民学校で猛勉強していた。でも当時、男なら軍に入れば、植民地の民でも出世できたんだけど、女の子では、朝鮮人は女学校に進学することはできなかった。でも彼女は成績がよかったから、なんとか首席を維持していれば道が開けるのでは、と期待していたんだ。

するとはたして、チャンスが訪れたんだそうだ。ある日教室に、日本人の校長先生と憲兵が入ってきて、本日この学校から、名誉ある女子挺身《ていしん》隊員を募集する、と大声で宣言した。

女子挺身隊というのは、日本語の成績がよい、優秀な生徒に与えられる名誉ある仕事でね、内地に行って、お国のため、軍需工場で尊い勤労に励むことになる。勤労の場所は、おそらく東京になるだろう。憧れの東京を見ることができるぞ、と憲兵は言った。

しかも挺身隊に入るなら、勤労に対する相応の給金も出る。そして女学校に行くことが保証される。日本の女学校だぞ、そう憲兵は言った。どうだ、この中に志願者はいないか、そう彼は言って、教室内をぐるりとひとわたり見廻した。

ソニョンさんは、心臓がどきどきしてたまらなかったそうだ。彼女の日本語の成績はオール十だった。これは私のために用意されたお話だ、私にもいよいよチャンスが巡ってきたんだと、そう思って胸が高鳴ってたまらなかったんだ。名誉ある女子挺身隊、憧れの内地の女学校、そして憧れの東京、給金がもらえたら父親の薬代も出る、おとなちの生活を少しでも助けられる、親孝行ができる――。

その時、校長先生がちらと彼女の顔を見たんだ。それでソニョンさんは、反射的に手を上げていた。志願しますと言ったんだ。

家に帰って病床にある父親にこの話をしたら、彼は泣いて反対した。そんな話は嘘《うそ》だ、日本になんか絶対に行ってはならないと。

翌日学校で、また校長先生に会ったから、彼女は確認した。女学校に行かせてもらえるという話は本当なのですかと。すると校長先生は、いきなり背筋をぴんと伸ばし、こう大声で言った。

『かしこくも、天皇陛下が呼ばれているのだ、嘘などであろうはずがない！』

それでソニョンさんは日本に行くことを決めた。以降はもう、何を言われても親の言葉に耳を貸さなかった。父親は病床にあり、母は働きに出ていた。家は借金がかさんでいたし、このままでは一家が立ちゆかなくなることが目に見えていた。

内地からお金を送るからね、とソニョンさんは言い、親を説得した。兄はすでに家を出ていたが、もっと口減らしが必要だった。戦争が進み、一家は食べるものにも事欠いていたからだ。

それでソニョンさんは、弟も内地に連れていきたいと言って、校長先生に懇願した。弟のことは、自分が責任をもって勤労させると請合った。二つ年下のビョンホンさんも、日本語の成績はよかったんだ。

それで特例として、これが認められることになった。ソニョンさんはそれほどの優等生だったし、なにより内地で、それだけ人手が不足していたんだろうね。姉が十四歳、弟が十二歳の時のことだ」

3

二人は貨物船で、東京に向った。朝鮮全土から、黒もんぺ姿の女子が大勢集められていて、全員が船に乗せられた。男の子はビョンホンが一人だけだった。

貨物船だったから、少ない船室はすぐにいっぱいになり、夜になると男の子のビョンホンは、一人だけ甲板のすみで眠らされた。はじめて親もとを離れた夜、生まれてはじめての船旅で、船の揺れや、背中の痛みや、子供だったから闇が怖くて眠れず、次第に船酔いまでして辛《つら》かった。

着いたところは横浜の港で、軍服に似たカーキ色の服を着た、怖そうな顔の日本人が出迎えてくれた。ササゲだと名乗った。そこからはササゲに先導され、全員でぞろぞろ横浜の街を歩いて、駅に向った。

電車に乗って有楽町に向ったのだが、途中車窓から眺める横浜の街も、着いた銀座の街も、とても綺麗で、夢のようだった。だから、胸が高鳴った。これから何ごとか、楽しい生活が始まるような期待を知らず抱いた。外地の田舎町に生まれ育ち、はじめて目にする憧れの東京だったから。しかし、その期待は見事に裏切られた。

連れていかれた場所は、有楽町の日劇だった。見たこともないような巨大な劇場で、驚いた。入ったら、高々とした天井のもと、すべての座席が取り払われ、広々となったフロアに、畳一畳分もある大きな和紙が何枚も広げられて、刷毛《はけ》の入った桶《おけ》が点々と置かれていた。

日劇が、富号《ふごう》作戦と呼ばれる、風船爆弾を作るための臨時の工場になっていた。その日は説明だけがあり、翌日から白い鉢巻を締めさせられ、早朝から夜更けまで、ササゲたち指導官の指揮で、連日十三時間というぶっ通しの作業が始まった。戦局が急を告げる、昭和十九年の秋だった。

畳一畳分もある和紙は、地方の工場で作られ、日劇に運び込まれていた。これは和紙を、こんにゃく糊《のり》で五層に張り合わせて大きくしてある。これもまた、九州や信州の女学生が作ったものだという話だった。日劇でのビョンホンたちの仕事は、これをさらにこんにゃく糊で張り合わせ、気球にするという最終の工程だった。

余談だが、この兵器製造のために日本中から大量のこんにゃくが供出させられ、日本中の食卓から、この時期こんにゃくという食べ物が消えた。

気球ができあがったら乾燥させ、表面に苛性《かせい》ソーダ液を塗って仕上げる。そして直径十メートルの巨大な気球に仕上げる。製作を始めた当時は、別室で試験的に起爆装置を組み込んで、爆弾を完成させてもいた。のちには、街中では危険だということで、爆弾は発射台で取り付ける方式に変更された。

仕上げに苛性ソーダを塗るのは、こんにゃく糊の接着力を強化するためと、和紙の気密性を増すためだ。国中でもう軍用物資は底をついていて、気球用の材料といえば、和紙くらいしかなかった。

巨大な和紙の球ができあがったら、水素ガスを入れる前に、まず空気を入れて破れ目がないかを点検する。最終工程の作業場に日劇が選ばれたのは、直径十メートル以上もある巨大な風船を膨らませたり、時には吊《つ》り下げてガス漏洩《ろうえい》のテストができる屋内が必要だったからで、高い天井の大空間といえば劇場しかない。このため、日劇のほかにも東京宝塚劇場、浅草国際劇場、両国国技館などが、臨時の工場になっていた。

空気を入れてのちは、気球の中に入って、穴や破れ目の点検をする。まだ体が小さかったビョンホンは、こういう時重宝で、たいてい下部の穴から気球内に入れられた。

女の子たちは、最初は作業に馴《な》れないものだからよく失敗をする。するとしばらくの間は叱責《しっせき》ですんでいたが、何度もしくじって和紙を無駄にしたりすると、男の子のビョンホンはむろんのこと、女の子でも頭を拳骨《げんこつ》で殴られたり、頬を張られたりするようになった。貴重な資源をなんと心得るか、気合を入れろ、というわけだ。

実際糊で五層に貼《は》って、大型の和紙に仕上げる作業も大変で、重ねた和紙の間に、ほんの米粒ほどの空気が入っていても、気圧の低い一万メートルの上空ではこれが破裂し、気球の誤爆を誘導する。だからこれも厳しい叱咤《しった》のもと、地方の女学生たちは、不眠不休で頑張っていた。

怒られれば、自分がいけなかったのかと反省し、しばらく頑張るのだが、姉弟は次第に首をかしげるようになった。というのは、日本人の女子生徒が参加していると、ササゲたちは、彼女らにはあきらかに丁寧なのだった。失敗しても叱責の声が低い。また、何度失敗を重ねても、日本人たちは殴られることがないのだった。作業はあきらかにこっちの方が上手なのに、と姉のソニョンは何度も不平を言った。

朝食はなく、最初の頃こそは、昼食に握り飯と若干のおかずが出されたが、次第にそれが粥《かゆ》か、コッペパンが半分と味噌汁《みそしる》だけ、というふうに変わった。午後の三時におやつとして出されていた和菓子も、じきになくなった。

けれどこれも、日本人の女子生徒にはいつまでも握り飯が出されたり、おやつが出たりしている。勇敢な朝鮮人の女生徒が、この差別の理由について質《ただ》すと、朝鮮人のくせに生意気言うな、時局をわきまえろ！　と雷のような大声で叫ばれ、床に倒れ込むほどに殴られた。

　外地からの女子挺身隊の寮は、近くの省線のガード下の、暗くて湿った倉庫のような場所か、日劇から歩いて二十分ばかりの場所に建てられた、粗末なバラックがあてがわれた。そして夜の食事は、表の道の脇《わき》にいくつも七輪《しちりん》を並べ、配られたわずかな食材を、やってくる年長の女性の指導のもと、やりくりして調理し、自炊した。挺身隊の人数は多いから、一人一人の口に入る量などわずかなものだった。

　ビョンホン少年は、仕事が終われば姉の入れられた寮までついていき、炊事を手伝い、夕食はともにした。そののち、しばらくは姉の横に眠ることが許されたが、次第にこれはよくないと判断され、日劇の倉庫の床に、茣蓙《ござ》と布団《ふとん》を敷いて一人で眠らされた。

　暮れが迫れば、底冷えがするような寒さが襲うようになり、なかなか寝つけない。危険だから、もちろん火の気などは許されない。防寒具の支給も不充分だ。

　衣装や舞台装置が載った棚が横にあり、大道具が山と積まれた足もとだったので、くずれてきそうで怖かった。不気味な顔の人形が、闇の中、天井付近に見えているのも嫌だった。絶え間ない隙間《すきま》風《かぜ》の音が、その顔が漏らす悲鳴のようだった。何より爆弾の材料や部品が近くにあって、これが危険だったはずだが、子供のことで、そうしたことには頭が廻らなかった。

来る日も来る日もこんにゃく糊と苛性ソーダの匂《にお》いをかがされ、だんだんに頭痛がとれなくなった。苛性ソーダの刺激で指の皮膚がやられ、指紋が消えてしまった。しかしやがて作業に筋のよい子は、優秀と判断されて別室に集められ、高度保持装置の組み立てグループに参加させられた。

ソニョン、ビョンホン姉弟も、選ばれてこちらに移された。これはおとなに混じってやる作業だけれど、椅子《いす》にすわっての仕事なので、体が少し楽になった。最初はおとなたちに部品を手渡すだけの簡単な手伝いだったが、次第に組み立てても、やらされるようになった。

別室では当初、爆弾の取りつけ実験も行われていたが、それはさすがに専門家たちによる作業で、ビョンホンが近づくことは許されない。けれども年が明けると、相応の熟練があったとして、爆弾や無数の砂袋を吊り下げる金属環《きんぞくかん》の取り付けを手伝わされた。したがって時には爆弾も、手に触れられるほどの間近で見る機会があった。しかしこれは、信管《しんかん》がまだはずされた状態だから、安全なのだと聞いた。

しかしそうは言っても、千葉や茨城の発射台で、あるいはそこに向かっての搬送中、何度か爆発事故が起こり、犠牲者が出た。それで爆弾でなく、焼夷弾《しょういだん》を下げるように設計が変更された。

そもそも風船爆弾という兵器は、日本人らしいうまいアイデアと言ってもよい。何故ならこの爆弾は、今で言うジェット気流、中でもそれが特に強い冬の偏西風に乗せ、日本からアメリカ大陸まで爆弾を飛ばそうという考え方だが、兵器の飛んだ距離としては第二次大戦中最長であり、史上初の大陸間横断兵器ともなる。こういう評価はまだ歴史に現れていないけれども。

加えて、用いる材料の安価さなど考えたら、B29の量産などとは較《くら》ぶべくもない。この爆弾は、当時の金額で一基約一万円でできた。コストパフォーマンスとしては最上の部類になる。

しかもこのジェット気流というものは、筑波《つくば》の高層気象台長であった大石和三郎《おおいしわさぶろう》氏たちが発見したもので、当時のアメリカ人は、まだこの風の存在を知らなかった。だからどうしてはるばる日本から、あやまたずアメリカへ飛んでくるのか不思議だった。風船爆弾は完全に無誘導で、操縦装置などは載っていない。

これは、届いた爆弾だけを見たからで、それがすべてだと思えば、不思議な気分にもなる。しかし実際にはその何倍もの爆弾が、太平洋に落下したり、カナダやメキシコの方角にそれていた。価格が安いから数を撃つことができ、それがこういうマジックを産んだ。

またどう頑張ってもアメリカ人は、同じ兵器で日本に報復することができない。偏西風は、東に向かってのみ吹いているからだ。また日本列島は的《まと》が小さい。こういう一方的な兵器は、ほかには例がない。

さらに優れものが、この高度保持装置というメカニズムだった。アメリカまで届かせるためには、気球は、高度一万メートルを吹く、強い冬の気流に乗せる必要がある。しかしはるばる太平洋を横断している間に、和紙製でもあるし、徐々に中のガスが抜ける。また夜間は陽射しがなくなるから、冷えてガスの体積が縮小もする。すると気球は次第に降下して、最後には海に落ちてしまう。これを防ぐため、風船の気圧を感知する空盒《くうごう》というセンサーが付けられていた。

気球が降下をはじめると、この空盒が縮んで電流と熱を発生させ、気球下の金属環からびっしりと吊るした砂袋の、麻糸を一本焼き切る。すると砂袋がひとつ落下するから、気球は再び上昇する。これを何度か繰り返し、最低八千メートル以上の高度を維持する。そうして、ついにアメリカ大陸の上空にまで届かせる。

とはいえ、こうした計算通りには稼動《かどう》せず、海に落ちたものも多かったが。そして二昼夜が経《た》てば、空盒が自動的に気球爆破用のガスに点火し、全体が爆弾となって落下する。姉弟は、この高度保持装置か、空盒を作っていたものと思われる。

日本軍は、この風船爆弾を、昭和十九年秋から二十年の四月にかけ、およそ一万個作って放球《ほうきゅう》した。しかしむろんそのすべてがアメリカに届いたわけではなく、届いたのはせいぜいその一割程度、あるいはもっと少ないともいわれる。

風船爆弾は、陸軍科学研究所の草場《くさば》少将の発案で、登戸《のぼりと》の研究所に集められた優秀な技術将校たちの、腕と知恵の結晶だった。が、実のところ彼らも、起死回生の最終兵器とまでは考えていなかった。多くが、内心は効果のほどを疑問視していた。ただ放つだけで、あとは風まかせの頼りない兵器だったからだ。

ところがアメリカ側は、厳重な報道管制を敷いて、この爆弾の被害を隠蔽《いんぺい》した。だから日本側は、作戦の成果を知ることができず、被害がまったく出ていないのではと、多くが疑心暗鬼に陥った。

報道管制は日本側を元気づけないためであるが、アメリカ国民をパニックに陥らせないためもあった。やがてアメリカのもくろみどおり、草場少将はさしたる効果なしと判断し、製造の中止を決定した。ガスの調達困難や、空襲の激化もあった。

しかしこの作戦は、続けているべきだったかもしれない。アメリカ側は、日本側の予想に反して、この気球を非常に恐れていた。当初は日本からの飛来とはまったく考えず、火星人の攻撃だと言いだす者までいた。そのくらい意表を衝いた。日本からのものと解ったのは、下がっていた重りの砂袋を分析したからだった。

最新のレーダーを、この兵器来襲にそなえて駆使したし、迎撃用の戦闘機を飛ばしたりもした。しかし気球の飛来は広範囲にわたり、到底捕らえきれなかったし、何より、どこに落ちるか解らない爆弾の大量飛来を知ったら、空襲経験のない国民の側がパニックに陥ったろう。

さらに米軍は、細菌が載せられた化学兵器であることを警戒して、厳重な防護服を着ずには近づけなかった。もしも日本が実際に病原菌を載せていたら、戦後の日米国交正常化は、大幅に遅れていただろうね。

この爆弾による被害は、今も正確なところは解っていない。オレゴン州のブライという小村で、ピクニック中の牧師夫妻と、日曜学校の生徒五人が、松に引っかかっている不思議な風船を見ようとして子供が木に登り、触れて爆発、六人が死亡したこと。これは製造した日本の女学生たちが、戦後この街に十四本の桜の木を贈って謝罪をしている。

あるいはワシントン州リッチランドの送電線に触れて停電を起こし、この地で製造中だった、のちに長崎に投下されるプルトニウム型原爆の製造を、三日ばかり遅らせた。

これらは、風船兵器の飛来を国民に隠していた、米政府にも責任の一端がある。

実際にはもっと効果があったと思われる。事実この時、ぼくはまだ世間に知られていない事例を知った。

ソニョン、ビョンホン姉弟の、富号作戦への勤労奉仕は、翌年の三月、空襲が激しくなって生産が中止になるまで続いた。一日十三時間に及ぶ労働は、高度保持装置製作に替わっても、少しも緩和されることがなかった。

そこである日、ソニョンはついにササゲに尋ねた。約束の女学校にはいつ行かせてくれるのかと。するとササゲは、何を言うか、戦局を思え、この非国民が！　と怒鳴った。

その時は、怖くてもうそれ以上は何も言えなかったが、しかし日が経つにつれ、どうしても承服ができなくなった。こうしている今も、父の病状は重くなっているはずだ。日々の薬代にも事欠いているだろう。薬があれば救えるかもしれない。両親は、自分からの送金を今や遅しと待っている。ソニョンは、そんなふうに弟に語った。

それである日、仕事が終わってから、爆発しそうな思いを抱え、ソニョンは勇気を振り絞ってもう一度ササゲの前に行き、訊いた。加勢ができたらしようと思い、ビョンホンもついていった。

おずおずと、姉は言った。自分の家は貧しく、父親が病気で、両親が自分からの送金を待っています。どうか少しだけでもお金を送れるようにしてください。女学校はもういいですから、お給金を少しでもください。私はそういう約束でここに来たんです。

するとササゲは真っ赤な顔になり、金が欲しいのはどこの家も同じだ！　と怒鳴った。そしてそれ以上はもう何も言わず、ソニョンの手を取り、ぐいぐいと引っ張って、廊下に消えた。その剣幕が恐ろしくて、ビョンホンは何も言えず、一人取り残された。

ずいぶん時間がかかり、ソニョンは目を真っ赤に泣き腫《は》らして帰ってきた。顔や、体中に痣《あざ》ができていて、暴行されたことはあきらかだった。

ガード下の寮に戻り、姉弟は抱き合って泣いた。だまされた、と姉は言った。アボジの言うことを聞いておけばよかった。

結局、姉は女学校には行かせてもらえなかったし、終戦まで、一円の給金も、姉弟に対して支払われることはなかった。

4

この時のソニョンは、実はビョンホンが考えているよりもずっと深刻な状態下にあったのだが、子供だったビョンホンには、事態が洞察できなかった。

慢性的な睡眠不足と栄養失調、加えて精神的なストレスで、ソニョンから笑顔が消え、ふさぎ込むことが多くなった。これが体調をより悪くした。それはビョンホンも同じだったが、彼は男の子だったから、まだ体力があり、気分の救いもあった。

秋が深まり、東京を時に長雨が襲い、朝鮮から来た女の子たちの多くが風邪にやられた。ひとつの布団に三人が入って眠るような環境だったから、風邪はたちまちみなに広がった。ソニョンも、以来慢性的な風邪に悩まされるようになった。

ある日、ソニョンが友達に、こんなことを打ち明けているのを聞いた。生理が止まってしまった。待っても全然来ないと。

それは別に大事ではなく、過労と睡眠不足、体力の低下などによる一時的なものだったが、ササゲにそれを知られたようだった。生理が止まったのか、と廊下でササゲに尋ねられている姉の姿を、ビョンホンは見た。

その頃姉は、再び気球製作のフロアに戻されていたのだが、広々とした劇場で、ササゲに叩《たた》かれている姉の姿を何度か見た。ソニョンが、もう給金のことなどを言い募っているはずはない。体調が悪く、眩暈《めまい》がして、能率が上がらなくなっているのだ。

ササゲは、どうやら姉を目の敵にしているように見えた。ガキのくせに生意気なやつだ、といった言葉を、何度か聞いた。子供の、しかも女の子に、おとなの自分が舐《な》められている、とでも思っているらしかった。

その翌日、昼食のスープの時、栄養剤の支給だと言われ、各自持たされた茶碗《ちゃわん》に、褐色の液体が少しずつ入れられた。これを飲んだら頭がすっきりし、体も元気になる。飲んだら次はお茶を入れるから早く飲め、と言われ、みな急いで飲んだ。

するとあきらかに体が軽くなり、元気になって眠気がとんでいく。以降の仕事は、確かによくはかどった。表に陽が落ちてもまだ疲れが感じられなかったから、知らずその日は残業になった。

けれど、夜が眠れなかった。明け方になってうとうとしたら、もう朝になっていて、仕事の時間だった。午前中は猛烈に眠く、なかなか仕事にならない。でもお昼前になり、また栄養剤を飲まされたら、たちまち頭がすっきりして、元気が戻った。

姉のソニョンの様子は、次第にひどくなっていった。昼食もほとんどとらず、目に見えて痩《や》せた。まるで幽霊のように、ふらふらとした足どりで、日々の作業をこなしていた。

ビョンホンはまだ機械組み立ての部屋にいたから、あちこちにいろんな部品を取りにいかされて、客席フロアのぐるりの部屋に、入る機会があった。その中には指導官の詰め所もあり、そこには七輪と大鍋《おおなべ》があって、野菜がたっぷり入ったスープが煮立っていた。テーブルと椅子があり、流しもあって、まな板や食器が見えた。ここはおとなたちの食堂のようだった。

自分たち挺身隊のものより、ずっと具も量も多い、とビョンホンは思った。

鍋を見ていたら、いきなりドアが開き、ササゲが入ってきたから、あわてて目的の部品を持ち、廊下に逃げ出そうとした。

『なんだおまえ、どうしてここにいる』

と訊いてくるから、ビョンホンは取りにきた部品を高く掲げて示した。そうしたらササゲはもう何も言わないので、急いで廊下に出るドアを開けた。すると、

『おい明夫《おきお》』

と呼びとめられた。日本人は、みんな日本語名でビョンホンを呼ぶ。創氏改名で、ビ

ョンホンは張本明夫《はりもと》になっていた。

振り返ると、

『おまえの姉ちゃん、近頃元気ないな。元気づけに、特別にこれ、食べさせてやるからこっちに呼んでこい』

と言った。

『特別の栄養剤も飲ませてやる』

とつけ加えた。

その時、この男の笑い顔を、ビョンホンははじめて見た。茶色に汚れた歯をむき出した、なんともいえない下卑た笑い顔だった。ビョンホンは寒気がした。

言われた部品を機械製作の部屋に置き、劇場の客席フロアに行って、ササゲの伝言を姉に伝えると、

『行かない』

と即座に言った。

『行かないとまた乱暴されるよ』

そう言うと姉は、

『行かなくてもされる、おんなじ。行った方がもっとひどいことされる』

と言った。

ビョンホンはその後すぐに持ち場に帰ったから、姉がどうしたかは知らない。

夜になり、寮に戻ろうとしたのだが、劇場内に姉が見当たらない。表に出て、ぐるりを歩いてみてもいない。それで寮まで走り、部屋の中を見るが、ここにもいない。往来ではもう炊事が始まった。このままではトラブルになる。焦って近所を探したら、ガード下の暗がりに、石のようにうずくまってレンガ壁にもたれている姉を見つけた。

『姉ちゃん』

呼びかけると、ソニョンはついと顔をあげた。近寄っていくと、遠くの街灯の黄色い光が頬にさし、涙の筋が光った。泣いていたのが解った。ビョンホンは、そっと横にしゃがんだ。

『大丈夫？　ご飯だよ』

とビョンホンは言った。

『食べたくない』

ソニョンは言った。そして、

『クァンジュに帰りたいよ』

と言った。

ビョンホンも、黙ってうなずいた。彼もまたそう思っていたからだ。

『ササゲ、死んだらいい』

と姉は、ぽつんと言った。

『さっきどうしたの？　ササゲのとこ、行った？　鍋の煮物、食べさせてもらえた？』

ビョンホンは訊いた。そうしたら、驚いたことにソニョンは、いきなりけらけらと笑いだした。姉のそんな様子を見るのははじめてだったから、ビョンホンはびっくりした。

『大丈夫？　姉ちゃん』

と訊いた。

『あれ、ヒロポンて言うんだよ、あの栄養剤』

ソニョンはいきなり言った。

『ヒロポン』

その名を聞いたのは、この時がはじめてだった。それからは、たびたび名を聞くようになったが。

『さっき特別の、飲まされた』

ソニョンは言った。

『ササゲに。だから眠れない。あれ、眠くなくなる薬なんだよ』

そう言って、姉はもう黙り込んでしまった。何を言っても答えようとしないから、ビョンホンも一緒になり、じっとすわっていた。

時刻が遅いせいもあり、目の前の歩道に、人通りはほとんどなかった。今は夜がふけるほどに人通りが増すが、昭和十九年には、有楽町にもそういう裏通りがあった。

『姉ちゃん、血が出てるよ』

ビョンホンが、異常を見つけて言った。

暗がりだから、黒モンペの先、ぼうと白く見える姉の素足のくるぶしあたりに、黒ずんだ細い筋があった。急いで手を伸ばし、姉がそのあたりの肌を強くこすった。すると黒いものは、ぽろぽろと剝《は》がれて落ちた。もう固まっているようだった。

『怪我《けが》したの?』

弟は訊いた。すると姉は、迷うようにじっと黙っていた。それから、

『栄養剤、内地の女の子には飲ませないんだよ』

と、一見関係のないことを言った。

『ササゲ、殺したい』

姉はもう一度言った。

『乱暴された、ササゲに。薬飲まされた。殺したいよ、あいつ』

姉はもう一度言った。

翌日、ビョンホンは思いがけず大怪我をした。機械製作の部屋にあった信管をいじっていて、これが暴発したのだ。指の肉が裂け、飛び散った破片で、えぐるように頰の肉

を切った。驚きと痛みで泣き叫んだ。

驚き、上司が救急箱を持ってきて消毒してくれ、ガーゼをあて、応急的に包帯を巻かれた。そうして抱きあげられ、いつも寝ている倉庫に運ばれて、寝かされた。しばらくじっとしていろと言われた。一人になると痛みがどんどん増す。果てしなく増していくように思われ、このまま死ぬのかと怯《おび》えた。切れ目のない激しい痛みで頭がじんじんし、涙がたくさん出た。

一緒に仕事をしているササキという技術官がやってきて、近所にある外科を、地図を描いて教えてくれた。そして、一人でここに行ってくるようにと言う。これをもって行けといって紹介状もくれた。そうしたら治療費の心配はないからと言う。ついてきてくれるのかと思ったが、そうではなかった。

頭の芯《しん》までしびれるような痛みに堪えながら、ビョンホンは起きあがり、とぼとぼと歩いて、有楽町の外科に向った。耳鳴りも始まり、姉に言おうかとも思ったが、姉に言ったら自分の世話をしようと持ち場を離れることになる。するとまたササゲに怒られるだろう。姉の立場を悪くするだけだと思い、心細かったが一人で行った。

医者は消毒して薬を塗ってくれ、包帯を巻いてくれた。頬にも同じような手当てをし、こちらには絆創膏《ばんそうこう》を貼ってくれた。それから五日分の呑《の》み薬をくれ、食後に呑むようにと言った。ここで呑めと言われる薬を呑んだら、次第に痛みが遠のいて、楽になった。

たまたま病院に患者がいず、暇だったからだろう、医者はビョンホンを寝台に横たえ、身の上とか、日劇での今の仕事の内容を聞いてくれた。続いて上半身を裸にして聴診器をあて、栄養がうまく摂《と》れていない、きちんと食べ、二、三日家でゆっくり休む方がいいと言った。そして、東京には親戚《しんせき》はいないのかと訊いた。

それでビョンホンは、この時はじめて思い出した。両親から、埼玉の高麗川《こまがわ》という村に、遠縁の親戚があると聞いていたのだ。母親のいとこにあたる夫婦だという話だった。まだ自分は会ったことはないのだが、両親は心配で手紙を出してくれており、子供ら二人が東京に行くと言っていると伝えたら、是非一度家に遊びにくるように、と返事をもらっていたらしい。でも東京からはうんと遠い田舎らしいから、行く時間があるとも思えず、忘れていた。

そういう話をしたら、では明日からそこに行けと医者は言った。これからさらに強い痛みが来るかもしれない。そばに親がいないのはよくない。日劇の指導員には、自分が今手紙を書いてやるからと言う。このまま臨時工場にいたら睡眠が充分とれないだろうから、疲労がとれない。栄養も摂れないから、子供のことで傷が化膿《かのう》する、抵抗力が落ちて、下手をしたら余病を併発すると言った。

日劇に帰り、機械組み立て部署のササキに報告したら、彼はいったん苦い顔をしたが、医者が言うのなら仕方がない、明日の朝高麗川村に発《た》ってもよい、と言ってくれた。

それで姉のところに行き、顚末《てんまつ》を話して、明日の朝自分は高麗川村に行くから、その家の名前と住所を教えて欲しいと言った。姉はびっくりしたが、次第にうなずき、それがよいねと言った。とても空気がいいところらしいから、療養にはいいよ。よく食べて眠ったらいい。でも大丈夫？　と訊く。

もう大丈夫だよ、まだ少し痛いけど、とビョンホンは強がった。実際には、かなりの痛みが続いていて、怖かった。まだ爆発音が耳の底に残っていたし、その瞬間感じた世界が終わるような強烈な恐怖心は、まだ心を占めている。

張村勲夫《はりむらいさお》さんと仁美《ひとみ》さんという夫婦なのだと、姉は名前を教えてくれた。日本名を名乗っているらしい。奥さんの仁美さんが、母のいとこなのだという。でも住所は憶えていない、寮に帰らないと、と姉は言った。

その夜は、姉の布団で眠らせてもらった。姉は、いきなり行ったら驚くだろうから、明日の朝、張村さんに電報を打っておいてあげると言った。きっと駅まで迎えにきてくれるよ、と言う。だからお行儀をよくして、よく休んで、うんと養生してねと言った。うん、とビョンホンは応《こた》えた。

しかしそれから朝まで、強い痛みでビョンホンは一睡もできなかった。夜がふけたら、医者が言っていたように強い痛みがぶり返してきて、おまけに頭痛までがして、熱も出てきた。けれど、言えば姉が眠れなくなる、明日の仕事にさしつかえると思い、黙って堪えた。

忍び泣いているらしく、姉は横でしばらく洟《はな》をすする音をたてていたが、やがてそれが寝息に変わった。手の痛みは時に激しくなり、ずきずきと鼓動して、歯を食いしばらなくてはならないような時があったが、ビョンホンはじっと我慢した。

朝になり、姉は電報を打ってくれた。そして特別に許可を取り、駅まで送ってくれた。駅の長椅子にすわり、高麗川村までの行き方、乗り換える駅の名などを、逐一紙に書いてくれた。

それを手に電車におさまり、ホームに立つ姉を車内からじっと見つめると、ほんのこ数日で、姉がすっかりおとなになった感じがした。痩せたせいかもしれない。痩せた姉は、何故なのか、まったくおとなの女に見えた。痩せてきれいな、おとなの女だ。

気をつけてね、と姉は言った。でもやはりどこかつらそうなので、ぼくがいなくても平気？　と尋ねてみた。その問いに姉はただ笑い、黙ってうなずいた。

以前なら、当然よ馬鹿ね、とでも言った気がして、だからその様子は、かえって一人では怖い、心細い、とこちらに訴えているような気がした。

頼るものがない外国だからな、とビョンホンは考えた。それで彼は、つらいような、それでいて嬉《うれ》しく、誇らしいような、複雑な気分を味わった。

5

池袋から武蔵野鉄道線に乗り換え、高麗《こま》駅まで行った。日高という地名は、当時はまだなかった。高麗駅におりたら、張村仁美さんが改札口まで出迎えてくれていた。頬の絆創膏と、手の包帯から、向こうでビョンホンを見つけた。といってもおりた客は三人しかいず、一人は中年で、もう一人は女性だったから、間違うはずもない。

ビョンホンをみると大げさに驚き、手を振ってから、『ビョンホン?』と訊いた。こくりとうなずくと、笑って、よく来たねぇと、抱きしめて歓迎してくれた。

暴力的で恐ろしい日本人ばかりの中にいて、そんなふうに喜ばれるのは久しぶりだったから、ビョンホンもとても嬉しかった。初対面なのに懐かしい印象が来て、張り詰めていた気分がほぐれた。やはり十二歳の子供には、異郷での挺身隊勤務はきつかった。

仁美さんに手をとられ、駅前に出た。今の高麗駅前は開けたが、当時はまだ田舎駅で、駅前にも建物は少なかったらしい。見渡すぐるりには、植物が目立った。秋だったけれど常緑樹らしく葉があり、その緑や、かすかなその匂い、土の香りなど、有楽町にはないさまざまなものが、ビョンホンの五感に飛び込んだ。祖国のクァンジュを思い出し、気分がなごんだ。

日本に来て、まだふた月と経ってはいなかったのに、もう何年も国を離れてすごしている感じがした。というよりも、ここまでやってきて、やっと自分のそんな感情に気づいた。昨日までは、そんなこともどんなことも、何ひとつ考える余裕がなかった。

土埃《つちぼこり》の舞う駅前から、高麗の里に向うバスに乗った。席に落ち着き、走りだしたら、窓外の建物の数がさらに減っていく。緑がますます増す。

仁美さんは、ビョンホンの包帯の手をとって、痛いかい？　と訊いた。ああ、と彼は思い出した。忘れていたのだ。異郷でのはじめての単独小旅行で、気が張っていたせいもあるけれど、気づけば、痛みは少し和らいでいる。それで首を横に振った。

どうして怪我をしたのと訊いてくるから、信管が破裂したいきさつを話した。そうすると、仁美さんは暗い顔になった。

『ヨンシクちゃんは、陸軍に入ったらしいねぇ』

と言った。信管という言葉が、彼女に戦争を思い出させたのだ。

『教育飛行隊で……』

とビョンホンは言った。

『少年飛行兵やて、もう大威張りらしいよ。あんたのお母さん、手紙に書いてくれてたよ。たいしたものになったというて。でも、いいんかなぁ、よその国の軍隊なんか入って。お母さん、心配じゃろに』

仁美さんのそんな言葉に、ビョンホンはどきどきした。それは今、絶対に言ってはいけない言葉だった。朝鮮も日本で、朝鮮人も日本人なのだ。だから日本軍は、よその国の軍隊ではない。

『皇民化教育やろ。お母さんの気持ちも汲《く》んであげたらいいのになぁ……』

バスに揺られながら、彼女はそんなことを言った。仁美さんの日本語には、関西の訛《なま》りがある。

やがてバスは高麗の里に入ったらしい。『次でおりるよ』、と仁美さんが、ビョンホンの耳もとに口を近づけてきてささやいた。

停まったバスをおりたら、周囲は本当に田舎だったから、ビョンホンはびっくりした。

『田舎でしょう？　驚いた？』

と仁美さんは訊いてくる。なんと言うべきかちょっと迷ったが、結局こくりとうなずいた。すると仁美さんは、楽しそうに笑った。

土埃をあげてバスが走り去っていったら、広大な田園風景のただ中に、二人はぽつんと取り残された。平野を吹き渡ってくる風に、少し髪を乱された。

見渡す周囲に、人家は一軒も見えない。どうしてこんなところでおりたのだろうと思ったら、

『この停留所が一番うちに近いのよ』

と仁美さんが言った。

目の前に、秋の陽を浴びて、白く光る非舗装路がひと筋延びていた。ビョンホンは痛くない方の手を引かれ、その道を歩きだした。

故郷のクァンジュよりもずっと田舎だった。人家も見当たらないようなこんな風景は、朝鮮でも見たことがない。視線をあげれば、遠くの山々はすっかり紅葉している。風が停まれば、土と、植物と、陽射しの匂い。立ちあがる秋の気配だ。これに次第に水の匂いらしいものが混じってくる、とそう思っていたら、ふいに川べりに出た。

広い川だった。小さな木の橋がかかっていて、踏み込めば、靴音がごとんごとんと変わった。立ち停まり、たたずめば、眼下の流れは浅く、水は透明だった。ところどころ、藻がゆるゆるとたなびくのも見えて、川底の土も、小石も、すっかりのぞける。その上を、機敏に泳ぐ小魚も見えた。

『ここが高麗の里、いうとこ』

と隣りで仁美さんが言った。そして、橋の手すりにもたれた。ビョンホンも真似《まね》てそうした。

少し冷えた川風が感じられた。湿った気配、秋の香り、植物のたてる匂い。それは、人の持つ醜さがまだ少しも汚していない、純粋な自然の匂いだった。ビョンホンは、知らず涙ぐみたい思いにとらわれた。

『どうしたん？　疲れとる？』

仁美さんが訊いてきた。ビョンホンは、あわてて首を左右に振った。そうして、

『高麗の里』

と呟《つぶや》いた。

『高句麗《こうくり》て、知っとる？』

仁美さんがまた訊いてきて、ビョンホンもまた首を横に振る。

『今はもう学校でも教えんのよね、クァンジュでもね、皇民化教育やからね。朝鮮の昔の王朝よ。とっても大きかったのよね。私らはね、高句麗の末裔《まつえい》なのよ、国の戦火を逃れて、この国に来たんよね。海の向こうで国が滅んだから、あんたもそうよ、ビョンホン』

『ぼくも？』

『クァンジュは、場所からいうと百済《くだら》だけれどもね、もともとはあんたも高句麗人なんよ』

『高句麗人……、ふうん』

『昔、この国のあっちこっちにいた高句麗からの帰化人《きかじん》は、大和朝廷の命令でみんなここに集められて、ここで暮らすようにと言われたん。昔々、八世紀のこと』

『どうして？』

『さあ。大和にあった朝廷が、帰化人たちの影響力を嫌ったのかも。ひとつところに集

めておいたら、監視もできるでしょう。奈良は、もともとは朝鮮からの帰化人らが作ったものか知れんでしょう？　解る？　ナラ、いうたら、国、いう意味でしょ？　朝鮮語で。ウリ・ナラ、わが祖国、よね』

ビョンホンはまた黙った。そんな奔放な発言に、本能的に身の危険を感じたからだ。ササゲのような男と、ずっと一緒にいたせいもある。姉がひどい目に遭わされていることもある。日本人に聞かれたらまずいと思った。

しかし、ここには日本人などいないのだろう。そうなら別天地だ。

『ここが自分らの新しい国、いう意味。だから今この里におる者は、みんな高句麗の者。日々、高句麗を忘れずに暮らしとるの。昔の祭りや踊りを守ってね。高句麗のこと、高麗とも言うのよ』

『ふうん』

『でもここは荒地でね、それはひどいところじゃったんよ、獣もおるしね。それでこの高麗川を、今のこういうふうに流れを変えてね、それでそこから水路を引いてね、こっちの田畑を開墾《かいこん》したんよね、私らの先祖が。苦労に苦労を重ねてね』

それでビョンホンは、頭をめぐらせて田畑の方を見た。水田と見える場所には、よく稲穂が実っている。もうすぐ刈り入れだろう。

『この川はね、山から見たら、こうぐるーりと輪を描いて流れとるの。そういうふうに流れを変えたんよね。そのかたちがね、巾着袋《きんちゃくぶくろ》に似ているから、ここは巾着田って言うの。そして田んぼは、この巾着袋の中にあるんよ、川に周囲を囲まれとるの』

『ふうん』

『その方が水を引きやすいでしょう。そしてこの巾着田の外側、高麗川にぐるっと沿った外の雑木林が、曼珠沙華の咲くとこ。でも中の畦道《あぜみち》のほとりにも、赤い曼珠沙華がいっぱい咲くよ。みんな先祖さんが植えたん。それはきれいなもんよ。

　でももう季節すぎてな、今は枯れた。九月二十日の、お彼岸の入り頃に咲くんよ。九月の最初の頃に球根から芽が出てな、たった十日ほどでこーんなに長くなる、茎が。そしてその上に赤い花が咲くん。でももうすんだ。この次は、花が咲いとる時に来てね、姉ちゃんと一緒に。それはきれいなものじゃからね。ここが全国一なんよ』

『全国一？』

『うん、全国一、間違いない。曼珠沙華は朝鮮から来たんよ、もともとは。でも朝鮮にもこんなにいっぱい、きれいに咲くとこはない思う。ここが一番、高麗の里が』

『ふうん』

『ここを高句麗にしよう思ってね、頑張ったんよみんな。異郷のここを、新しい高句麗にしよう思って。ウリ・ナラ。だって本当の高句麗はもうないものね、滅んだから』

『ああ』

『だからみんな曼珠沙華見て、国を思うたんよ。帰ろう思っても、なかなか帰れるもんじゃないしね、朝鮮は遠いもの。だから高麗から来た赤い花を大事に育ててね、国を偲《しの》んでいたんよ』

『ふうん』

『曼珠沙華に思いを託したん、望郷の念。高句麗は遥かに遠いから』

そう言ってから、仁美さんはしばらく黙って風に吹かれていた。そして、いきなり大声をあげた。

『あっ、お父さんが来た！』

長靴を履いた男が、川岸の草の陰から現れた。川の中を、こっちに向かって歩いてきていた。手には投網《とあみ》を持ち、腰に竹の籠《かご》をつけている。

『お父さん、あんたに川魚、食べさせようと思ってね、魚獲《と》っていたんよ。ここら、そろそろ鮎《あゆ》が来とるからね、おいしいよ、小骨が多いけどな』

そう説明してから、

『お父さーん、ビョンホンよー、ビョンホン、来たよー』

と大声を出した。

ご主人の勲夫さんのようだった。言われた勲夫さんは、歩速を早めた。長靴の横で、ばしゃばしゃとしぶきが散った。近づいてきてから、

『おお、ビョンホン、よう来たのー』

と叫んだ。

『魚獲ったぞー、あとで食わすからな！』

と言った。

橋をくぐって左手の石段を上がり、川端の草を掻《か》き分けてやってきて、彼は二人に合流した。そして、

『よく来た、よく来た、遠いところからのぅ』

とまた言って、ビョンホンの体を抱きしめてくれた。身近にすると、勲夫さんの体からは水の匂いと、かすかに魚の匂いがした。

二人の家は、その橋からすぐだった。近所には民家がなく、二人の家は集落からは孤立しているようだった。店もそばにないから不便なのだと仁美さんは言ったが、縁側のすぐ目の前に畑があり、野良仕事に行くのは楽そうだ。

縁側に腰かけ、しばらくお茶を飲んで話した。仁美さんが煎餅《せんべい》を出してくれた。食料がない頃だから、こんなお菓子は一般の家では珍しかった。風船爆弾の製造などという国家事業をやっている場所にさえ、もう菓子はないのだ。どうやらこの里に、作っている家があるらしい。

それを食べながら、勲夫さんが奥から分厚い写真帳を持ち出してきて、いろいろな写真を見せてくれた。それはこの里のあちこちの風景、山や林の写真、川の写真、秋や正月のものらしい、祭りの写真などだった。社例祭と大祓式《おおはらえしき》、と勲夫さんは土地の呼び名を教えてくれた。

里の人たちの顔もたくさんあった。みんな、どこか祖国の気配を表情に持っていた。日本人とは、少しだけ顔つきが違って見える。

お父さんと呼ばれているから子供がいるのだろうと思ったが、夫婦に子供はないのだった。写真帳には、夫婦の写真しかなかった。

ページを繰るほどに、曼珠沙華の写真が多く出てきた。夫婦の家の周囲にも、たくさん咲くらしかった。中には、林の木々の足もとを、びっしりとこの花が埋めている写真もあった。

『写真、白黒じゃからよう解らんじゃろけどな、みんな真っ赤だから、実際に見たら、そりゃあきれいなものなんよ。東京からも、大勢人が見物に来るよ、弁当持って』

と勲夫さんが言った。

『ここ、あとで見せようか。わしが写真好きになったんも、ここにこの花の群生があったからよね。あれがいっぱい咲いとるとこ見たら、写真撮ろうかいう気になるわな』

言いながら、彼は写真帳をめくる。

『昔はやれ死人花、地獄花、葬式花なんぞと言われてなあ、不吉じゃとか、気味が悪いとか言うて、みんなに嫌われたもんじゃったけど、今はもうそういうことはないんよ。明治の文士、文豪さんらがなあ、この赤い花の群落を、昔の者の言い伝えなんぞは全然気にせずに、ただきれいな風景として歌に詠《よ》んでくれたから。斎藤茂吉とか、伊藤左千夫とか、正岡子規とかな。それで、縁起でもないいうような声は、もうやんだんよ。実際きれいなもんじゃもの、いっぺん見たらいい。次は、この花が咲いとる時に来たらいい』

勲夫さんもそう言った。

それから彼は縁側をおりて、家の周りをあちこち案内してくれた。すると、花こそついていなかったが、曼珠沙華は、家の周辺いたるところにあった。

『これらはみんな曼珠沙華。多いじゃろう。曼珠沙華の花は、神経質そうな顔して、世話がむずかしそうに見えるけど、案外繁殖力が強いんよ。球根がどんどん自分で割れてな、分裂して増えるんよ』

へえと、ビョンホンは言った。

『わしら朝鮮の出の者、みなこの花に引かれて、ここに集まった。この花、朝鮮から来たからなぁ、これが咲いとるとこは、故郷の朝鮮のような気がするんじゃろなぁ。わしら夫婦は岡山から来たんじゃけど、関東大震災のおりにはなあ、東京にようけ住んでおった朝鮮の者が、いわれのない迫害受けたから、みなこの里に逃げてきたんよね。それで、ここに住み着いた。

ここはえらい田舎じゃけど、ええとこじゃからね。空気もええし、景色もええし、人間もええ。野菜や、食べるもんもようけあるし、高麗の祭りもあるしなぁ、何よりこの赤い極楽花がいっぱいあるから、極楽よね、ここは』

勲夫さんは言って笑った。

『極楽の花なんですか？ これは』

ビョンホンは訊《き》いた。

『うん、極楽に咲いとる四つの花のひとつ、そう言われとるよ、昔からの言い伝えで。仏典にも書いてあるんじゃと』

勲夫さんは、裏山に向う細い道を伝いながら説明する。

『朝鮮の人たち、球根持ってきたんですか？ 国から』

気になっていたことを尋ねた。

『うんそう。わしはそう思うとるよ。この高麗川のかみから球根が流れてきて、この場所に自然に根付いた、いう人もおるけど、わしはそうは思わんの。ここの上流にはそんな群生はないしな、人間がやらんとね、こんなにあっちにもこっちにも大きな群落はでけんよ』

『村の人がやったんですか？』

『そうよね。ここを高句麗にしよう、思うてね。それがみなの悲願。村の祖先が進んでやったこと。高麗楽《こまがく》を守って伝えるんと一緒。わしは、先祖が自分らで球根を持ってきたと思うとるよ。それでここに植えたんよね。それから世話した』

『そうなんですか』

『そう。というのはな、ここに住みはじめた当時、高麗の者らは死んだら土葬じゃった。昔からの高麗人の習慣よね。そうしたら、死人を埋めた墓を、野犬が掘って荒らすんよね、ここらは山の中じゃから、野犬や獣がいっぱいおった。それで、墓所のぐるりにこの花を植えたんよ』

『どうしてですか？』

『曼珠沙華の球根には毒があるんよ。じゃから、そうしたら野犬は近寄らんの。一回でも球根をかじったら死ぬもの、狂い死に。あの連中は賢いからね、一回でもそういうことがあると、もう懲《こ》りて、二度と近寄らんようになる』

『ああなるほど』

『作物も同じ。実った頃に、動物に野菜がやられる。モグラにもやられる、地面の中から。ねずみにもかじられる。じゃからね、田の周囲の畦にも、この花を植えたん。ずうっと畦に沿ってな、びっしり。そうしたら、動物から田や畑が守れるんよね』

『ふうん、そうか』

『雑草も生えんようになる。じゃからあんたも、この球根は絶対に食べたらいかんよ、ちょっとの量でも、体に入れたらな、吐いたり下痢したりして、そりゃあえらいことになる。悪うしたら、中枢《ちゅうすう》神経が麻痺《まひ》して死んでしまう』

『へえ』

『そのくらい危険なものなんよ、気をつけんといかん』

なおもしばらく道を登る。少し息が乱れてきた。やがて、着いた、と勲夫さんが言った。

『ここが極楽』

『極楽?』

驚いて、ビョンホンはあたりを見廻した。

『そうよ、わしらはそう言っとる』

言って、目の前を指差した。

しかしそこは、なんの変哲もない林の中だった。無数の木々が立っている。木漏れ日が足もとに射《さ》して、そこを花のない植物の葉が、びっしりと埋めている。

『この足もとの青いの、みな曼珠沙華よ。今は花がないけど、九月にはこれが全部赤い花つけて、じゃからここの林は、足もとが一面真っ赤になる。そりゃあな、極楽いうものよ。極楽いぅのは、こういうところかと思ぅよ。あんたも来年の九月には来たらええ、そう思ぅから』

ああ、とビョンホンは声をたてた。それは、ここがさっき写真帳にあった、曼珠沙華の群生写真の場所と気づいたからだ。

『土も草も見えんよ、ただもう真っ赤。この花、咲く時は、葉っぱも消えるからね。茎と花だけになる』

『へえ』

『ここを見た時、これは写真撮らんと、と思ぅたよ、わし』

『極楽かぁ……』

ビョンホンは、知らずつぶやいていた。今自分や姉がいる世界と、なんと違うことだろうと思ったのだ。

『極楽いうのは、こういうところかなぁと思ぅよ。そしてここ見たら、故郷の高句麗いうのも、こういうところかなぁと思う。わしはなぁ、まだ見たことがないけね』

勲夫さんは言う。

『曼珠沙華の赤い花が咲くところは高句麗か』

ビョンホンも、思わずそう言った。

6

その晩は、勲夫さんが高麗川で獲ってきた鮎が、塩焼きになって夕餉《ゆうげ》の膳《ぜん》に載った。小さな魚だったし、確かに小骨が多く、ちょっと食べにくかったが、そんなことを忘れるほどに、久しぶりの魚はおいしかった。茶碗によそわれた白いご飯を見るのも久しぶりだった。ひと口、口に含み、白いご飯とは、こんなに甘いものだったのかと知った。

川魚は、その後もたびたび夕食の膳に載った。見たこともない小魚が次々に食卓に現れるから、ビョンホンはびっくりした。高麗川のこのあたりは、食用になる魚がずいぶんといるようだった。

川魚を食べるのは、ビョンホンにはたぶんはじめての経験だ。魚によっては生臭いと感じられるものもあったが、仁美さんがたれに工夫を凝らしていてくれて、みんなおいしかった。

張村家の食事は、野菜がたっぷりあり、米も充分にあり、卵もあり、時には肉までが食卓に現れた。東京に較べたら食材は遥かに豊富で、仁美さんは、時々東京の人が食べ物を買いにくるけど、売らないでいると言った。自分たちの場合、食べるものがなくなったら、貧しいから手に入れる方法がないと言う。

何不自由のない高麗川村での暮らし。そして周囲の田園風景ののどかさで、ビョンホンは今が戦時であることを忘れた。夫婦がラジオを聴くのが嫌いで、戦争のニュースがほとんど耳に入らなかったせいもある。その頃外地では、日本軍は悲惨なことになっていた。もっともそれを大本営もラジオも伝えないから、聴かなくても同じではあったが。

里の老人が庭先にひょっこり顔を出し、そういう時は、縁側で長々雑談が始まった。そのたび、ビョンホンは夫婦から紹介され、みなに受け入れられた。村人には同胞《どうほう》意識が強く、朝鮮から来たと言えば、それだけでもう仲間だった。

手を怪我していても、畑仕事の手伝いには支障がなかったから、ビョンホンは勲夫さんに頼まれるまま、野良仕事の手伝いをした。漬物など、保存食を作る仁美さんの手伝いもした。庭に出て鶏に餌《えさ》をやったり、猫に食事を与えたりしていると、こういう仕事こそは、爆弾の製作よりもずっと意味のあることに思われて、このままここで暮らしていきたい気分がした。

子供のない張村夫婦も、それを望んでいるようだった。ことあるたび、そういう意味のことを言われた。特に仁美さんは熱心で、誘う時の目つきは真剣だった。

『もしもクァンジュで暮らされんようになったら、いつでもここに来て暮らしなさいね。私ら子供もおらんし、夫婦だけで、歳《とし》をとったら不安じゃけね、あんたがおってくれたら安心じゃから』

何度もそう言われた。姉弟で来てねとも言われた。そう言われるのは悪い気分ではない。ただ、そうなったら病がちの両親が心配になる。親たちも一緒なら、と言ってみると、にこにこしながらも、仁美さんはなんとなく黙ってしまった。

高麗での暮らしは楽しかった。畑仕事、魚獲り、食用の野草探し、歩いていける場所に学校もある。だから仁美さんと一緒に、覗《のぞ》いてみることもした。そうしたら友人ができ、彼の家を訪ねて、一緒に漫画本を読んだりもした。その彼は、名前を権幹春《ごんみきはる》と言った。

日々まったく自由だし、やることがなくなったら、山歩きをしたり、川べりを散歩したり、絵を描いたり、仁美さんに教えてもらって、家にあるオルガンを弾いて童謡を歌ったりもした。仁美さんは、いろいろな歌をよく知っていた。

姉も呼んで、ここで一緒に、いつまでもこんなふうに暮らしていきたい。でも夢のようなこの生活も、長くなったら単調で飽きるだろうか、と考えた。今がこんなに楽しいのは、日劇での勤労奉仕が、あまりにもきついからかもしれない。また、ここがたまのことだから、というのもある。それに、朝鮮で暮らせなくなる事態などは考えられなかった。将来にそんなことがあるとは思われない。

またたくまに二週間がすぎた。いつのまにか包帯も絆創膏も取れ、手が水に浸《つ》けられるようになった。そうしたら、川遊びの楽しみが増えた。つらい日劇での勤労生活は、いっさい考えないようにした。そうできたのも、どうした理由からか、姉からまったく連絡がなかったからだ。

栄養をつけ、よく眠り、体も休めたので、体調もすっかり回復した。そうしたら、有楽町にいる姉のことが猛然と気になりはじめた。

体力の余裕が、他者を思いやる気持ちを作る。姉は今どうしているのか。ササゲにまた乱暴されてはいないだろうか。のどかな村にいて、爆弾工場のことなどすっかり脳裏から消えていた。

しかし、今やよみがえってしまった。一度考えはじめたら猛烈に気になり、そのことばかりが頭を占める。そろそろ手紙を書こうかと思っていたら、向こうから電報が来た。

『フゴウ、三ヒケツテイ、一ヒマデニキカンコウ、アネ』

意味の解りにくい電報だったが、要するに十一月一日までに日劇に帰ってこいと言っている。理由は、フゴウ作戦をいよいよ三日に決行するから、というのだ。

作戦決行というのは、完成した風船爆弾を空に向けて放つということだ。その時、風船をトラックに積んだり運んだりする人手が足りないから、帰ってきて手伝えと言っている。姉も、ササゲあたりに言われて電報を打ってきているのだろう。

一日というと、もう明日だった。そして十一月の三日といえば明治節、つまり明治天皇陛下の誕生日だった。その記念すべき日に、最初の風船爆弾を米国に向けて放とうということらしかった。

これはのちに資料が出ているが、十一月のはじめは、例年晴天が多いという統計もあったらしい。晴れていれば、その後の風船の行方を標定《ひょうてい》隊が追尾確認しやすいから、この時期が選ばれた。放球後の爆弾を追尾していく標定所は、千葉県一宮《いちのみや》、宮城県岩沼、青森県古間木《ふるまぎ》というふうに、北に向って線状に三箇所並んでいた。追尾しやすいように、ラジオゾンデ球も混ぜて上げる。その後、三箇所では追尾不充分だということになり、樺太《からふと》標定所も造られた。

どこからどのようにして気球を放つのか、ビョンホンは聞かされていない。日劇の屋上からでも放つのだろうか。『フゴウ』という暗号名は知っている。風船爆弾のことだ。この決行日を、世間に潜んでいるであろう敵国のスパイに知られたくないから、故意に解りにくくしてある。子供心にもそういうことは理解できたから、なんとなく仁美さん夫婦にも、このことは言わずにおいた。

明日の朝、有楽町に帰らなくてはならなくなったと言うと、仁美さん夫婦は驚き、悲しげな顔をした。そして、あなたはまだ子供なのに、どうしても帰らなくてはならないの？　と訊いた。自分が帰らないと姉の立場が悪くなるので、とビョンホンは言った。では用事がすみ、軍に解放されたら、必ず姉さんと一緒にいったんここに戻ってきて、と言った。それは戦争が終わらないと無理だとビョンホンは思ったが、固く約束させられた。

翌朝、勲夫さん仁美さんと一緒に、バスに乗って高麗駅まで出た。仁美さんは早くに起き、弁当を作ってくれた。ソニョンちゃんの分もと言ってふたつ作ってくれ、木箱に入れて、着てきた洋服を洗濯したものと一緒に、風呂敷にくるんで持たせてくれた。

高麗駅のホームで、勲夫さんはビョンホンの手を取り、何かを握らせた。手を開いて見ると、球根だった。

勲夫さんは言った。

『曼珠沙華の球根じゃ。この花が咲いたら、そこは高麗じゃけ』

夫婦と手を振って別れ、きっと帰ってくるからねと言って、ビョンホンは池袋に向かって一人戻った。しばらく走ればたちまちお昼になる。ビョンホンは風呂敷包みをといて弁当を出したが、乗客も多かったし、半分だけ食べて残した。

夕食のおり、姉と二人で食べようと思ったのだ。自分はこの二週間、存分に食べた。姉は食べていない。白いご飯というだけでも珍しいだろう。体もよくなさそうだったから、しっかり食べさせ、栄養をつけさせなくては、と思ったのだ。

有楽町に着いたのは、そろそろ陽が傾くという頃合だった。その時刻の都心は、嫌になるほど人が多い。人いきれと、なんとも言えず嫌な臭《にお》いがする。体臭、口臭、煙草《たばこ》の臭い。機械油のものに似た臭い。それは、戦争の臭いだった。

改札口を出ながら、ビョンホンは思う。東京には食料が不足している。この弁当をみんなに見せたら、間違いなくみなで分け合うことになってしまう。そうなら、姉の口に入らなくなる。

ビョンホンはまず挺身隊の寮に帰り、畳んである姉の敷き布団の上に弁当を置いて、掛け布団をかけて隠した。それから、日劇に向った。

観客席フロアでは、みな相変わらず気球造りの作業に精を出している。ビョンホンは、その中に姉の姿を見つけた。どうやら無事だと思い、ほっとして彼は、高度保持装置を作っている作業部屋に行った。

ところが、室内はがらんとしていて誰もいない。探そうと思って廊下に出たら、上司のササキにばったり出くわした。

『おう明夫、帰ってきたか』

とササキは言った。部屋に戻るところだったらしい。手は治ったかと問うから、掲げて見せた。まだ腫れは残るし、押せば痛みもある。けれど、傷口はもうくっついていた。手を摑《つか》んで鼻先に持っていき、ササキはじっと観察していたが、これならよかろうと判断したか、よし、ではこっちに来いと言って、くるりと背を向けた。

ササキについて歩いていくと、裏口に向うようだ。着き、扉を開けると、軍用の大型トラックが止まっていて、畳んだ気球を、四人の男たちが、ひとつずつ幌《ほろ》つきの荷台に積み込んでいるところだった。

　ササゲの姿も見えた。彼は荷台にいて、仲間と二人、受け取っている。

『手が足りん。ここまでは気球連隊も来ない。おまえも手伝え』

　そう命じて、ササキは積んだ気球の前で手招きをした。それからは日没近くまで、気球を積み込む作業を手伝わされた。

　積み終わっても、まだ終了ではなかった。ササキは、荷台の上でササゲと並んで立ち、目隠しのように垂れてくる後部の布を持ちあげておいて、おまえも上がれと命じてきた。畳んで積みあげた気球に背でもたれ、ビョンホンは揺れる荷台の床にすわった。トラックが走りだす。どこに行くのかと不安に思っていたら、宝塚劇場に廻るぞ、とササキは言った。ビョンホンはうなずいた。

　トラックは、右に左によく揺れた。すると整然と積んだ気球も揺れ、前方にくずれてきそうになる。何度もそういうことがあり、見かねたササキが、

『おい明夫、おまえ立って押さえてろ』

　と命じてきた。

　ビョンホンが立ち、そうすると、ササゲは顔をあげ、ちらとこちらに険悪そうな視線を走らせてきたが、すぐに前方に戻し、むっつりと無言になった。

　宝塚劇場で、また新たに気球を積み込むのに時間がかかった。その時、休憩時間だと

言われ、硬いコッペパンが各人にひとつずつ配られて、夕食になった。そしてまったく味のない、白湯《さゆ》のような番茶も配られた。その味気なさ、おいしくなさに、ビョンホンは桃源郷のようだった昨日までの高麗を思い出した。

日劇に戻ってからもまだササキと二人の仕事があったから、ようやく解放された頃には日もとっぷりと暮れていた。

『よし今日はもういい、帰れ』

ようやくササキは言ってくれた。そしてすかさず、こうつけ加えた。

『明日の朝には、おまえも一緒に千葉の基地まで行くからな』

え、とビョンホンは言い、驚いた。千葉とは、今はじめて聞く。

『千葉の一宮に放球基地がある。明朝十時、出立して富号をそこまで運ぶ。軍事機密だ、女どもには言うなよ。砂袋や爆弾は、現地で付ける。気球連隊は今、爆弾搬送の方をやっている。おまえも、基地に富号をおろすところまではやるんだ、解ったな』

ビョンホンは『はい』と言い、一礼をした。それから、寮に向けて一目散に走った。もう姉たちは寮に帰っている。そして炊事をして、食事をしている頃合だ。布団に隠した弁当のことも気になった。早く姉に会わなくてはならない。

省線のガードが近づいてくる頃、ぽつりぽつりと雨が降りはじめた。まずいなと思った。傘がない。着替えはまずまずあるけれど、汚れや汗でなく、雨に濡《ぬ》れて着替えたくはない。洗濯のための時間など、なかなか自由には取れないのだ。

寮の部屋に飛び込んだ。もう炊事も食事もすんだらしく、七輪はすべて軒下に入っている。女子挺身隊員たちは、みんな部屋にいて、布団を延べて横になっている者もいた。しかし、見廻してもソニョンはいない。

『姉ちゃんは……』

訊くと、みな、さあと言い、中の何人かは戸惑うような表情をする。それから、

『どこか、近くにいると思うけど……』

と言った。それでビョンホンが急いで回れ右をすると、

『明夫、傘持ってないの？　そこにあるよ、傘立ての中。でも必ず返してよ』

と年長の一人が声をかけてきた。

傘を持ち、ちょっと手荒に広げると、急いで雨の中に出た。高架線の下、赤レンガ壁に沿って探していくと、雨脚はどんどん強くなる。地面を叩く雨が、傘と足もとで音をたてて弾《はじ》けはじめ、彼方《かなた》の闇《やみ》も白く煙った。

今やすっかり土砂降りになった。雨の音が有楽町全体を覆《おお》い、ガード下周辺は、たちまち湿った雨の匂いで満ちた。ビョンホンは、日劇の側《そば》の赤レンガ壁の手前を、一人姉を探して歩いた。傘をさしていても、みるみる全身が濡れていく。けれど嫌な予感がして、じっとしていられなかった。

ふと足が停まった。異様なものを見て、恐怖が湧《わ》いたのだ。びしゃびしゃと激しい音をたて、足もとで雨水が撥《は》ね続けているレンガ壁の窪《くぼ》み、びっしょりと雨に濡れた、男の黒い背中を見たのだ。

何をしているのだろうと思った。こんな雨の中、傘もささず、全身を濡らして、いったい何をしている——？

そのあたりだけ、レンガ壁が一歩分窪んでいた。男の黒い背や、ズボンの尻《しり》が、激しく動いていた。ビョンホンには、これが何を意味するものか解らなかった。それで歩きだし、おずおずと男に近づいた。

その時だった、激しい勢いで男が振り返った。雨に濡れた髪が、額や頬に貼りついていた。そのすきまで、両の目がどんぐりのように見開かれ、ビョンホンを見た。食いしばったふうの歯を、男は見せていた。そのすき間から白い息が漏れ、雨の中を、ゆっくりと漂っていった。

最初は誰だか解らなかった。形相が変わっていたし、顔が雨に濡れていたせいだ。

『明夫！』

いきなり、甲高い女の声がした。しかし激しい雨の音の中で、その声も、ごくかすかにしか聞こえない。どこからしたのか解らず、ビョンホンは雨の中をきょろきょろと見廻した。

はっとした。声の主は、男の向こう側、窪みの奥にいたのだ。姉のソニョンだった。男の肩越しに、ソニョンもまた両の目をいっぱいに見開き、雨の中に立つビョンホンを見ていた。

男はササゲだった。ついと、ササゲはソニョンから身を離した。後ずさり、雨の中に歩み出てきて、じろりとビョンホンに一瞥《いちべつ》をくれると、くるりと背中を見せ、ゆっくりと歩いて、遠ざかっていった。

ビョンホンは、しばらくそれを目で追った。その時、びしゃと激しい音がしたので、視線を戻した。雨水が覆い、とうとう流れはじめている裏通りのアスファルトに、ソニョンが、前のめりに倒れ込んできたのだ。

あっ、とビョンホンは声をあげた。それともそう思っただけで、実際には声など出てはいなかったかもしれない。

白い尻が目に入った。それは、暗がりでも白々としていた。腿《もも》も、少し見えた。それらを雨が叩いた。姉は、モンペを膝《ひざ》のあたりまでずり下げられていた。

『ねえちゃん！』

ビョンホンは叫び、雨の中に傘を投げ出し、姉の横にかがみ込んだ。

懸命に半身を起こしながら、姉はモンペを引きあげようとしていた。ビョンホンはそれに手を貸し、白い尻を隠してやった。

抱き起こし、傘を拾い、よろよろと歩かせて、雨の中をなんとか寮まで連れ戻った。自分が高麗川村に行っていた二週間の、姉の生活がこれで解った。便りがいっさいなかった理由もだ。

痛い、痛いと姉は絶えず言った。見れば、左手の甲をびっしょりと濡らした水に、血のものらしい赤い滲《にじ》みが広がっている。怪我をしていた。

寮の戸口まで連れ帰ったら、驚いて女の子たちが立ちあがり、戸口まで飛んできた。そして寄ってたかってびしょびしょに濡れたソニョンの服を脱がせ、たたきのところで絞った。ざあと水が落ち、あたりに散った。

何人かが奥に向かって走り、手ぬぐいを何本か持ってきて、裸にしたソニョンの手足や肩、顔や首筋を拭《ふ》いた。広い部屋に、裸電球が二つばかりといった暗さも幸いした。だからみな、ためらわずにソニョンを裸にし、体を拭いた。

見ればその白い手ぬぐいも、わずかに赤く染まる。どうやらソニョンは、体中擦り傷だらけらしい。膝も、手も、頬も、あちこちを擦りむいていた。

体を拭き終わると、手の空いた者が急いでソニョンの布団を延べた。その時、弁当の風呂敷包みが出てきた。

『これ何?』

一人が言っている。

『高麗のおみやげ。食べていいよ、みんなで』

　ビョンホンは言った。こんな様子では、姉はとても白米や魚など、食べられそうもない。自分もまた、食欲など全然なくなった。

　裸のソニョンが、ゆっくりと布団の上にすわらされ、背後から浴衣《ゆかた》がかけられた。続いてそろそろと横たえられ、かけ布団がかけられた。

　どうやら事態は落ち着いた。そうしたら、あとに残るものは沈黙だった。表でしぶく雨の音だけの、陰鬱《いんうつ》な夜になった。

　ビョンホンは放心し、何も言葉が出てこなかった。きっとみなもそうだったのだろう、声はなく、ただ何人かの溜め息が聞こえた。折り重なって響くそれは、雨の夜の、ひそやかな木霊《こだま》になった。

　やがてすすり泣きが始まった。それは、ソニョンのものだった。

『赤チン持ってきた、塗ってあげよう』

　暗い中で誰かが言い、それで別の者の手がそろそろとかけ布団をめくり、ソニョンの白い手や足が、裸電球の光の下に再び現われた。赤チンが、血をにじませる肌に、ゆっくりと塗られた。

『ササゲに目つけられたから』

　取り巻き、様子を覗き込む者たちのうちの、誰かが言った。

『もうずっとこうだよ』

暗い中で、別の誰かが言った。

『明夫も濡れてないの？』

年かさの女の子が訊いてくる。

『ズボンが濡れた』

『脱ぎなさい、ここに干してあげる。そしてあんた、布団に入っていいよ』

彼女は言った。

『わあすごい、白米だ。玉子焼きもある』

そういう声がしたら、みなが向きを替え、わっとその方に寄っていく。

『魚も。ねえ、これ食べていい？　おなかがすいてるんだ』

弁当を持つ者が訊いてくる。

『いいよ』

ビョンホンは応えた。そうしたらみな立ちあがり、てんでに自分の箸《はし》を持ってくるようだ。そして、いっせいに食べはじめた。

『おいしいよォ、おいしいねー』

といった声が聞こえた。

聞きながら、ビョンホンは目を閉じ、黙っていた。泣きたい思いにじっと堪えていた。

雨の中、むき出しになっていた姉の、尻の肌の白さが目に焼きついている。繰り返し繰り返し、その残像が瞼《まぶた》に浮かぶ。そのひどい屈辱感——。

そうしていたら、白米が無理に口に入れられた。

『おいしいよ、食べて』

と耳もとの声が言った。

『姉ちゃんに』

仕方なく咀嚼《そしゃく》しながら、ビョンホンは言った。そのために、食べずに持って帰ってきたのだ。

白米は、何の味もしなかった。ただ、雨の味がした。

彼女は両の膝でソニョンの枕《まくら》もとににじり寄り、また箸で白米をとって、ソニョンの口に近づけている。

『いらない！』

即座に言って、ソニョンは首を激しく左右に振った。

その夜、同じ褥《しとね》に寝ていると、ささやく声で、ソニョンは弟に言った。

『ササゲ、私に生理がなくなったと聞いたら、襲ってきたんだよ。生理がないなら妊娠しないと思って。何度も何度も』

聞いていると、鼻先に火花が散る。民族の尊厳を汚された、屈辱ゆえの怒りだった。

『抵抗したら、怪我させられた。叩いて、叩いて、引きずり廻されて。本当に最低のやつだよ、あれが誇り高い皇民なの？』

見すえる闇の中、ビョンホンにひとつの計画が浮かんでいた。布団の中で彼は、さっきから曼珠沙華の球根をひとつ、握り締めていたのだ。

どこか気に入った場所に植え、水をかけ、こっそり育てようと思っていた。球根から芽が出、赤い花が咲いたら、その場所は高麗になる、勲夫さんは言った。

だがその時考えていたのは、そんなことではなかった。花のことなんかではない。もうそんなことは忘れた。思っていたのは、この球根が持つ強い毒についてだ。

『ぼくがササゲに復讐《ふくしゅう》してやるよ』

ビョンホンは、闇の中でささやいた。

『ぼくは毒を持っているんだ。それを、あいつに食べさせてやる』

曼珠沙華の球根を食べたら、吐いたり下したりで大変な目に遭うと、勲夫さんが言っていた。下手をすれば中枢神経がやられ、死ぬこともあると。

死んでもかまいはしないと思う。でも、たぶん死にはしない。日本人たちのあの鍋の中に、これを刻んで入れるくらいなら。

そうしたら、ササゲ以外の日本人をも巻き添えにすることになる。でも、そうはしたくないと思わせるような、優しい日本人は一人もいなかった。ササゲほどひどいのはいないというだけで、おとなしい者もそれなりにみな威張っていて、当然のことのように朝鮮民族を見さげている。あの連中になら、全員に毒を食わせてもかまうものかと思う。

ビョンホンは、ゆっくりと体を横向きにし、姉の耳もとに顔を近づけて、ささやくようにもう一度言った。

『姉ちゃん、ぼくが仇《かたき》をとってやるよ』

## 7

翌朝、ビョンホンが起きると、横で姉も起きあがり、のろのろと服を着ていた。大丈夫？　と訊くと、平気よと言った。

まだ湿っているズボンを穿《は》き、表に出ると、雨はまだ降っている。しかし霧雨に変わっていた。傘なしでも歩けないことはない。

ビョンホンは、挺身隊《ていしん》の女の子たちと一緒に、日劇に出勤した。姉をいたわりながら歩き、日劇に着いたら姉たちとは別れて、一人高度保持装置製作の部屋に向った。

部屋に入ると、うまい具合に誰もいない。上司の机の上にいつも置いてある小刀を借り、上着のポケットに入れた。反対側のポケットには、曼珠沙華の球根が入っている。すぐ廊下に出て、日本人たちが使っている食堂に急いだ。挺身隊の女の子たちには朝食を与えないが、指導の彼らはたいてい朝から雑炊かスープを作り、適宜《てきぎ》腹に入れている。野菜や白米の入った鍋が、火のついた七輪に載っているのを、ビョンホンはたびたび見ていた。

今朝も食堂に七輪と鍋があり、そばに誰もいないなら、素早く球根を刻んで鍋に入れてやろうと考えた。よく刻めば、球根のひとつくらいすぐに溶けてしまって跡形もなくなる。今鍋が煮立っているなら、十時の出発の前に、必ずそれを腹に入れるはずだ。これまでの彼らの行動を観察していて、ビョンホンはそういうことを知っていた。

それからみなで千葉の基地に向うなら、途中で大変なことになるだろう。トラックを停め、あげたり下したりで苦しむはずだ。

だが原因は解《わか》らない。鍋の中身は、もう彼らの腹の中に消えているからだ。富号作戦決行などという火急の時、誰かが死んだとでもいうならともかく、時間をかけて鍋の中身を分析したりはしない。ただの食当たりですまされるに決まっていた。

しかし、普通の食当たりよりはずっと症状が重いはずだ。少なくとも数日は、死ぬほどに苦しむ。姉にあれだけのことをしたのだ、それは当然の報いだろう、そうビョンホンは思う。

しかし食堂に行ってみると、七輪に鍋が載ってはいたが、残念ながらそばにササキがいた。杓文字《しゃもじ》を使ってさかんに中を攪拌《かくはん》している。

『おう明夫、俺を探しにきたのか？』

　ササキは言った。

『はい』

　とビョンホンは応えた。一応そういうことにしておかないとまずい。

『明夫、腹減ってるか？』

　ササキは訊いた。

『おまえ、昨日今日と、せいぜい働いてもらわんといかんからな。これ食うか？』

　そう訊いてきた。

『いえ』

　ビョンホンは断った。緊張で、食欲などはなかった。

『ほう、そうか。それなら資材室の二号に行ってな、砂袋を裏口の戸のとこまで運んどけ。まだあそこにいくつか残っているはずだから。これから全部積み込むからな』

　言われ、一礼してビョンホンは、資材室に向って廊下を進んだ。上着のポケットに手を入れ、中でまた、曼珠沙華の球根を握りしめた。砂袋を運んでのちならチャンスがあるかもしれないな、などと考えた。

　資材室二号の扉の前に来た。片手でノブをひねり、扉を開けた。部屋に踏み込み、ぐるりを見廻そうとした時だった。全身に風を感じた。

それは、猛烈な勢いでドアが開いたからだった。その勢いが風を起こしたのだ。戸口を見ると、鬼のような形相のササゲが立っていた。そしてのしのしと、威圧的な調子で歩いてきて、ビョンホンに迫った。目はじっとビョンホンにすえられて離れず、極限的な憎しみで、視線が燃えるようだった。その剣幕にビョンホンは怯え、あとずさった。

ものも言わず、ビョンホンは床に飛ばされた。一瞬何が起こったのか解らなかった。続いて起こった猛烈な頬の痛みで、殴り倒されたのだと知った。

鼻先に砂袋があった。何故《なぜ》かそれをよく憶《おぼ》えている。しかし以降のことは、もうほとんど記憶がない。腹や全身に、意識が遠のくほどの痛みが続いた。手当たり次第、殴りつけられ、蹴《け》りつけられたのだ。

自分に浴びせられた嵐《あらし》のような罵声《ばせい》も、切れ切れに憶えている。『毒を出せ!』とか、『てめえ、俺を殺したいんだってな!』といった言葉の数々だった。遠のく意識の下で、ビョンホンはそれらを聞いた。

はっと気づいた。顔がぬるぬるしている。なんだろうと思った。口の中には液体がたまっていて、吐いてみればそれは血だった。鼻のあたりが激痛で、鼻血がたくさん出ていることが解った。

どのくらい意識がなかったものか、全身が焼けるような痛みを発していて、少しも動けない。なんとか体を横向けたら、自分が服を着ていないのが解った。

片方の目で見あげれば、脱がした服のすべてのポケットを、忙しくまさぐるササゲの姿が見えた。上着、ズボン、シャツに付いたすべてのポケットを、せわしなく探っている。万事休すだとビョンホンは思った。見つかる、球根が見つかる、これでもう自分は殺される。

ササゲが、手にナイフを持った。ナイフが見つかった。鬼のような険悪な顔を、ササゲが自分に向けた。そして、

『これで俺を殺す気だったか、ああん、小僧。どこからこれを持ってきた』

そして次の瞬間、裸の腹を思い切り蹴られた。そうしたら、胃の中のものがほとばしった。

それから寄ってきて、顔のそばにぐいとしゃがんだ。激しい恐怖で、ビョンホンは丸くなって頭をかばい、泣き叫んだ。

『毒を出せ、解っているんだぞ小僧！』

ひと声叫び、髪の毛を持って強引に立たされた。瞬間、髪の毛がぎりぎりと音を立てた。痛みと恐怖で目が開けていられず、歯も食いしばった。

『なめるんじゃねぇぞ！』

ササゲは耳もとで大声を出し、また頬を張られた。鼻血が飛び散るのが解った。そして、完全に意識を失った。

それからどのくらいの時間が経ったのか、甲高い女の叫び声で気がついた。

『あんたが私にしたこと、みんなの前で言うよ!』

と、その声は叫んでいた。

『みんなの前で裸になって、体中についた傷も見せるよ。絶対問題になるよ、いいの!?』

夢うつつで、そんな声を聞いた。

『毒はあったの?』

とも訊いていた。

『こんな子供が、毒なんて持っているわけないでしょう!』

とも言った。

『明夫』

と低く名を呼ぶ声で、また気づいた。姉のソニョンだった。かたわらにしゃがんで、顔を覗き込んでいた。

『姉ちゃん』

となんとか声に出した。すると、その声がすっかりかすれている。激しい痛みで、涙がぼろぼろと出た。

『可愛《かわい》そうに。立てる?　服を着て』

そう姉は言った。そんなことができるのだろうか、とビョンホンは思った。していいのか、許されるのか。けれど懸命に目を開け、見廻してみても、ササゲの姿はもう部屋にないのだった。

どうして解放されたのか、ビョンホンには解らなかった。

『ササゲは?』

『もういない』

それでのろのろと立ち、激痛に堪え、姉に手伝ってもらいながら、なんとか服を着た。ズボンと上着のポケットは、すべて中の袋が裏返って表に出ていた。しかし球根は、どこにもなかった。

『姉ちゃんが、隠してくれたのか?』

ビョンホンは尋ねた。

『ううん』

と言って、ソニョンは驚いたように首を左右に振った。

どこにいったんだろう——。

歩くことはむずかしかった。全身が絶え間なく痛みを発して、歩を運べば、そのたび、爆発的な激痛がくる。知らず、悲鳴が漏れた。

どうしてそういうことが許されたのか、いつもビョンホンが寝ている倉庫までソニョンはついてきてくれ、看病をしてくれた。手ぬぐいを濡らしてきて、顔の血を丹念に拭いてくれ、額を冷やしてもくれた。

激痛が、不可解な眠気を誘った。それは不思議な体験だった。早く回復させようとする、緊急的な麻酔作用なのだろうか。ビョンホンは、深い、短い眠りに落ちた。

どのくらい眠ったのか、女の悲鳴で目が開いた。

『明夫!』

と女の声が叫んだ。

男の背中が見えた。誰かの二の腕を掴み、廊下に追い出すところだった。その男がくるりとこちらを向いた。ササゲだった。相変わらず威圧的な風貌《ふうぼう》をしていた。つかつかと、寝ているビョンホンに大またで歩み寄ってくる。恐怖で、ビョンホンは悲鳴をあげ、身を縮めた。

ササゲはビョンホンのそばにさっとしゃがむ。その勢いで、鼻先に風が来た。ぐいと胸倉を掴まれる。

『おい坊主、おまえもう死ぬか、え?』

目を覗き込み、ササゲはすごんだ。

『どうだ、それでいいか?』

ビョンホンは、首を激しく左右に振った。

『死にたくねぇか？』

何度もうなずく。

『銃殺にしてもいいんだ、嫌か？』

『嫌です』

ビョンホンは応えた。

『助けてやってもいいぞ、俺にはその権限があるんだ』

『お願いします』

ビョンホンは懇願した。

『ようし、じゃあ助けてやる。だからな、姉ちゃんと俺とのことはいっさい言うな。解ったか』

『解りました』

『ひとことでも喋《しゃべ》ったら銃殺だぞ、いいか？』

『はい』

『よく憶えとけよ。よし立て！』

胸倉を持って強引に立たされた。栄養不良で痩《や》せこけた十二歳の少年など、おとなの腕力の前では子猫も同然だった。

痛みで体が動かず、鼻の穴の中で血が固まって、鼻では呼吸ができない。なかば以上引きずられて廊下を行き、裏口から外に出ると、トラックの荷台に放りあげられた。裏口からトラックまでの短い間に、顔に冷たいものがかかった。雨だった。雨がまた降りだしている。

エンジンがかかり、トラックが走りだす。その瞬間、がたんと激しい音がして、ササゲが飛び乗ってきた。

それからのことも、充分な記憶がない。揺れ続ける荷台の上で、ビョンホンはまた失神した。

幌付きのトラックの荷台は、目隠しの布が後尾をふさぐから暗い。千葉の放球基地到着までは長く、その間中ビョンホンは床に横になり、なかば以上意識を失っていた。

どのくらい時間が経《た》ったものか、

『おい、立て!』

と叫ぶ声で目が開いた。瞼を開き、明るい方を見ると、持ちあげられた後尾の布の向こうで、激しく降る雨が見えた。

『これを着ろ!』

言って、鼻先の床に合羽《かっぱ》が放られた。痛みに堪え、のろのろと着た。大人用だったから、両手の部分は何重にも折った。そして雨の中に飛びおり、続いて気球をトラックからおろし、近くの建物まで運ぶ仕事をした。

雨の降る表は薄暗く、夕暮れ時のようだった。しかし、あれでまだ時間は早かったのかもしれない。ばしばしと音をさせ、合羽を叩《たた》く強い雨の中、痛みに歯を食いしばり、なかば夢うつつのようにして、命じられた仕事をこなした。

ようやく終ったので、誰の指示も待たず、ビョンホンはふらふらとトラックに戻った。必死でよじ登り、暗い荷台の床に転がり込むと、横になって休んだ。

体はもう限界だった。休まなくては死んでしまうと思った。そう思ったら、すぐに眠りに落ちた。

どのくらいの時間が経ったものか、興奮でどよめくような表の声に、ビョンホンの意識が戻った。身を起こし、そろそろと床を這《は》って、荷台の後尾まで行った。何が起こっているのか見たかった。

後部のあおり板に凭《もた》れ、目隠しの布を持ちあげて、表を覗いた。

無数のトラックが、ひしめくように空き地に止まっていた。いつの間にかトラックの数が増えている。それらを、雨が激しく叩いていた。

どっと歓声があがった。彼らの視線を追って上空を見ると、あっと声が出た。土砂降りの雨の中、陰鬱《いんうつ》な空に、おびただしい数の風船が浮かんでいた。それらがみな、ゆっくりと上昇していく。ビョンホンは目を見張った。

それは、奇妙に感動的な光景だった。このふた月、威圧と空腹に堪えながら、自分らが懸命に作り続けた風船だ。それが土砂降りの雨の中、群れをなして暗い大空に向かって上がっていく。ビョンホンもまた、知らず、その様子を見つめた。

並ぶトラックの周囲には、合羽を着た大勢の男たちがてんでに立ち、さかんに歓声をあげたり、手を打ったりしていた。

突然、耳を聾《ろう》するような大音響が始まった。それは、そばの施設の屋根についた、年代もののスピーカーがたてる音だった。ざりざりとした雑音交じりのそのひどいしろものは、軍艦マーチだった。

雨に煙る灰色の風景に、スピーカーは軍艦マーチを轟《とどろ》かせた。精いっぱい音量が上げられているから、音はすっかり割れている。見廻せば、あたりは建物が見当たらない丘陵地帯だ。遠く、雨にかすむ九十九里浜と、海が見えている。

土砂降りの音は大きく、見渡す限りの世界を支配していた。音量は、それに挑むように最大になっている。

篠《しの》つく雨を突き、軍艦マーチをバックに、無数の風船はゆるゆると上昇する。遥《はる》か太平洋の彼方、アメリカ大陸を目指していく。

ビョンホンは、顔にかかる強い雨も気にならず、瞼をしかめながら、じっと空を見つめた。

解らないことが残った。曼珠沙華の球根はいったいどこに消えたのか。

ササゲがどうしてビョンホンの計画を知ったのかも解らない。しかしこれには見当がつく。ササゲは毒を出せと言って迫った。しかし、球根を出せとは言わなかった。つまりビョンホンが毒を持っていて鍋《なべ》に入れようとしている、という程度の認識しか持っていず、その毒が曼珠沙華の球根とは知らないようだった。

前夜ひとつの布団《ふとん》に入り、ササゲに毒を呑《の》ませてやる、と姉に告げた。ビョンホンは、毒の球根を食べさせてやるとは言わなかったし、球根も見せなかった。そうなら、あの時近くにいて聞いていた女子挺身隊の誰かが、ササゲに告げ口をしたのであろう。

しかしいずれにしても、身の危険がある最後の瞬間、球根は消えたのだ。だからビョンホンは解放された。神が助けてくれたのだ、そうビョンホンは思うことにした。

## 8

それからも日劇の工場で、ソニョンたちはひたすら風船爆弾を作り続けた。しかし年が明け、B29による東京空襲が激化して、ある日唐突に、勤労奉仕の終了が告げられた。クァンジュに帰る船便を告げるから、寮でしばらく待てといわれた。ところがその夜の空襲が最もひどく、ついに寮が罹災《りさい》した。

轟音《ごうおん》の中に飛び出せば、あたりは火の海になっていて、ソニョンとビョンホンの姉弟は、手をつないで、広い通り沿いにお堀端まで逃げた。振り返る有楽町界隈《かいわい》は、すでに炎の中だった。

気づけば周囲に仲間はいない。この夜で、挺身隊員たちとは永遠の別れになった。B29の轟音のもと、二人は靖国神社の方角に向かって逃げた。夜っぴて歩き、夜が明けてくると、手近の木の下で少し眠った。

目を覚ますと、高麗川村に行こう、とビョンホンは言った。電車もバスも止まっているから歩くほかない。電話線も切れているから電報も打てない。夫婦に連絡ができないから、直接行く以外になかった。

それからの三週間、二人は高麗川村に向かって歩いた。お金がないから食べ物が買えない。道中いろいろな人に頭をさげ、仕事を手伝い、わずかばかりの食料を恵んでもらって食べた。物乞《ものご》いの真似もしたし、ビョンホンは、勲夫さんに教えてもらった食用になる野草を姉に教え、これを探して食べもした。

布団を拾い、これを背負って歩いた。夜には雨がしのげる軒下で、これにくるまって二人で眠った。武蔵野鉄道の線路を探しあて、ひたすらこれに沿って歩いた。雨の日は歩けなかったし、迷いもしたので、ひと月近くかかり、ようやく高麗川の村に着いた。その頃にはもう桜の季節が迫っていた。

仁美さんは、むろん喜んでくれた。しかし二人を待っていたものは、長男ヨンシクの訃報《ふほう》だった。

ヨンシクこと永作《えいさく》は、なんと十六歳という最年少で、鹿児島の知覧《ちらん》から特攻出撃していた。飛行経験が充分と言えない彼が、はたしてうまく敵艦に体当たりできたかどうかは定かでない。しかしともかく彼は、沖縄そばの海で、他国のために戦死した。

居間の壁に、「半島の神鷹」と漢字で大見出しがされた、漢字ハングル混合の新聞が、額に入って飾られていた。笑顔の両親の写真入りだった。姉弟の母親が、手紙と一緒に仁美さんに送ってきたものだ。これでヨンシクは、三階級特進で、少尉になったという。

しかし母の手紙には、裏面の事実が書かれてあった。出撃のため日本に発《た》つという前夜、ヨンシクは家に帰ってきた。どうして特攻隊なんかに志願したのかと父親が訊いたら、なかば強制されたのだという。自分は長男なので、貧しい家族の面倒をみなくてはならない。だから特攻はできないと言うと、家族のことは心配するな、軍から補償手当てが出る、と上官に言われた。これを信じ、つまりは家族の生活のために、兄は犠牲になったという事情らしかった。

しかしこの三階級特進の栄誉が、のちにチャン一家を苦しめ、路頭に迷わせることになる。終戦ののち、姉弟は動きはじめた船便で九州からプサン港に渡り、クァンジュに帰った。しかし故郷で待っていたものは、対日協力者という思いもかけない非難だった。

祖国は、日帝からの解放を喜び、返す刀で統治時代、日本に協力した裏切り者たちをあぶり出すことを始めた。対日協力者は厳しい非難の目にさらされ、徹底して村八分にされた。姉弟のチャン一家は、その格好の標的だった。理由は長男だった。

チャン・ヨンシクこと張本永作は、志願して日本軍人になっていた。それだけならよいが、陸軍少尉ではないか。そうなればこれは日本軍の幹部であり、悪《あ》しき日本軍そのものだ。日本人将校に同胞がどれほどいわれのない暴行を受け、屈辱を味わわされたことか——。

ササゲのことを思えば、ビョンホンもこの主張に同感はできる。しかしヨンシクは、死後将校になったのであって、生前、日本軍将校として朝鮮同胞に接したことはない。みなもまた、それを知りながらあえて意地悪を言っていた。

長男に加え、妹と弟もまた、志願して日本の挺身隊に入っていた。そうなら、どこから見ても許しがたい対日協力の一族だ、そう決めつけられた。そして土地と家屋は国家に没収され、一家はクァンジュを追放された。

ヨンシクの特攻戦死により、確かに手当ては支給されたが、それはわずかに四ヵ月間だけのことだった。敗戦にともない、日本陸軍自体が消滅したからだ。

一家はプサンに流れてきて安アパートに住み着き、病んでいた父親は、貧困のうちにまもなく死亡した。あとを追うようにして母親も床に就き、二年の闘病生活ののちに死んだ。過労と心労が、夫婦の体を深く蝕《むしば》んでいた。

困窮から姉は結局学校に行くことができず、働いたが、対日協力者の烙印《らくいん》はついて廻り、時には日本軍の従軍慰安婦経験者という誹謗《ひぼう》さえ加わった。その頃の姉は美人になっていたから、ササゲとのことを知る挺身隊員が、嫉妬《しっと》から流しているデマかも知れなかった。そして職場やアパートを、姉弟は転々としなくてはならなかった。

ビョンホンは、姉のお荷物になっている自分を感じた。それで、自分は日本の高麗川村に戻ると言った。迷ったが、結局姉は同意した。次にビョンホンは、一緒に行こうと姉を誘った。しかし姉は、どうしても首を縦に振らない。彼女の日本の印象はあまりに悪く、どうしてもあの国の土をまた踏む気にはなれないと言った。

それで姉は留まり、弟は高麗の里に戻った。昭和十九年に仁美さんの言ったことが、現実になった。仁美さんは、本能的にこういう将来を予感していたのだ。

それからのビョンホンは、仁美さん夫婦を助け、高麗の里の張村家に暮らしながら農夫として働いた。学校にも行き、成人した。韓国に残ったソニョンは、汚名にさらされて生き、とうとう結婚ができず、長い独身生活ののち、ソウルの実業家の愛人になった。

ビョンホンは、高麗の里で権《ごん》と再会し、親友づきあいになった。そして彼の妹と結婚した。これで、不安だった日本での永住権問題も解消した。

ところが、親族となった権が、村で問題を起こした。近所の者たちと折り合いが悪くなり、親譲りの家を処分して、アメリカ西海岸に渡っていった。その頃の彼は、父親は死んで母親だけになっていたが、母も連れての渡米だった。遠い親戚《しんせき》たちがアメリカにいて、彼らを頼って海を渡った。ビョンホンは心配したが、シミヴァレーという街で韓国料理のレストランを始めたと、手紙で知らせてきた。

それを境に、悲劇がビョンホンを襲いはじめた。戦後三十年近くが経過した頃、まず仁美さん夫婦が相次いで亡《な》くなった。病だった。虚脱していると、今度は妻が病に倒れた。もともと体が弱い人で、だから二人には子供がなかった。

すると、思いもかけなかった事態が起こった。家を出なくてはならなくなったのだ。仁美さん夫婦の家は借家だった。所有者が明け渡しを要求してきたのだ。以前からそういう約束になっていたという。ビョンホンは、そういった事情について、きちんと聞かされてはいなかった。

その頃には多少の貯《たくわ》えもできていたが、とても新しい家を買えるほどのものではなく、また妻の治療費に、少なくないお金がかかった。権が村にいてくれれば、あるいは何とかなったかもしれない。

権がアメリカで開いたレストランは、どうやら順調に行っているらしく、ビョンホンとその妻である妹に、渡米して自分の仕事を手伝って欲しいと、たびたび言ってきていた。自分がスポンサーになり、永住権も市民権も獲らせるという。妹から窮状を聞くと、ますます強くそう言ってくるようになった。

妻は兄のもとに行きたいと言った。しかし見も知らぬ外国、環境が大きく変わる。ビョンホンは英語に自信がない。また妻の体がそういう激変に堪えられるものかどうか、強い不安もあった。

そばに来て欲しいというのは、ソウルの姉も言ってきていた。祖国には惹《ひ》かれる。しかし愛人になっている姉のそばは気が進まない。妻も難色を示した。

ビョンホンは、高麗の里での暮しが気に入っており、できれば動きたくなかった。都会にはよい思い出がない。はじめてここに来て、仁美さん夫婦の世話で生活をはじめた日々、そして妻を得た日の喜びは、生涯ただ二度の心安らぐ思い出だった。どちらもこの土地が与えてくれた。

家の持ち主に、明け渡しはもうちょっと待って欲しいとビョンホンは頼んだ。妻の病気もよくない、もう少し身の振り方を考える時間が欲しいと言った。相手は承知してくれた。

しかし、悩む時間はそれほどはなかった。あっけなく、妻が死んだのだ。ビョンホンは、いきなり独りぼっちになった。妻もなく、友もなく、子もなく、肉親もそばにいない。すっかり虚脱し、生きる気力を喪失した。

ソウルに行くことも考えた。ほとんどそう決めかけたのだが、妻の生前の様子を思い出すと、裏切るようで、どうしてもそうする気になれない。結局妻の遺志を継いで、アメリカに渡る気になった。

ロスアンジェルスの空港に着いた時、ビョンホンはもう四十になっていた。戦争、終戦、日本への移住、特別永住権の取得、そして結婚、妻との死別、また外国への移住と、人が一生で経験するかしないか、といったことを、四十年間ですべて経験していた。自分がもう老人になってしまい、一生を終えたような虚脱を感じた。人並みの幸せも一度は得たが、それも失った。そして彼は、祖国を二度失っていた。

空港には、権が迎えにきてくれていた。英語しか話せない、韓国系アメリカ人の妻も一緒だった。にこやかに手を握られ、初対面の挨拶《あいさつ》をされたが、英語だったから、何も答えることができない。

権の車は、黒塗りの高級米国車だった。それは美人妻とともに、権の、こちらでの成功を語るものだった。ビョンホンには、それが権らしくなく思われて、猛烈な違和感を持った。

空港のドアを出ると、強烈な西海岸の陽射しだった。もう秋だというのにぎらぎらと眩《まぶ》しく、目を開けていられない。眩暈《めまい》を感じて、ビョンホンはうずくまった。そして、悪いがもう一歩も動けない、とかつて親友だった男に訴えた。

『疲れているのかビョンホン』

権は言った。確かにそれもある。眠れていない。しかし、問題はそんなことではなかった。自分は来るべき場所を間違ったと、さっきからそんな気分が去らない。ここは、自分の来るべき場所ではなかった。

ビョンホンの深刻な様子に、先に車で帰っていてくれと、権は妻に言った。妻がトランクを持っていこうとするので、どうかまだ置いておいて、とビョンホンは懇願した。

二人になると、権はビョンホンを抱えあげて立たせ、木陰のベンチに誘った。腰をかけさせ、自分も横にかけた。そして、

『君が話せるようになるまで、いつまでも待つ』

と言い、押し黙った。長い長い沈黙の後、ビョンホンは言った。

『権、ぼくはもうここで引き返す。ソウルに行く』

そう宣言した。

『ここはぼくの来る場所ではなかった』

すると、

『ぼくが変わったと思うか？　ビョンホン』

権は、そう訊いてきた。

『米韓ハーフの女房を連れて、黒塗りのアメ車に乗って。そうか？』

ビョンホンは答えられなかった。その通りだったからだ。

『世間によくいる、つまらない自慢男だと？　車はぼくのじゃない、女房のだ』

権は言った。それを聞いて、考え考えビョンホンは、こう言った。

『ぼくはアメリカを恐れていたんだ。強い不安があった。戦中派だからかもしれないが、足を踏み入れて、もしもこうだったら嫌だなと、そういう……。だが、まるきりその通りだった。ぼくはもう帰る、姉のところへ。祖国へ。やはりそうすべきだったんだ』

『妹の遺志は無視するのか？』

権は言い、ビョンホンは首を横に振った。そして、

『そう思ったから来た。でも、もう彼女は死んだ』

権は溜《た》め息《いき》をついた。そしてまた長いこと沈黙して、それからこう言う。

『OKビョンホン、君がどうしてもそうしたいと言うなら、もう留めない。だが見て欲しいものがある。それを見てから、それでもソウルに行きたいなら行ってくれ』

ビョンホンは、しかし気乗りがしなかった。見て欲しいものだって？　美人の妻に続いて、小ぎれいで大きな韓国料理屋か？　そんなものに興味はない。そう思ったのだ。疲れきっていた。もう一歩だって動きたくなかった。それで、

『遠いのか？』

と訊いた。

『バスで行こう、昔みたいに。高麗駅までよりはちょっと遠いが。そのトランクは、空港に預けておこう』

権はそう言った。

9

風が出てきていた。それが、欄干に腰かけたままの、御手洗さんの前髪を揺らせていた。

遠くを見たままの視線で、御手洗さんは言う。

「トランクを空港に預けると、二人はまずタクシーで、近くのバス停まで行った。そこでバスを待って乗り、シミヴァレーに向かったんだ。

バスの中で、権は言った。

『今向かっているのはぼくがいる街だが、無理に君を引き留める気なんてない。君がやはりソウルに行くというなら、責任を持ってぼくが君を空港に送る、今日中にだ。見せたいものは、シミヴァレーにあるんだ』

けっこう長いバスの旅だったが、車窓からの眺めは、ビョンホンには意外だった。まず背の高いビルがない。東京よりも田舎に見えた。

目的地に着き、バスをおりたら、権はすたすたと歩道を行く。自分の店を見せるつもりなのだろうと思い、そう訊いたら、そんなものはどうでもいい、と権は言う。

着いたところは、真っ黒く油汚れの浮いた、自動車の修理工場だった。その中に権はつかつかと入っていって、小太りの東洋人を見つけてこう言う。

『ヘイ、デクスター、君のモーターサイクルをちょっと貸してくれないか、必ず一時間で返すから』

そしてキーを預かり、裏に廻って、モトクロッサーに跨《またが》った。後ろを指さし、乗れとビョンホンに言う。

『今のは韓国人か？』

ビョンホンは尋ねた。権はこう言う。

『韓国人か、中国人か、日本人だ。ここではそんなことにたいした意味はないんだ』

そしてバイクはスタートし、シミヴァレーの街をたちまち抜け、山道にかかった。うねった非舗装路をバイクはぐいぐいと登る。風を切り、常緑樹や広葉樹の木々をかすめて、たちまち山頂に着いた。

風が止まると、陽射しが首筋に痛かった。ビョンホンには、とても秋の陽と思えない。

権は木陰にバイクを止め、ステーを出し、キーを抜いた。

そこからは、陽光を浴びて広がるロスアンジェルスの街が、一望のもとだった。じっと立ち、眺めていたら、

『夜景はもっときれいなんだぜ』

と権が、そばに来て言った。

『ここはロッキーマウンテン・ピークというんだ、どうだい？　きれいだろう？』

『うん、眺めがいいな。ここから見たら、確かにいい街だ、ロスアンジェルスは。高層のビルなんて少ないんだな』

『ああ。高層ビルなんて、まあないことはないが、集まっている繁華街はごくわずかなんだ。あっちのダウンタウン、ビヴァリーヒルズ、それにセンチュリーシティ……、シミヴァレーには一本もないよ』

『ふうん、ニューヨークとは違うんだな』

『全然違う。西海岸のここは、大いなる田舎なんだ』

『解った、そうだな。でも、ぼくが嫌いなのは高層ビルじゃないんだ……』

ビョンホンが言いかけると、権はさえぎった。

『ビョンホン、勘違いするな。これを見せに連れてきたんじゃないよ。こっちだ、来いよ』

そして先にたってさらに山道を登る。林に分け入った。そして前方を手で示し、こう言った。

『見ろ、ビョンホン』

言われて、ビョンホンは息を呑んだ。言葉を失い、無言で立ちつくした。

それは、曼珠沙華の群生だった。木立の足もとが、一面に赤く染まっている。

『これは、どうしたことだ。曼珠沙華か？』

『そうだ、曼珠沙華だ。驚いたか？』

木立の足もとを、曼珠沙華の赤い花が埋めていた。

『高麗《こま》とは較《くら》ぶべくもないがな、この窪地だけだから』

『君が植えたのか？』

するとは権は笑った。

『まさか。こんなにたくさんの球根を持ってこられるものか。税関で、植物のチェックはうるさいんだ』

『そうなのか？』

『それに、一年や二年でこんなふうにはならない。これは何十年もかかっている』

『どうしてこんなことになるんだ？　ロスアンジェルスにもあったのか、曼珠沙華群落』

権は首を横に振った。

『なかった。これは、日本から来たんだ』

『日本から？　どうやって』

すると権は、黙って空を指さした。示されて見あげれば、空は紺碧《こんぺき》に澄み渡り、一片の雲もない。

『飛んできたんだ。そして、ここに降ったんだ』

『降った？　花がか？』

　確かに、仏典にはそんなことが書かれているそうだが。

『球根だ。球根がここに降ってきたんだ』

　権は言った。その謎《なぞ》かけのような言葉に、ビョンホンは絶句した。

『球根？　どういう意味だ？　球根が空を飛んできたって？　日本から？』

『そうさ』

『どうやって球根が空を飛ぶ』

『風船に乗ってきたんだ』

『なんだって？』

　そう口に出した途端だった。ビョンホンの脳裏に、突然電光のように飛来した光景があった。

　土砂降りの雨の午後、スピーカーから鳴り渡っていたあのひどい軍艦マーチ。そして暗い陰鬱な空に浮かんだ無数の風船——。

『風船爆弾か？』

　権はうなずいた。

『そうだ。大戦中、日本から飛んできた風船爆弾で、ここに山火事が起こったらしい。

だがすぐに鎮火した。何故なら、雨季だったからだ』

『雨季だって？』

『そうだ。ここLAは、雨は冬にしか降らない。あとは一年中晴れなんだよ。十二月、一月、二月にだけ雨が降る。風船爆弾を飛ばすなら、春以降にすべきだったな。それならここはカラカラだ、砂漠になるんだよ。だから山火事も起きやすい』

『しかし、まさか……』

『だが、花にとってはよかったんだ、雨季だったからな。球根を根付かせる最高の時期を、日本軍は選んでくれた。十一月から、ぼちぼち雨が降りはじめる。そして十二月にかけて雨の日がだんだん多くなる。一月二月は土砂降りだ』

『信じられない！』

『作戦は四月で終わった。それにここはね、ついこの先に小さな貯水池があるんだ。それもよかった。土が水分を含んでいる。だから、曼珠沙華が根付いた』

　ビョンホンは絶句していた。それは、さらにもうひとつの忘れられない光景が、さっきからしきりに目の前に浮かんでいたからだ。

　日劇の資材室二号、そこで彼は、ササゲに殴り倒された。その直後、倒れ込んだ鼻先に麻の砂袋があったことを、何故かはっきりと憶えている。この光景が何を意味するのか、長いこと解らなかった。何故自分がこれを憶えているのか。だがたった今、それが解った。

しかし、あまりのことに、まだ信じることができない。だから、無言で立ちつくしていた。そんなとてつもないことが、果たしてあり得るのか——。

『ビョンホン、君は、この花が根付き、咲くところは高句麗《こうくり》になる、そう言っていたな。憶えているか?』

もちろん憶えている。ビョンホンは、だからどこか好きな場所を都心に探し、そこにひそかに球根を埋め、こっそり水をかけて育てようと、そう考えて、勲夫さんからもらったのだ。それが芽を吹き、赤い花をつければ、そこは高麗の里になるのだと、勲夫さんから聞いたその言葉を信じた。

けれど東京に戻り、姉に対するササゲの仕打ちを見た。それで、球根の使い方を変更したのだ。切り刻んで、ササゲたちが食べる鍋に入れてやろうと画策した。だが、見つかってしまった。

だから資材室で暴行を受けた。だが、証拠の球根はとうとう見つからなかったのだ。それで命拾いをした。そして謎が残った。球根は、いったいどこに消えたのか。

それが今解った。砂袋だ。あの麻の砂袋だ!

あの日、ビョンホンは、ポケットの中で球根を握り締めながら資材室に入った。そして、いきなり殴り飛ばされた。何が起こったのか解らなかった。

その寸前、球根を握っていた手を、自分はとっさにポケットから出したのだろう。そして倒れ込んだ衝撃で、球根は手を離れて飛び、床にいくつも並んでいた砂袋のひとつに飛び込んだのだ。

ビョンホンは目を見張り、西海岸の山の上で立ち尽くした。二十八年前の標的地に。三十年近い時間が流れた今、とうとう判明した真相に、そのあまりのことに、度肝を抜かれた。言葉が出ない。

『どうしたんだ?』

権が訊いてきていた。放心からわれに返り、ビョンホンは友人の顔を見た。そしてやっとこう言った。

『びっくりしたんだ。この曼珠沙華は、ぼくがここに飛ばしたことになる……』

それが事実なら、実際思いもかけない場所に飛ばしたものだった。有楽町のどこかを高麗の里に、と思っていたのに、そこから一万キロも離れた場所を高麗にした。

ササゲからのいきなりの暴行が、子供心にあまりにショッキングな体験だったから、その日の記憶の大半が消えた。だが事実は、そういうことだったのだ。

球根が飛び込んだ砂袋は、それから誰かがトラックに積み込み、千葉・一宮の放球基地まで運ばれた。砂袋はそこで気球下方の金環に吊《つ》り下げられ、空に飛ばされたのだ。空盒《くうごう》の作動で海に落ちる砂袋にもならず、カナダやメキシコにそれる風船にもならず、あやまたずここアメリカの、西海岸の山地に漂着した。そして爆弾とともに、自分が高麗の里から持ってきていた球根を、この地に落としたのだ。

『信じられない。あの球根か？　あの時の、たった一個の……』

ビョンホンは言った。

『昭和十九年のあの富号作戦は、それではまるで、曼珠沙華をこの地に根付かせるためにあったみたいだ』

あの日、もしもササゲに殴られなければ、球根はこの地には飛来しなかった。刻まれて、鍋に入っていたろう。

その前に、あの雨の夜、ササゲが姉を暴行しなければ、球根は有楽町の街のどこかに、ひっそりと埋められていたろう。

『そうだ。でもいいじゃないかビョンホン、それで。あれは爆弾じゃなく、この地にとっては、花を運ぶ日本からの親善使節だったのさ。だからぼくは、ここが妹の墓所だと思っている。時間があれば、ここに手を合わせに来るんだ。そういう場所を、あの爆弾は作ってくれた。もっと見せたいものがある、来いよ』

権は言って、またオートバイのところに戻っていく。

跨り、山を下ってふもとの街に帰った。デクスターの修理工場をすぎるから、ビョンホンは後ろで不思議に思った。どこに行く気か。

大通りを折れると、住宅街だった。白ペンキ塗りで出窓のある、瀟洒《しょうしゃ》なアメリカンハウスが何軒も並んでいた。その一軒を、権は指さす。

『見ろよ、ビョンホン』

彼が指さした一軒、白い家の前、低い木の柵《さく》が囲む花壇があり、そこに赤い花がひとむら咲いていた。

『曼珠沙華だ』

権は言った。

『あっちにも』

その隣りの家の花壇にも、赤い曼珠沙華があった。その向かいにも、一軒置いてその隣にも、赤い花はあった。

『曼珠沙華は派手だからね、アメリカ人の好みに合うんだ。みんなあの山から持ってきたんだぜ。この街には、こうして着々と、曼珠沙華が増えつつある。高句麗を目指す悲願花だ。だから、ここはもう高麗の里だ』

権は言った。前方に、ひときわ見事に、たくさんの曼珠沙華が咲く花壇が見えてきた。

それが、権の家だった」

御手洗さんは、それで言葉を停めた。ぼくは溜め息をついて、橋のたもと、牛乳瓶の中で咲く曼珠沙華を見た。

「彼、チャン・ビョンホンは、それでソウルに行くのをやめた。新しい高麗の里に住むことにしたんだ」

ぼくはうなずき、時間をおいて、やっとこう言った。

「ああそうですか。でも、ああ、なんてすごい話だ……」

驚いてしまって、言葉が出なかった。

「悲願花かぁ……。そして風船爆弾は冬、知らなかったな……」

「うん、日本上空のジェット気流は、冬に強くなる。けれどその冬、LAは雨季なんだ」

ぼくは放心した。日本人はそれを知らなかった。だから爆弾を、雨のアメリカに向けて飛ばした。それではまるで、花を運ぶために風船を飛ばしたようなものだ。

御手洗さんは言う。

「日本人はカリフォルニアの雨季を知らず、アメリカ人はジェット気流を知らなかった。戦争とは、互いの無知の別名だ。ビョンホンは、ダウンタウンの日本人街のカフェで、ぼくにこう言った。

『表の歩道の、店寄りの端に書かれていたウシカワ・ホスピタルとかDr. W・ツキフジ・デンティストという文字、今ある店と全然違いますね。あれは太平洋戦争の前までは、ここにそういう日本人の店があったという意味ですね?』

ぼくはうなずいた。

『それを忘れて欲しくないんでしょう』

『でも真珠湾攻撃があり、宣戦布告なしで奇襲してくるような日本人は、全員収容所に入れてしまえという世論が湧き起こって、州政府が動き、ある日突然、日系人はこの街を立ち退かされた。そして強制的に収容所に入れられた』

ビョンホンは言う。

『当時日系人は、アメリカでは家が持てないという法律になっていたから、立ち退かせは簡単だったようですね』

ぼくは言った。

『トランク一杯分しか、財産の持ち出しは許されなかった』

ビョンホンは言う。

『そしてドイツ系やイタリア系のアメリカ人に関しては、収容是非の議論さえ起きなかった』

たった今観《み》てきた日系人博物館の展示では、そのように説明されていた。日系人はそれまで、アメリカ社会で犯罪を起こした件数が最も低かった民族なのに、とも書かれていた。

『それは本当にひどいこと。完全な、外見による差別です。そして戦後、収容から解放された日系人がこの街の自宅に戻ってきたら、そこには見知らぬ白人が住んでいて、家を返してはもらえなかった、そうでしたね？』

『そのようです。だからまたお金を貯めて、日系人はそこを買った。でもそれは、前住んでいた人じゃない』

ビョンホンは、するとこう言った。

『大戦中、ぼくら一家は日本人にひどい目に遭って……、皇国臣民の誓詞や、教育勅語を暗記させられた。名前を奪われ、特攻戦死までさせられ、殴られ、犯されて、あっさり棄てられた。だからぼくは、ずっと日本人を恨んでいたけれど、敵国側のここでは、日本人もまたこんな目に遭っていた。そう知って、少し考えが変わりました。これが戦争なんだなと思って』

確かにそうだなと思い、ぼくはうなずいた。

『愚劣な戦争だったけど、曼珠沙華の球根を、鳥のように、海の向こうに向かって羽ばたかせてもくれた』

もう一度、ぼくはうなずく。

『日本人はあの歩道の文字を遺《のこ》し、ぼくは、曼珠沙華をこの地に根付かせた。もうこれでいいと思って。これでぼくも、あの戦争への恨みを忘れることにしようと思います』

ビョンホンは言った。そうして欲しかったからね、ぼくも急いでこんなふうに言ったんだ。

『この街の歩道に書かれていた文字のこと、ぼくはきっと忘れてしまうでしょう。でも、曼珠沙華をあなたがこの地に根付かせたこと、これはいつまでも忘れませんよ』って。

そうしたら彼は、にっこりと微笑《ほほえ》んでくれた。その時ぼくは、彼にとってようやく、あの嫌な戦争が終わったような気がしたよ」

そう言って、御手洗さんもまた、にっこりと微笑んだ。

# 追憶のカシュガル

1

ある春の日の午前中のことだった。ぼくは御手洗《みたらい》さんと二人、京福電鉄の市電に乗っていた。電車はすいていて、乗っているのは、ぼくと御手洗さんだけだった。

嵐山に向かう電車の窓外《そうがい》に、桜が見えはじめた。白い花の塊が見えたかと思うと、しばらくつるつると連なる。左から右へ、白い花の列が、ゆっくりと移動していく。ぼくらは見るともなく、それを見ていた。

「桜って、ああ見えても図太いんだぜ」

御手洗さんが言った。

「そうなの？」

ぼくは訊《き》いた。

「うん、花びらは薄紙みたいにはかなげで、消え入りそうだけど、木自体はけっこう生命力があってさ、亜熱帯から豪雪地帯まで、どこにでも根付く。根付けばすぐに大量の花が咲く。だから日本中にこんなに増殖したんだ」

「いつも不思議に思ってたんです。これ、自分で広がったの？　日本中に」

「とんでもない、人の力さ」

「え？　そうなの？」

「そうさ。桜にはすごい秘密がある」

「どんな？」

するとと御手洗さんは窓から視線を離し、前方に向き直って腕を組んだ。そしてぼくの質問には答えず、こんなことを言った。

「桜くらい話題になる木もないよね。戦争の犠牲にもなったし」

「戦争の犠牲？」

「ぱっと咲いて潔《いさぎよ》く散る、武士道の象徴だったからさ。戦争遂行に利用された。桜の小枝を頭に挿して、特攻していった航空隊兵士もいたっていうしね」

「本当？」

「うん。だから終戦直後、公園や並木の桜が、さかんに切り倒された時期もあったらしいよ」

「へえ」

「国民の怒りだね。桜には迷惑千万な話だ、彼らは何もしていない。韓国人で、桜に強いアレルギーを持つという人もいる。植民地化を経験して、日本人の無根拠な上位者意識や、軍国主義の象徴だったのがこの薄桃色の花だから。それに、日本の桜のもともとの品種は、済州島が原産地だという説もあるんだ。だからこの花が日本古来のものだ、みたいな言われ方をするとね、彼らには抵抗感がある」

「でも桜って、けっこう昔からあったんでしょう？　日本に」

「日本書紀や古事記にも桜の記述はあるよね」

「古今和歌集にも桜の和歌はたくさんあるって、学校で習った」

ぼくは言った。

「うん。ぼくも何かで読んだ。でも最初は梅の方だったんだって、人気は」

「え、そうなの？」

「うん。万葉集に、梅の歌は百十八首あるけど、桜の歌は四十四首しかないんだってさ」

「へえ、そうなの。梅の方が人気があったんだ。昔の人には」

「そうみたいだね。でも平安時代になると人気が逆転したらしい。花といえば桜というふうになって、桜を詠《よ》んだ歌が増えてくる」

「その頃の桜って、今のものと違うって聞いたけど」

「全然違う。当時の桜っていうのは、もっとずっと素朴な花だったんだ。花の数も少なくて、花の大きさも、今のより小さい。だから万葉集時代には格別人気はなかった。そこいら辺の普通の花の木と変わらなかったから。今の桜は異常だよ。ものすごい花の数だ。そう思わないかい？　まるで開花の爆発みたいだ」

「ああ」

「そしてどの木も葉っぱが全然なくて、すべての枝、木全体が白い花でびっしり埋まっている。真っ白だぜ。どの木もどの木もみんなそうだ。全部同じ。花がいっぱい咲く桜の木もあれば、少ししか咲かない桜の木もある、なんてことがない。全部判で押したように満載だ。おかしいよ、こんな花の木、ほかにあるかな。ここには、この木だけの、とんでもない秘密があるんだ」

「ええ？　そうなの？　でも、だから人気が出たんでしょう？」

「その通りだね、こんな異常な木が列島中を埋めていれば、それは人気も出るさ。でもこの花には大きな問題がある。葉っぱが出る前に、こんなに大量の花をつけるんだけど……」

「そうか、葉っぱがないんだ。だから葉っぱに邪魔されないんだね、お花見の時」

「その通り、花がよく見える。ところがそれなのに、サクランボが生《な》らない」

「え？　本当に？」

「こんなにすごい数の花があるのに、実が生ることはまれなんだ。妊娠する能力のない絶世の美女という可能性もある。この木は美貌《びぼう》と引き換えに、その能力を失ったと。だからこの木は子孫を残せない」

「子孫を増やせない？　え、でも、それなのにこんなにたくさん植わってるの？　じゃ、どうやって増えたの？　日本中のあちこちに。桜の名所ってたくさんあるよね？」

「そこなんだ、生物学の理屈と合わないよね。すごく変てこな話で、ミステリー。これが桜の秘密なんだ。平安時代人気だった桜といってもね、当時の桜の木は、全然こんなのじゃなかった。こんなすごい花の木じゃなかったんだよ。どこにでもありそうな、普通の花の木だった。江戸時代までの桜は、今吉野山にあるような山桜がほとんどだったんだって」

「じゃ、あの桜は……？」

ぼくはまた窓の外に見えた桜を指差した。

「あれはソメイヨシノだね」

「ああソメイヨシノ、聞いたことがある」

「日本の桜の八十パーセントは、このソメイヨシノなんだ」

「これはもともとどこのもの？」

「東京の駒込のもの。染井村《そめいむら》」

「染井村？　そこに咲いていたの？」

「そう。一本だけね」

「一本だけ？　どういうこと？」

「江戸末期、花と花を交配させたり接木《つぎき》して、綺麗《きれい》な園芸品種を作りだすことが流行していた。一本の木に百種の異なった菊の花を咲かせるとかね。この村はそういう植木職人たちが集まって住んでた村で、ここにそういう交配の名人がいてさ、彼が、それまで成功しなかった桜の交配に挑んだんだ」

「交配で何を作ろうとしたの？」

「それは、花がいっぱい咲く桜の木だよ」

「ああそうか」

「彼はいろいろな桜を人工授粉させ、意図的に異なった組み合わせで交配させて作った桜の種を、一箇所に植えて、そのうちのどれかがたくさんの花をつけないものかと待った。そして十年後の春、畑に行った彼は仰天した。多くの桜の木の中に、たった一本だけ、とてつもない数の花をつけたものがあって、全体が真っ白。枝も幹も見えないくらいだった」

「へえ！」

「それはまことに圧倒的な様子で、かくして奇跡の桜の木は誕生した。その木は、葉が出る前に花をつけるエドヒガンという木と、当時江戸に多く咲いていた、花が大きいオオシマザクラっていう桜の木を掛け合わせた一本だった。新しい木もまた、葉が出る前に花をつけていたし、花は充分大きかった。彼の意図通りの新種が、見事に出来上がっていたんだ」

「嬉《うれ》しかったろうね」

「むろん大喜びだった。彼は自分の作った品種にソメイヨシノという名前をつけた。ところがだ、大きな問題があった。望み通りの桜ができたけど、考えてみたら種が作れないんだ。だってソメイヨシノに別の桜の木の花粉を付けたら、こんなに大量の花が咲く性質は、間違いなく失われてしまう。だってソメイヨシノ以外のどの交配桜も、こんなにあふれるほどの花はつけていない」

「あそうか」

「だけど花がすごかったからね、ソメイヨシノは大評判になって、みんなが欲しがった。職人もまた、自分の作った作品をなんとか世に広めたいと願った。そこで、接木で増やすことにした」

「接木」

「うん。動物と違って、植物にはこういう時に厄介な、免疫システムがないんだ。人間の臓器移植なんてね、一度これを行ったら、死ぬまで免疫能力を殺し続けなくてはならない、薬でね。移植は、親兄弟からでも駄目、ＯＫは一卵性の双子同士だけなんだ。免疫機能とは、異物を排除する能力のことだから。免疫にとっては、細菌も他人の臓器も同じ異物だもの。それがどういう意図で体内に入ってきたか、自身に有利か不利か、なんて判断はしない」

「ああ」

「植木職人は、親であるオオシマザクラがある程度育ってきたら、この木の根っ子近くで幹を切り、少し裂け目を入れておいて、先を薄く切ったソメイヨシノの小枝をそこに挿し込む、そして糸で縛って固定した。するとソメイヨシノの小枝は、親のオオシマザクラを土台にして、立派に成長し、枝全体にまたたくさんの花をつけたんだ。この方法なら、種にしなくても子孫を作れる。接木は大成功した」

「その挿す枝は、どこの部分でもいいの？　そのソメイヨシノの小枝の」

「どこでもいい。一本の小枝を、二十センチおきに切った断片のひとつでいい。それらすべてが使える。そうなら、一本のソメイヨシノから、千本のソメイヨシノが作れるよ」

「ふえー……。え、じゃ、もしかしてこれらの桜の木は？　すべて江戸の……？」

ぼくは、とんでもない可能性に気づいて訊いた。

「そうなんだ、これらは全部そうなんだ。すべて接木で増やされ、育てられた江戸のソメイヨシノが、この京都の街のあちこちに持ってこられ、植えられて育ったものさ。これらは全部コピーなんだよ」

「コピー」

「うん。だって子供とは呼べない、別の種との混ぜ合わせが起こっていないもの。一本の木の性質がそのままコピーされてこの街にも並んでいる」

「ええっ？」

「こういうのをクローンというんだ」

「クローン」

「まったく同じ遺伝情報を持つ生物」

「これらの桜は、みんな一本の木？」

「そうなんだ。日本中を埋めているソメイヨシノは、元をたどればすべてが、実はたった一本の木につながっている。江戸の染井村の植木職人がたまたま探り当てた、たった一本の狂い咲きの桜だよ。それが人間の手で何十万本にも増やされて、人の手で日本全国に広がり、大増殖した、これが桜の持つ秘密だ」

「ふえ……」

ぼくは絶句してしまい、しばらく沈黙が生まれた。狂った木を、日本全国に増やしたのか――。

「じゃあこれ、平安時代にはなかったんだ」

「なかったね。江戸以前にはただの一本もない」

「そんな奇形の桜が。狂い咲きするような……。じゃあこれ、ぼくが狂って、その上にコピーされて、何十万人にも増えたようなもの」

御手洗さんは笑ってうなずいた。

「そして日本人の一部分を形成する？　うん、そうなるね」

「じゃあ、もしかしたら桜、全員が同じことを考えているのかもしれないね、だってこれらのおびただしい桜は、全体でひとつの個体なんだから」

「木がものを考えていたら？　かもね」

「ぼくの右腕一本から、ぼくのコピーが何人も作られて……」

「それはできないんだ。人間の場合はね。万能細胞というものがあって、これは脳にも骨にも神経にも筋肉にもなる。でも一体の完成した人間にだけはなれないんだ。木はね、ひとかけらの断片からでも、完成した一体になれる」

「ふうん。じゃ、ともかくこれら、自然じゃないんだね」

「全然自然なことじゃない。こんなこと、なかなかほかに例がないよ。一本の木が無限大に分裂して、国中を覆《おお》いつくして狂い咲く、なんてね。進め一億火の玉だ、とか、万世一系、撃ちてしやまん。みんなおんなじことを考える日本人、そういうものを道徳として確信できた当時の時代背景があったからね、きっとこんなことも自然だったんだ」

「うーん」

　ぼくらは、狂気の木に囲まれて暮らしているのか、と思った。

「だけど、種ができないということは、こんな木はこれ以上は増やしてはいけないっていう、自然界のサインだったんじゃないかなぁ」

　ぼくは言った。御手洗さんは、すると首を横に振った。

「いや、それは解《わか》らないんだ。その可能性もあるというだけ。もう今となっては解らない。だってソメイヨシノの周囲は、みんな自分の分身のソメイヨシノばかりなんだから。そこからいくら花粉が飛んできても、受粉はしない。受精というのは、別の遺伝情報とぶつかってシャッフルされて、進化の可能性が探られるシステムだからね。同じ情報では受精しない」

「ああそうか」

「桜には気の毒なことさ。これらはむなしく咲いている花の群れなんだ。周囲には異性がいない。自然界ではあり得ないことが起こったんだから」

「それだけソメイヨシノが……」

「うん、傑作だった。だから大量コピーして広めることは、ごく自然な成り行きだった。今都市部に植わっている木は、実は自然に自生したものなんてほとんどないんだよ。みんな五十年とか百年くらい前に、ぼくらの先祖が意図的に植林したものばかりなんだ。桜の木も同じ。人工的な交配や、接木で作ったものなのに、案外生命力があったから、各地でさかんに植えられた」

「きっと狂っていたからだよ」

御手洗さんはまた笑った。

「そうかもね。その狂った木を、国家的な政策で、全国各地に植えていったんだ」

「それはどうして植えたの？　単にきれいだったから？」

「桜を日本の国花、国の花にしたから」

「そうか、桜は日本国の花なんだね」

「法律で決まってはいないらしいけど。外国から国の花を決めるように言われて、最初は梅にしようかと迷ったらしいんだけど、結局桜に決めて、それならソメイヨシノしかない、これをできるだけ各地に咲かせることにした。それが明治のこと」

「狂った木を国の花にしたの？」

「思えば象徴的なことかな。あと、靖国神社にたくさん植えられていて、ここから全国の、戦没者慰霊碑のそばに配られたという説もある。それが広まった理由だと」

「へえ、ありそうだね」

「あるいは両方かもしれない。いずれにしてもこれ、明治期のことだからね、ソメイヨシノの歴史は、実はそんなに長くはないんだよね。でもこの電車からも見えているああいう桜は、大半戦後に植えたものだよ」

「え？　そうなんだ」

「そう。戦争直後から昭和三十年頃にかけて。戦争で焼けた学校の庭や公園に、どんどんソメイヨシノを植えていった。この木は、根付けばすぐに花をつけるからね」

「ふうん、そうか」

「花を付けるエネルギーが大きい。しかもこんなににぎやかな狂い咲きになるからね、戦争に疲弊した人たちは、みんな慰められたんだ」

「桜って長寿だしね」

ぼくは外の方を向き、また現れ、ゆっくりと左から右へ動いていく、白い花の塊を見つめながら言った。

「いや、そうでもないってよ。エドヒガンには千年桜ってのがあるらしいけど。ソメイヨシノの寿命はせいぜい六十年だって聞いた。だから今、だんだんに枯れはじめている。人工的に作った種だからなのかな」

「そうなの」

「うん。朽ちたオオシマザクラの幹の中では、ソメイヨシノとの接木の部分からね、新しい根が出ているらしいよ。でも今から植え替えるのはむずかしい」

「そうか、でも日本に独特の花なんだね」

花の連なりが途切れたので、ぼくは前を向いた。

「ソメイヨシノはね、これは日本人が作ったものだから。でも桜ということなら、そうでもない。ヨーロッパのあちこちにある、サクランボの生る木としてね」

「ああ、実をつける桜、人工の桜になる前の」

「うん。アメリカでも、黒っぽいアメリカン・チェリーの木はとてもポピュラー」

「そうなんだ。日本にしかないのかって思った、みんなそう言ってたから」

「それはソメイヨシノのことさ。日本人は桜に思い入れが強いからね、そう思っている人は多い。でも仲間というなら、実は世界中にいる」

「昔から今の桜があるんじゃなくて、全国に自生していたのでもなくて、長寿でもなく、日本固有の花でもない……、桜に関する日本人の思い込みは多いねー」

「でも、咲いて素早く散ることだけは事実だ」

御手洗さんは前を向いて言った。

## 2

それからぼくらは黙って電車に揺られていた。ぼくたちは嵐山を目指していたのだ。嵐山の桜を見て、渡月橋のそばの桜餅《さくらもち》が食べたいと、御手洗さんが言ったからだ。

京都の春の市電は、窓がみんな少しずつ開いていた。いっときすわった人たちが、みんな少しずつ窓を開けていったのだろう。

だから車内には風が吹き込んできて、桜の花のかすかな匂《にお》い、植物の香りを車内いっぱいに満たしていた。それががらんとした室内で、渦を巻いたり、ゆるゆるとうごめいたりするのが見えるようだった。

ああ、春の気配だ、とぼくは思った。春がいっぱいだ。こんな電車の中にまで春は満ちている。

寒くもなく、暑くもなく、表はそれでもまだ寒いかもしれないけれど、電車の中の空気の動きは穏やかで、冷気は感じられず、肌にはちょうどよい。

目を閉じれば、目の前に桜の花の白い塊が浮かぶ。ぼくは渡月橋の下を流れていく、浅い水の流れを思い浮かべた。水底《みなそこ》の砂利が、流れの表面を白く乱している。浅い場所は速く、深さのあるあたりはゆったりと流れて、そういう水は午前中の陽の光を反射し、とても清潔そうな感じだ。

「あれは何をしているんだろう」

耳もとで言う御手洗さんの声で、ぼくはわれに返った。

横を見ると、御手洗さんが窓外を指さしていた。

その方角を見ると、道端に止めた軽四輪の後ろのドアを開け、一人のおばさんと、その息子らしい少年が、道を行く人にパンを売っていた。

「牛乳の宅配ですよ。そのついでに車にパンも積んできて、ああして通行人に売っているんです」

「ふうん」

言って御手洗さんは、電車の進行により、後方になっていく親子を、じっと目で追っていた。浮浪者らしい男が親子に寄っていく。すると親子は、さっとパンを背後に隠した。

「あれが何か？」

訊くと御手洗さんは、親子を見つめたまま言う。

「浮浪者にはやらないんだな」

そしてちょっと唇をゆがめ、皮肉気味に笑った。

「カシュガルって街のことを思い出してさ」

「カシュガル？　シルクロードの、西域《さいいき》の？」

ぼくは訊いた。すると御手洗さんは深く、ゆっくりとうなずいた。

「ああそうさ、大いなる文明の十字路。ここから思えば、遥《はる》かな地の果てだね」

その街の名前は、ぼくも聞いたことがあった。シルクロードの高名なふたつのルートが交わる街だった。そう言うと、御手洗さんはうなずき、言う。

「天山南路《てんざんなんろ》と西域南道《さいいきなんどう》さ。こうしている今も、あの埃《ほこり》っぽい街では、市民の営みが続いている。バザールで大声をあげる売り子たち、雑貨を売る人、子供にお菓子を売る老人、あげパンを売り歩く少年、楽器を弾く人、踊る娘たち、こうしているたった今も、あそこにはそういう営みがあるはずだ。なんだか信じられないな」

ぼくはじっと、御手洗さんの横顔を見ていた。しばらくすると御手洗さんは、ぼくの方を向いて笑った。

「桜が咲いて、風がぬるむこんな清潔な街にいれば、絶えず砂にまみれて、なかば土に埋もれたようなあの街は、まるで別の惑星にひらけた集落のように思えるよ」

「そんなに違うの？」

ぼくは訊いた。

「違うね」

御手洗さんは少し首を横に振りながら、そしてため息のようにして吐く深い息とともにこう言った。

「全然違う。みんな埃にまみれて白っぽくて、日本人が見たら全員ホームレスに見えるだろうな。でも、あれはまさに民族の十字路だった。あそこには昔から水があって、オアシスだったから」

「オアシスの街」

「うん。長安から三千七百キロ。昔中国からの旅人は、タクラマカン砂漠を越えて一年以上歩き続け、はるばるあの街にやってきていた。広大な中国の、西の果ての街だ。ここを出てさらに西に向かえば、東西の分水嶺《ぶんすいれい》、パミール高原があって、難儀をしてここを越えれば、そこはもうアフガニスタン、そしてペルシャ、その先はバグダッドだ。さらに先はローマに続く欧州。

東からだけじゃない、西からたどってこの街にやってくる人たちもいた。古来から誇り高かったウイグル族の街カシュガルは、東洋文明と西欧文明との交差点でもあった。それだけじゃない、南からのイギリス、北からのロシア、戦争と平和、友情と猜疑心《さいぎしん》が交錯する場所でもあった。あんなに考えさせられた街はない」

言いながら、御手洗さんの気持ちはだんだんに沈むようだった。

「ウイグルって、騎馬民族？」

「昔はね。ウイグルだけじゃない、ウズベク族、タジク族、キルギス族、ドゥンガン、回族というのかな。コサック族も街にはいたと思う。ウイグルが一番多いというだけだ。九十パーセントがウイグルなんだから。交差点は、民族の坩堝《るつぼ》でもあった。アーリア系もいた」

「アーリア系って？」

「インドヨーロッパ語族を話す民族、本来的に優れているという白人たちの妄想《もうそう》の産物だよ。ヒトラーの時代には、アーリアンの中でも最も優れた民族がゲルマンだと主張していた。そしてユダヤ人はこのグループからはずした。これらは、今はもう根拠を失った妄説だね。要するに白人種系のことだよ」

「白人がいたの？　カシュガルに」

「かつてはね、大勢いたらしい。そういう時期があるんだ。昔々のことさ。その姿が消えた今は、漢民族だ、支配的に振舞おうとしているのは。

だから、ウイグルたちの彼らに対する嫌悪《けんお》は、拭《ぬぐ》いがたかったな。ぼくら旅人には解らなかったが、ビジネスの世界では差別があるらしい。今漢民族は少数だ。だが将来その数が増したら……、ああ、きっと増すと思うけれどね、必ず深刻な事態になるよ。目に見えていたな」

「御手洗さん、行ったことあるの？　カシュガル」

ぼくは訊いた。

「あるとも。しばらく滞在もした」

言いながら、御手洗さんは通路の方に向き直った。パン屋の親子が見えなくなったからだ。

「いい街だった。忘れられない街だ」

「そこにも、パンを売っている親子がいたの？」

「ナンというパンを売ってる少年がいたんだ。毎朝まだ夜が明ける前に、道端に小さな木のテーブルを出してさ、働きにいく人たちにパンを売るんだ」

「ふうん」

「はじめて見た時、早朝の街角に、ナンを積んだ大皿だけがぽつんとテーブルに載っていて、これは何なのだろうと思ってびっくりしたよ」

「何だったの？」

「まだ暗い時刻で、寒いからね、売り子の少年は、テーブルの向う側の、壁とのすきまにしゃがみ込んで震えているんだ。客から声がかかるまで」

「ふうん」

「さっき売っていたパンは、いくらくらいなんだろう。少年のナンはひとつ四角《かく》、だいたい五円くらいだったな」

「おいしかった？」

「悪くなかったよ、ぼくは毎朝買った、滞在している間中。ぼくは路地裏の安ホテルにいたんだけど、太ったおばさんが経営していてね、でも子育てが忙しくて、朝ごはんは作ってくれなかったから、暗いうちに塒《ねぐら》を起きだして、いつもそこまでパンを買いに行った」

「毎朝？」

「うん」

「暗いうちに」

「そうだ」

「どうしてそんなに朝早く？」

「カシュガルは、美しい街なんだ。美しい場所が多い。西域で一番大きなエイティガル寺院というモスクが街の中心にあってね、その前は雄大な半円形の広場で、石敷きなんだ。

寺院は、左右にそびえる尖塔《せんとう》を衛兵のように持っていて、まるでタイルで作った巨大な額縁みたいな正面玄関がそびえて、背後には林があってね。そのタイルはというと、紺碧《こんぺき》の空によく映えるレモンイエローだった。とてもきれいなんだ。

暗い夜明け前の街を、朝礼拝の人たちが黙々と歩いて、そのモスクに集まってくる。するとアザーンが流れて、そういう時、東の空にゆっくりと陽が昇る。朝焼けの時刻、そういう光景と、空気の清潔さは、なにものにもたとえようがない。

それが見たくてね、夜明け前から起きだして、街に出て、よくぶらついた。街の中にある三つの大きなバザールも、黄ばんだ光線の中でまだ眠っている。チャイハネと呼ばれる喫茶店も、まだ開いてはいない。レストランも、アーケイド街の店々もまだだ。行商の男の声も、あげパン売りの少年の呼び声も聞こえない。モスリムの街は朝が早いのだけれど、街の営みのすべては、朝礼拝が終わってからなんだ。

カシュガルは、街はずれにも美しい場所が多い。小川が流れて、あちこちにぶどう園が散在する。そしてちょっとした広場と、ぶどう棚があるんだ。その下は日中は日陰で、そこに女性たちが集まってよくおしゃべりをしている。色とりどりの服がぶどうの葉陰に見え隠れして、そういう光景は、オアシスの名にふさわしかった。

埃っぽいのは、その中間に広がる軒の低い民家の群れなんだ。日干し煉瓦《れんが》の壁が作りだす迷路のように入り組む路地裏は、マルコ・ポーロが来て歩いた頃と全然変わっていなくてね、せせこましくて、貧しげで、まるで泥の中からにょきにょき生えてきたように土臭いんだけど、朝日に照らされるその時刻だけは、別の場所みたいにきれいなんだ。

ところによっては石敷きの道もある。その上に水が打たれている。それが輝くんだ。周囲はひっそりとして、物音ひとつせず、そんな時、どこからか楽器の音が聞こえて、娘らの歌う歌が聞こえたりする」

「ふうん」

「絹の道の調べだ。シルクロードはね、バスに乗って巡るような観光地じゃない。コンサート会場があったり、ディスコがあったり、有名デパートがあったりするわけじゃない。何もない街なんだ。生活に必要なもの以外、何ひとつない」

ぼくは想像しながら、ゆっくりとうなずいた。

「千年昔と何も変わっていない。無駄なものを抱え込んだ時期もあったけれど、ぼくが訪れた頃、そういうものはまたすべて、去っていた。だから、こういう何でもない夜明けの光景が、あの街の一番の魅力なんだ。そこをぼくは、ナンをかじりながらよく歩いた。日が昇ってきて、千年の街角、千年の路地裏の隅々までをも、ゆるやかに照らし出していく様子を、一人で楽しんでいたんだ」

「ナンて、どんなパン？　あの平らな、板みたいなあれ？　インドのカレーにくっ付いてくる」

「いや、そうじゃない。ジュイッシュのベーグルに似ている。日本人には、ドーナツと言った方が解りやすいかな」

「ああドーナツ」

「うん。でも遠くから見たら、アンパンみたいに見えたな。穴が見えないから」

「ふうん、そういうパンか」

「毎朝買うからね、彼と次第に仲良くなった」

「毎朝？」

「うん。カシュガル中を歩いたものね。彼は親方の家の屋根の上に住み込んでいて、毎朝四時に起きだして、ナンを焼くんだって言ってた。でもまだ子供だからね、焼き方はもちろん、小麦粉の練り方もまだ教えてもらっていなくて、ただ水を運んだり、燃料の薪《まき》を割ったり、先輩弟子の作業の手伝いと、こうして道でナンを売ることだけが、彼に与えられた仕事なんだ」

「どうして明け方？」

「明るくなったらナンは売れなくなるんだ。市民たちはモスリム、つまりイスラム教の信徒で、早朝礼拝があるし、ウイグルには朝が早い仕事が多いんだ」

「ふうん。街の人たち、みんなイスラム教徒なんだね？」

「七割がそうだと聞いた。紀元十世紀までは、敬虔《けいけん》な仏教徒の街だったんだけど」

「へえ」

「だってインドの真北にあたるんだからね」

「そうか」

「それがある時、市民の大半が改宗したんだ。これはシルクロードで一番早いイスラム教化なんだって。モスリムにとってナンは朝食だからね、日が昇って店じまいをする時、少年は必ず売れ残ったナンをひとつ、近くの箱の中で寝ている白いひげの老人にあげているんだ。それから親方の家に帰って、自分もナンをちぎってどんぶりに入れて、お湯をかけて食べる」

「どうして知っているの？　ついて行ったの？」

「いや、彼から聞いたんだ。何度も彼からナンを買ったから。これがウイグル族の朝食のスタイルなんだって。ぼくらは親しくなって、よく話すようになって、いろいろなことを知った。おたがいこの街の人間ではなく、孤独だったからね」

「ふうん」

「ウイグルは不思議な人たちで、それはにこやかで、フレンドリーでね、陽気で親しみやすい。街で市民たちは、旅人のぼくを、よく受け入れてくれているように見えた。でもそれは、一定のラインまでなんだ。それ以上は決して親しくなれない。ある時から背中を向けてしまうんだ」

「どうして?」

「不思議に思ったが、しばらくして解った。ぼくを漢民族だと思っているんだ。彼らの漢民族への恨みはとても深い。長い間虐《しいた》げられてきたから」

「ふうん」

「文明の交差点ということは、さまざまな民族が街角に姿を現わすということだ。イタリア人のマルコ・ポーロも、ひょっこり姿を現した」

「そうだね」

「マルコ・ポーロは『東方見聞録』に書いている。カスカール(カシュガル)の土地は肥沃《ひよく》で、ここには生活に必要なすべてが揃《そろ》っている。手工業と商いがもっぱらで、商人たちは、世界中に出向いて商いをするって。そういう豊かな土地だから、入れ替わり立ち替わり現れた民族に鞭《むち》を振るわれ、虐げられてきた。中東、モンゴル、白人、そして漢民族にだ。

だからぼくは、この街では孤独にならざるを得なくてね、家に遊びにいけるほどに親しくなれた友達は、この二人だけだった。少年と、白いひげの老人。もっとも二人とも、まともな家を持ってはいなかったが。彼らもこの街ではよそ者でね、だからぼくらは気が合ったんだ。

西欧の強力な軍事力に蹂躙《じゅうりん》された経験を持つ民はみんなそうだけど、この街の人情も複雑でね、にこやかで、フレンドリーな表向きの顔と、全然違う内心とを持っていた。女性たちのイエスは、たいがいノーの意味なんだ。

路地裏なんかで彼らだけが集うと、笑顔を消して、時には殴り合わんばかりになじり合う。ぼくとあまり仲良くしていると、あとで仲間に苦情を言われるらしい。どうして漢民族なんかと仲良くするんだって。彼は違うんだ、日本人なんだって言っても、彼らは日本のことなんか知らないから。どうせ北京周辺の少数民族だろうと思うんだ。

でもこの二人は、街に親しい友人や仲間がいなくて、だからなじられる心配がない。それにアクサカルは……、その老人のことなんだけど、何故《なぜ》なのか、日本を知っていた。教養があるんだ。そんな人物は、少なくとも巷《ちまた》では、彼が一人だけに見えた。大学教授とか、そういった知的階層の人じゃないのに、それはとても不思議なことだった。

彼はとてもきれいな英語を話すんだ。これにも驚いたよ、考えられないことだ。ブリティッシュでね、ウイグル語の訛《なま》りが全然感じられなかった。シルクロードで、こんなきれいな英語を話す人間に会ったのははじめてだった。

また彼は、とても清潔な、家のない人にこんな言い方はおかしいが、なんと言うべきかな……、深い憂《うれ》いをたたえたノーブルな顔だちをしていた。悲しげで、思索深げで、淋しそうに笑うその様子が、ぼくの心を打ったんだ。

それに彼はね、少年とは違って、この街で生まれ育った人だ。イスラム世界では老人は大事にされ、尊敬される。なのにこのような疎外《そがい》は、本当に不思議だった。道で寝ている彼を、誰も気にかけない。誰も食料を持ってこない。彼に食料を与えているのは、よそから来たこの少年だけさ。老人は、体もよくないようだったのに。

彼は謎《なぞ》だった。パン屋のそばの路上で寝ている彼を眺めながら、いつもそう思った。彼は深い教養も、信仰心も持っていた。他者に対して意地悪にも見えない。なのに、どうしてこんな乞食《こじき》生活をしているのか。ぼくはだんだんに、わけを知りたいと思うようになった。街に、そんなに浮浪者がいる時代ではなかったし」

「日本にもいないよね」

「だけどまずは少年だ。最初に親しくなったのは彼だったから。少年は、この街からずっと離れた小さな村の生まれで、家は農家だったけど貧しかったし、兄弟が多かったから、父親と二人で、バスにも乗らず、三日間歩き続けてカシュガルにやってきたと言った」

「どうしてバスに乗らなかったの？」

「そりゃバス代がないからさ」

「そうか」

「小さな薄い毛布だけを背負って、夜は草の上で、父親と二人で野宿をした。家から持ってきた粗末な肉の干物をかじって、それから、道沿いの農家から、野菜のくずや、果物を分けてもらって食べた」

「そんな旅……」

「千年前と同じだね。貧しいけど、彼らはそんな旅のやり方しか知らないからね、格別なんとも思っちゃいない。ようやくカシュガルの街に着いたら、父親と二人で街のあちこちを尋ね歩いて、この子に何か仕事はないかって聞いて廻った。そしてパン作りの店を見つけて、弟子入りしたんだって」

崩れかけた、日干し煉瓦を積んだパン焼き工場が路地裏にあるんだけど、その屋根の上に、廃材で適当に囲った、やっぱり朽ちかけた掘っ立て小屋が載っていて、後で作ったものだから階段なんかなくてね、壁にたてかけた梯子《はしご》で上り下りする。

小屋の壁は三方しかないからね、彼の寝床は吹きさらしなんだ。ぼくも行ってみたが、よくこんなところで眠れるなと思ったよ。地べたの上と同じだ。電気もなく、ランプがひとつあるきり、日が落ちれば真っ暗でね、寒くて時々目が覚めると言っていた。でも、星はよく見えたな」

「屋根がないの？」

「なくはないんだけど、半分くらいしかない。ともあれ、仕事があったのはよかった。それを見届けたら、父親はまた毛布を背負って、家族が待つ村に歩いて帰っていった。父親は農夫なんだ。でも少年には兄が三人もいるからね、末っ子の彼には仕事がなくて、父親としては、街に出て働いて欲しかったんだろう」

「給料はどのくらいもらえるの？」

「月給はだいたい九百円くらい。遣わないで貯《た》めてるって言うから、何か買うのかと訊いたら、村に持って帰って、お母さんにあげるんだって言ってた」

「親孝行なんだね」

「あのあたりでは普通のこと。子供たちはみんな、家族の暮らしのため、親のために働くんだ。受験戦争がない場所では普通さ」

「そうか、受験勉強か……」

「それも親の要求だろう？」

「親のためだったりするよね」

「仕事はつらくないかと訊いたら、しばらく考えてから、解らないと言った。仕事より、字が書けないことや、解らない言葉があるのがつらいと言った」

「学校に行かなかったんだからね、そうだろうな。つらくないわけはないよね」

「吹きさらしの寝床で、夜中に時々目が覚めるのもつらいだろう」

「それじゃ、眠ることが休息にならないよね」

「でも自分が、街で一番早起きの人間なのが嬉しいと言っていたな」

「すごいポジティヴな発想だね！」

「ぼくはしばらく街に滞在したからね、彼とは毎朝話した。名前は何といったかな、アラジャットとかアラジット……、ああ忘れてしまったな、あんなに親しくしたのに、友達がいがないな」

「それ、何語で話したの？」

「片言のウイグル語だよ」

「御手洗さん、話せるの？」

「もちろん話せないけど、だいたい解るんだよ、身振りの補助で」

「ふうん、そういうものなのか」

「世界中どこでも、これで会話ができないところなんてなかった。できない国はここだけさ」

御手洗さんは、地面を指差した。

「日本人はシャイだものね」

「うん。ジェスチャーが苦手だし、通じないと怒るから」

「その少年、将来はどうしたいんだろう」

「街一番のパン焼き職人になりたいと言っていた。パン焼きの名人に。そしてカシュガル中の人たちに、自分の焼いたパンを食べてもらいたいと」

「ふうん」

「そしてお金を貯めて、自分の村に帰って、そこでパン屋を開きたいんだって。彼は今もパンを売っているんだろうな、暗いうちから起きて、パン焼きを手伝って。もう親方に、パンの焼き方を教えてもらったろうか。一人前になっているといいな」

言って御手洗さんはまた窓を向き、嵐山の方角を見た。嵐山の駅が近づいてきていた。

3

嵐山に着いたので、ぼくらは市電をおり、駅を出て、渡月橋の方に向かって歩いていった。春の陽気につられ、人通りは多かった。

道沿いのあちこちから桜は眺められた。ぼくらは立ち停まり、しばし見とれた。

「やっぱり、これは異常ですよね」

ぼくは言った。

「さっきお話聞くまで考えたことがなかったけど、やっぱり異様な花の量だな。普通こんなに花はつかないですよね、一本の木に」

「うん」

御手洗さんも言って立ち停まり、無言で眺めていた。

話を聞いた今、狂い咲きという表現がぴったりに思えるようになった。狂気の開花、白い発狂のようだ。

それからぼくらはまた歩きだし、お目当ての桜餅のお店の前に出たのだが、そのまま通りすぎた。まず、橋の上に出たかったのだ。

橋にかかると、風を感じた。流れに沿って、風がやってくる。橋の上にも人出は多い。みんなぞろぞろ歩いていくが、欄干にもたれ、立ち停まる人もいる。立ち停まったら、彼方《かなた》に立つ桜と、足もとの流れとを交互に見ている。開いた場所を見つけ、ぼくらも並んで欄干にもたれた。

そこからは、流れに沿って点々と立つ満開の桜を、眺めることができた。真白く咲く桜、そうでなく、ただ葉の色をした木、それらが入り混じって立ち、川沿いの、不思議なまだら模様を作っている。白い桜の花をまとう木々は、すべて白い爆発だった。クローン桜たちは、みな同じ爆発をしている。

昔の風流人は、好んでここに立った。そしてこの木造りの橋に、渡月橋などという風雅な名前をつけた。だがいにしえの彼らは、あの白く狂い咲く桜を見ることはできなかった。見たらなんと言っただろう。喜んだろうか。感性が鋭い彼らなら、美しいが、異常さを思ったかもしれない。そうしたら、どう歌に詠んだろう。

日本の軍国時代の感性の異常は、あの花の開花の異常に、理由のひとつがあったかもしれない。あの咲き方は確かに普通ではないが、美しくはある。静かな狂気、だが眺める者たちにとって、それも美だ。

ぼくらは橋の上に並び、しばらく春の穏やかな風に吹かれていたが、そろそろ続きが聞きたくなった。そこでぼくは御手洗さんの方を向き、こう尋ねた。

「浮浪者の老人の方とは、どうやって親しくなったんですか？」

「うん」

御手洗さんはそうひとこと言ってから、ゆっくりと腕を組み、思い出すように、顎《あご》を上げて空を見た。

「ある朝、大勢の礼拝客のグループが、大挙して少年の机に寄ってきて、パンが全部売れてしまったことがあったんだ。少年はすまなそうに、彼方の歩道で、壁ぎわに置いた箱の中で寝ている老人の方を見た。老人は、起きだす気配はなかった。

少年は仕事があるから、親方のところに帰っていった。でもぼくはなんとなく去りがたくなって、その場に残っていた。老人は、モスクに礼拝には行っていた。しかし、朝礼拝には行かなかった。体がよくないこともあったのだろう。老人がそう言っているのを少年は聞いていた。ぼくは医学の心得があったから、問診をしてみたかった。だがあきらめてもいた。ぼくの話せる言語が、老人に通じるとは期待していなかったから。

しかし時間が経《た》ち、こんなことをしていてもしようがないなとぼくが思いはじめた頃に、老人は箱の中でもぞもぞしはじめた。目が覚めたのだろう。やがて半分ほどふさいである蓋《ふた》がずれ、老人がそろそろと起きあがりはじめた。それでぼくは、手伝ってやるために、彼に寄っていった。

手を差し伸べ、その手を老人が握った時だった。ぼくの顔を見た老人の目が、大きく見開かれたんだ。そして、全身が凍りついてしまった」

「凍りついた?」

「フリーズしたんだ。微動もしなくなった。じっとぼくの顔を見つめたまま、ちっとも目が離れないんだ。仰天しているといったふうだったな。

ぼくは驚いた。いったい、何が起こったんだろうと思った。そこで、

『グッドモーニング』

とともかく言ってみた。

しかし、老人の表情に変化はなかった。ぼくはそれで、

『おなかは減っていないですか？』

と英語で訊いた。いつも朝食のナンをもらっているのに、今朝だけはないのだ。珍しく団体客があって、ナンがすべて売れてしまった。

けれど、老人の顔に変化はない。そこでぼくは、これは言葉が通じていないのだと考えた。そうしたら次の瞬間彼は、

『フーアーユー』

と英語で訊いてきたんだ。

思いがけない反応が戻った。しかもそれは、きちんとした発音だった。

『観光客です』

とぼくは答えた。この街が気に入って、しばらく滞在しているのだと。そして、毎朝ここで少年からナンを買って食べ、モスクを見たり、路地裏を歩いたりしているのだと。

老人はぼくの手を振り払った。そして、

『あんたは街を調べているのか？』

と訊いた。やはり、びっくりするようなきれいな発音だった。ケンブリッジ大の構内で耳にするような英語だった。

『電信柱の数や、警察署の位置や、人の数を』

ぼくは不審な気分になり、

『いいや』

と応《こた》えた。老人の声に、少し険しい調子があったからだ。老人は続けて、

『あんたは軍人か』

と訊いてきた。ぼくはもう一度首を横に振った。すると彼は、

『今は何年だ』

と訊く。

『一九七三年』

とぼくは答えた。そしてこう言った。

『一九七三年のカシュガルです。さあ目が覚めましたか?』

と。

『まずいことに、今日はナンがみんな売切れてしまったんです。どうぞ、これをお食べなさい』

そう言って、ぼくはもうひとつ買って、紙に包んでいたナンを差し出した。そして彼の手を引き、背中を支えて、ゆっくりと立ちあがらせた。

夜が明けたから、彼はもう起きる必要があるのだ。イスラム社会では、貧しい者は道で寝ていていいし、腹が減ったら、金持ちの家の台所に入っていって、食べ物を要求してもよい。それを恥と感じる必要はない、それがイスラムの教えだ。しかし、昼間寝て

いるのは怠惰とみなされ、苦情を言われる。相手によっては、危害を加えられないとも限らない。

手を離し、歩きだしながら、ぼくは訊いた。

『その英語はどこで？』

すると老人は、ゆっくりと頭を回してぼくを見た。よけいなお世話だと言うかと思っていたら、意外なことに、彼の表情からもう険しさは消えていた。非常に柔和な、優しい顔つきに戻っていて、目と唇で、わずかに微笑《ほほえ》んだ。そして、まぶしそうにぼくを見た。

老人は、早くは歩けないようだった。右足を少し引きずるような感じがあり、そんなふうに歩きながら、彼は言う。

『昔、イギリス人に教わったんだ』

ぼくは驚いた。

『イギリス人に？　イギリスに留学されたのですか？』

すると彼は首を横に振り、

『私はこの街を出たことはない。昔ここに、イギリス人が大勢いたんだ』

と言った。

『イギリス人が？』

驚いて問うと、

『イギリス人ばかりではない。ロシア人も、アメリカ人もいた。インド人も、ドイツ人も、イタリア人もだ。この街の様子は、今とは全然違っていた』

老人の足は、バザールの広場に向かっているようだった。

『アクサカル、どこに向かっているんです？』

ぼくは訊いた。イスラム社会では、髭《ひげ》が白くなっている老人を、敬称としてこう呼ぶ。それを知っていたので、ぼくはその言葉を使ったんだ。すると老人はぼくを振り返り、

『そんなふうに呼ばないでくれ』

とゆっくり言った。

『何故です？』

ぼくは訊いた。

『あなたは人格も高そうだ。教養もありそうだし、あなたなら、この言葉がふさわしい』

『そうではない』

老人は言った。

『謙遜《けんそん》ではない、その言葉が嫌いなんだ』

ぼくはびっくりした。モスリムの社会で、この言葉が嫌いだという人物に、ぼくはは

じめて出会った。

『ではなんと呼べば？』

ぼくは訊いた。すると老人は自分の名を言った。しかし、なじみがない発音の名で、とても長ったらしかったし、憶《おぼ》えられそうもなかったから、ぼくは老人の言を無視して、アクサカルで通すことにした。

『君はどこに行きたい』

老人は訊いてきた。一日が始まったが、どうやら老人も、行くべき場所などないようだった。それでぼくは、

『よければ、この街のガイドをしてくれませんか。そして歴史を教えてください。ガイド料は払います』

と言った。

老人は何も言わなかった。気乗りがしていないようだった。そこでぼくは、

『食事代も出します。コーヒー代も』

と重ねて言った。成金のやり口みたいで嫌だったけどね。すると老人は、

『そんなものは要らない。このパンだけでいい。では、煙草《たばこ》代を払ってくれ』

と言い、

『バザールを観《み》るかね？』

と訊いた。

その日はちょうど日曜だった。バザールの広場に行くと、一列に並んだテントと、人とで、広場はごった返していた。日曜日ははじめてでね、噂《うわさ》に聞いてはいたが、カシュガルのバザールがこれほどのものとは思わなかったから、本当にびっくりしたよ。すごい熱気だった。

あらゆる売り手が広場に繰り出し、店開きしていて、そういう彼らの叫び声が折り重なり、広場中にこだましている。お茶を売る者、香辛料を売る者、野菜を売る者、果物を売る者、服を売っている者、帽子を売っている者、反物を売る者やアクセサリーを売る者。

羊を売る者、山羊《やぎ》を売る者、鳥を売る者、子猫を売っている者までいた。鍋釜《なべかま》や包丁を売る者や、その修理屋もいる。自転車を漕《こ》いで、その回転で刃物を研ぐんだ。漢書《かんじょ》西域伝や、さまざまな書物に出てくる西域のバザールの光景だった。千年昔からあって、人間以外はなんでも売っているという広場。本当にそんな光景だったな。

そして出店を縫って歩く人たちこそが無数だ。だからバザールの広場はごった返していて、歩きづらい。老人は足が悪いからね、進むのがしんどそうだった。彼は何度も人に押し戻されそうになって、ぼくが後方から支えなくてはならなかった。

バザールにはちょっとした装飾品や、写真立て、小箱の類や、イヤリングやブレスレットといった装身具、絵葉書のようなみやげ物も売っていた。でもぼくは、買って持って帰るべき知り合いもいなかったし、老人のための煙草だけを買って、そうそうに広場を退散し、広場のはずれのカフェの、アウトサイドのテーブルに落ち着いた。店も満員で、アウトサイドのテーブルも、すべて人で埋まっていた。ぼくのような遠来の旅人ではなく、現地の人か、近隣の街の人が多いようだった。

コーヒーを頼み、そうしたら、老人はすぐに煙草を取り出して吸った。老体だからね、煙草はあまり体によくないと思うよ、とぼくは控えめに意見した。すると老人は笑って、この前の戦争の時にもそう言われていた。だがまだこうして生きている。戦争の前から吸っているんだよ、と言った。

『あなたは、この街で生まれて育ったのですか？』

とぼくは訊いた。すると、

『そうだ』

と老人は言う。

『この先の、チャサー老城《ろうじょう》という地区だ。あまり裕福ではない人たちが暮らしている場所で、しかしこの街を支える市民の大半がそこに住んでいる』

道で眠るようになったのはどうしてかと、ぼくは訊きたかったのだが、いきなりではぶしつけだと思った。しかし、体がよくない高齢者には、安定した住まいが必要だ。夜ごとの暖かい寝床と、充分な睡眠時間がなくては、免疫力は低下する。

『家があったのですね？』

『あったとも。いい暮らしをしていた時期もある』

『どんな仕事をしていたんです？』

『若い頃は老城の集合住宅に住んで、雑貨商を営んだり、あのパン屋の子のように、ナンを売ったり、煙草を売り歩いたり、建設会社で日雇労働をしたりしていた。連日、それはまじめに働いたものさ。ほかの連中みたいに手を抜いたり、途中で姿を消したりなんて、決してしなかった。でも、もう体がよくなくてね、働けなくなったんだ』

それで、どうして家を失ったのか。

『そんな仕事に、英語が必要だったのですか？』

訊くと、ぼくの顔をちらと見てから、

『いや』

と目を伏せて言った。そして、それ以上はもう何も言わない。

話を変えた。

『箱の中で眠るようになって、長いのですか？』

すると老人は、少し思案するようだった。

『長いともいえるな。若い頃から時々そうしていた。たびたび、家賃が払えなくなったから。街に出て、木陰や、通りで眠った。夏なら、箱の中の方が快適だ。通りで眠ることなんて、まったく苦ではなかった』

『だが年齢が上がってからは、勧められません』

ぼくは言った。すると老人は、

『君は医学の心得があるのかね?』

と訊いてきた。老人は、きしるような独特の声を持っていた。その声も時々停まり、咳《せ》き込む時もあった。あきらかに体がよくない。

『多少は』

とぼくは言った。これは別に謙遜ではない。ぼくは医学をやったが、ぼくのは研究であって、臨床ではなかったから。すると彼は、

『軍医だったのかね?』

と訊いた。ぼくは笑って、

『いや』

と言った。

すると老人は煙を吐き、ぼくの顔をしげしげ見て、こう言うんだ。

『歴史は繰り返すな』

そして、何度も言うんだ。

『歴史は繰り返す。歴史は繰り返すな』

ってね。

ぼくは不審に思い、尋ねた。

『どういう意味です？　それは』

すると老人はまた妙なことを言う。

『君はこの街に来たのははじめてか？』

そうだと言うと、

『ここで何をしたい』

観光だと言うのにも飽きたから、

『勉強をしたいんです、ウイグルについて』

と言った。

『ウイグルは、モンゴル高原に興《おこ》った民族だ』

すると老人は、いきなり講義を始めた。

『チンギス・ハーンの登場よりずっと以前のことだが、それが九世紀、周囲の遊牧騎馬民族に攻撃されて、住み馴《な》れた草原を追われた。そしてシルクロードをさまよい、三手に分かれて、道沿いにそれぞれ国を作った。

最も西の果てのこの地まで流れ、このカシュガルを都にしてカラハン朝を立てたのが、われわれの先祖だった。以来しばらくこの地を治めた。だがここは戦争の十字路だったからね、その後は侵略と撃退の歴史だ。あんたも知っているんだろう？　見るところ、教養がありそうだ』

まあ多少の知識はあったが、実のところほとんど忘れていた。

『別の遊牧民族、カラキタイに攻められてカシュガルは陥落、ここはカラキタイの支配するところになる。馬をおりたウイグルは、すっかり弱体化していたんだ。

十三世紀になればかのモンゴルだ。この帝国の征西に呑《の》み込まれ、カシュガルはモンゴルの属国化する。

そして十五世紀になると、逆に西から軍勢が現れた。サマルカンドからチムールだ。この帝国の東征で、この地は続いてチムールのものとなる。チムールは、東はインダス川まで、領土を広げた』

『北西はボルガ川までね』

ぼくは言った。この帝国は、かつてのモンゴル帝国の、南西部を制覇したんだ。チムールは、かつてのモンゴル軍の軍人の一族だった。チムールの名は、『鉄』という意味の言葉から発していて、いかにも軍人らしいよね。

『十七世紀になると、中国の歴代王朝が力をつけてきて、清《しん》が興り、これが征西してくるようになる。だからこの街は、清の支配下に入ったんだ。そんなふうに、中国の西の果てに位置するこの国は、勃興《ぼっこう》する各軍事勢力が、進出してしのぎを削る最前線だった。

民族興亡の表舞台になったんだ』

ぼくは、うなずきながら聞いていた。本当にそうだなと思ったんだ。

『それは、この前の戦争まで続いた。いや、今も続いているかも知れんな』

言って、老人は煙草の煙を吐いた。そして運ばれてきたコーヒーをひと口すすった。

『この世紀が明ける頃は、ロシアだ。そしてインドから北上してきたイギリスだ。この両国が、パミール高原をはさんで睨《にら》み合っていた。第一次世界大戦の時代だ。この街が一番ひどかったのはその頃だ、メスだ！』

老人は吐き出すように言った。メスというのは、もうぐしゃぐしゃだといったような意味だよ。

老人は周囲を見廻した。ぼくもそうした。そうしたら、意外なことに気がついた。人がいっぱいいいた周囲のテーブルが、ひっそりとしているんだ。すると老人が言った。

『アッラーが、自分を試していなさる』

そう言ってから、ぼんやりしているぼくに向かって、こう言ったんだ。

『さあ行こう』

ってね。

『どこへです？』

ぼくは言った。

『この街が見たいんだろう？　案内するよ』

老人は言うんだ。

4

カシュガルは、大きなバザールはみっつなんだけど、小さなバザールは市内のいたるところにある。通りの数だけバザールがある街、と言われているんだ。

朝礼拝が終わって、道はごった返しはじめていた。日曜日の商店街は、バザールの広場と大差はないんだ。呼び込みの声や、値切りの交渉が通りにこだまして、街中が騒音の中だ。老人の声は小さかったからね、そんな中で彼が何かしゃべっても、全然聞こえやしないんだよ。

シシカバブのおいしそうな匂いが通りにあふれ出している場所があって、ぼくは立ち停まりかけた。食べたかったんだけど、老人は全然興味を示さなかった。老人は落ち窪《くぼ》んだ目をして、体全体が瘦《や》せていた。たぶん、少年が毎朝くれるナン一個だけで一日を生きているんだ。

老人は、大学の医局に勤務する医師たちが着ているような、白衣を着ていた。足首の近くまである、長いものだ。そして裾《すそ》には、わずかにだが刺繡《ししゅう》が入っていた。

白衣の下には、ワイシャツに似た、襟のある白いシャツを着ていた。けれど、洗う機会がないものだから、それらの着衣は黒ずみ、白衣というよりはグレーに近く、最初はそういう生地なのかと思ったが、そうではなく、もともとは純白らしかった。

真に純白だったものは、面白いことに、彼の顎鬚《あごひげ》だった。長く洗っていないはずなのに、それは銀糸のように光り、中央アジアの陽光に輝くようだった。

頭には帽子をかぶっていた。黒く、つばがないタイプのもので、イスラム圏の人たちがよくかぶっているものだ。ぐるりには、色の糸で控えめに刺繍が入っていた。女性たちの着衣ではないからね、派手な色彩で飾られてはいない。

老人はそんな姿で通りを行く。白衣の裾がややふくらみ、時には風をはらんで広がって、そんな様子はなかなか威厳があった。モスリムたちが敬意を込めて呼ぶアクサカルという言葉に、老人の外貌《がいぼう》はふさわしく思えたんだ。

中央アジアのモスリム社会では、街に一人、時には路地に一人、アクサカルと呼ばれる老人がいる。経験が豊富で、知識や教養があり、付近の住人の相談役で、町内のまとめ役をになっている。老人は、ぼくなどがイメージする、そういうイスラム社会のアクサカルにふさわしい外貌を持っていた。瞼《まぶた》や、口の周囲に浮いた皺《しわ》もよい感じの成熟を見せ、老人の風貌に威厳を持たせていた。だからぼくはそれなりに敬意を持ち、彼と並んで、商店街を歩いていったんだ。

けれども、またしても奇妙な経験をすることになった。ぼくらが進んでいく通りには、いろいろなものがある。さっきバザールで観た品々に似ていたが、ないものもあった。たくさんの壺、瀬戸物の茶器、絨緞《じゅうたん》、そして店内が狭いレストランや、駄菓子屋も多かったな。みんな間口一、二間といった、ごく幅の狭い店なんだ。それらが、ひしめくようにして通りに並び、アーケイドがない通りでは、軒から長くテントを出して、その下の道端にも商品を並べている。

ぼくらは人だかりがしている瀬戸物屋の前に足を停め、しばしたたずんで、並んでいる瀬戸物を見つめた。壺、茶器、緑色をしているものが多くて、それを指差して老人は、この町には緑の陶器が多いんだと言った。陶器の生産がこの街の特徴で、昔から陶器づくりの職人が多く住んでいる。自分が生まれて育ったのは、この先にあるチャサー老城という古い下町だが、チャサーというウイグル語は、「素焼き職人の街」という意味なんだ、と解説してくれた。

ふと気づくと、またしてもおかしなことが起こっていた。周囲にあれほど大勢いた人たちが、気づけば消えているんだ。不思議に思い、ぼくは周囲を見渡した。そして奇妙なことに気づいた。彼らはいなくなったわけではない、遠のいたんだ。残っている者もたくさんいて、そういう彼らは立ちつくし、遠くからじっとこちらをうかがっている。

その目つきは、普段陽気なウイグル人が、そんな目つきをするのを見たことがない、というほどに険悪なものだった。嫌悪感、もしくは猜疑心の露呈といった感じだった。

ぼくがそういう周囲の異常に気づいたのを知り、老人は行こうとうながしてきた。どうやら老人にとっては驚くようなことでもなく、いつものことで、いたって馴れているようだった。

こんなことは、それからも続いた。乾物屋の店先に立っていても、駄菓子屋の軒先に立っていても、しばらくすると、周囲から人がいなくなるのだ。最初は人でごった返している。しかしそれが、いつの間にかすうっと引いている。そして気がつけば、ぼくらは二人になっている。繁華街にいる限り、どこにいてもそうだった。その繰り返しなんだ。

ある時、箒屋《ほうき》から小太りの男が飛び出してきて、どんと老人に突き当たった。老人はよろけ、石に尻餅《しりもち》をつきそうになったので、あわててぼくが支えた。頭髪を失った熟年の男だった。分別がなさそうな男には見えなかったから、思わずぼくは『ヘイ！』と大声を出した。男の不注意をなじるつもりだったのだ。

すると男は立ち停まった。平気で去っていきかけていたのだが、こちらを振り返り、ぼくでなく、腰を折って沈んでいる老人の顔を見た。しかし謝るでもなく、ひどく険しい目つきをしている。そしてその目で、観察するように、それともさげすむように老人を見て、ごめんよ！ と乱暴にひと言言っておいてから、もっともそうちゃんと解ったわけじゃない、たぶんそう言ったのだろうと見当をつけただけだが、そんな短い言葉だけを置いて、さっさと行ってしまった。

老人を立ちあがらせながら、ぼくは首をかしげた。過失だろうとは思うが、どうも、そうとばかりも思えないふしがあった。わざとというほどじゃないんだが、突き飛ばすことになったら、それはそれでいいんだと、そう思っているふうがあった。少なくとも老人への無作法だけは避けようと、そういう気分ではいなかった。

ぼくらは貸し自転車屋に廻った。老人がそうしようと言ったのだ。見せたい場所は市内のあちこちに散らばっている。歩いていては大変な時間がかかるという。

老人は店内には入ってこず、二台借りてきてくれと言って、表で待っていた。

並んで自転車を漕ぎ、ぼくらは二台で郊外に向かった。走りながら、老人はぼくにこう訊いた。

『カシュガル中を観たいんじゃないのかね？　そしてこの街の成り立ちを、すっかり頭に入れたいのではないか？』

訊かれて、ぼくはちょっと悩んだ。まあそうだったが、それほど強い探究心があったわけではない。東洋の顔と、西欧ふうの顔が入り混じる西域のエキゾチシズムに、興味が湧《わ》いていただけだ。

『違うかね？』

老人は重ねて訊く。

『そんなに変わった成り立ちをしていますか？　この街は』

ぼくは尋ねた。

『今は何もない。だが歴史を俯瞰《ふかん》すれば、変わっている。すべてが、今はもう遺跡だ。重ねた広大なシルクのように、層をたたんで、われわれの足もとに眠っている』

老人は謎めいた、それもちょっと詩的に響く言葉を言った。遠くから、風に乗って聞こえてくるような老人の言葉に、ぼくは心惹《ひ》かれた。

『もう昔のことになる。やはりあんたのように、足を踏み入れるなり、熱心にこの街を見て廻った男がいた。あれはもう、この前の戦争の、さらに前だ。あの時も私は、こんなふうに、彼を案内して廻ったものだ。今日また、同じコースを走ろう。当時とは変わってしまった場所もあるがね。今はもう遺跡だ。古い遺跡、新しい遺跡、みな砂塵《さじん》の下で、ひっそりと眠っている』

老人は言った。

民家の集落を抜けると、道の舗装は消え、土の見える並木道になった。向こうから、薪を高く積んだロバ車が点々とやってくる。たいがい老人が引いていて、その歩みはゆったりとしている。

黒や白や、茶やまだらの、色とりどりの山羊の集団を連れた男ともすれ違った。

背後には、ぶどう畑が広がった。自動車など一台もやってはこない。のどかな、西域らしい田園風景が眼前にたち現れ、ただ、乾いた風だけが無言で吹き渡ってくる。千年の昔と少しも変わることのない光景が、ぼくを迎えた。

老人は、自転車を漕いでゆっくりと進み、狭い道に折れて、やがて砂地に乗り入れた。ぼくらは砂漠地帯に入っていた。砂にタイヤを取られて、もうこれ以上は進めなくなり、彼は自転車をおりて押した。

時おり風がやってくると、熱せられた砂の匂いがした。目の前に、白茶けた砂の壁が立ちふさがった。これは砂岩というものだろうか。地層が浮いていて、硬いものだった。彼がそこに自転車を立てかけるから、ぼくもそうした。

いきなり、彼は砂に膝《ひざ》をついた。足を傷《いた》めたのかと思ったら、そうではなかった。

『ちょっと待ってくれ、お祈りの時間なんだ』

彼は言い、メッカの方角を向いて砂の上で体を折り、祈りはじめた。ぼくは離れた場所に立ち、じっと待っていた。

しばらくすると、彼は立ちあがった。膝の砂を払い、無言で歩きだす。地層が浮き、乾いた土壁に沿い、彼は歩いていった。やがて停まり、上方を指差す。

『これがよく知られた三仙洞《さんせんどう》というもの、紀元前二世紀から三世紀頃の仏教遺跡だ。敦《とん》煌《こう》の莫高窟《ばっこうくつ》や、ガンダーラの石窟《せっくつ》よりも古い。中央アジアでは最も古く、そして最も西にある』

見上げると、壁の上方にみっつの窓があいていた。縦方向に長い四角い窓で、接近して並んでいた。いにしえ人がうがち、この砂岩の中に祈りの空間を作ったのだろう。窓から、内部の天井が見えた。そこにわずかに色彩が見えたが、全体にぼこぼこと小穴があき、顔料《がんりょう》を塗られた表面は、大半が剝落《はくらく》している。盗掘の被害に遭っているようだった。

老人は壁の向こう側を指差す。

『あっちの方角には、唐代の仏塔もある。そっちは千三百年ほど昔の遺跡だ。玄奘三《げんじょうさん》蔵《ぞう》法師が、アフガニスタンからパミールを越えての帰路、この街に立ち寄った。その時の記録では、当時この街には一万人を越える僧侶《そうりょ》がいて、仏教伽藍《がらん》が数百も立ち並んでいた。市民の、仏教への信仰心は大変篤《あつ》かったとある』

ぼくはうなずき、言った。

『かつて街にあったそれらは、すべてもう去ったのですね?』

『去った。すべては、塵《ちり》に返った』

老人は言った。

西域で聞くその言葉には、実感がこもった。ここでは、仏教は塵の彼方に消えたのだ。

『ここはかつて、西域最大の仏教都市だったんだ。しかしそれも、釈迦《しゃか》の見た、午睡の夢にすぎなかった。民は、徐々にイスラムの教えに目覚め、改宗していった。そして十世紀頃にはそれがほぼ完成した。今、カシュガルの住民の七割以上がモスリムだ。この街の民は、日に五回の祈りを決して欠かさない』

『中心地にあるモスクも立派なものでしたね』

『エイティガル寺院。あれも西域最大だ。あれもまた、新疆《しんきょう》ウイグル自治区というだけではない、中国にあっては最大、最古、そして最西にあるイスラム寺院なんだ』

ぼくはうなずいた。

『いつも最前線、カシュガルとは、そういう街なんだよ』

そして彼はくるりと背を向け、すたすたと自転車に戻っていく。

次に案内された場所は、緑のタイルを貼《は》られた、エイティガルよりもこぢんまりとしたモスクの前だった。

『ホジャ一族の墓所だ』

自転車からおりながら、彼は言った。

『西域のモスリムたちにとっては、ここもまた聖なる場所だ』

それは、非常に美しい建物だった。中央アジアでよく見かけるモスクの様式をこれも持っていたが、エイティガルと異なる点は、沈んだ色合いの緑のタイルで覆われていることだった。ここからさらに西にあるサマルカンドのモスクは、多くブルーのタイルで飾られる。しかし西域のここは、深い緑だ。

巨大な額縁のような正面玄関を持ち、それが深い緑色のタイルで覆われている。建物の四隅には、これも緑のタイルで覆われた尖塔が四本立つ。タイルは緑色ばかりではない。空色や、黄色いものも混じって、まだら模様を作る。しかし全体として、建物は暗い緑の印象なのだった。

建物の中央、上部にはドームがある。近づけば、それが手前の壁の陰に隠れる。四面の壁には、一面について四つから七つくらいの白い部分が作られ、そのスペースの上部にひとつずつ小窓が付いている。

尖塔の上部にも窓がある。窓はそれですべてだ。建物に、窓の数は少ない。

『このモスクは、緑のタイルがきれいですね』

ぼくは言った。すると老人は、こんな説明をしてくれた。

『カシュガルとは、緑色の屋根を持つ建物、という意味なんだ』

『ほう、そうですか』

ぼくは言った。知らなかったからだ。

さっき商店街で見た陶製の急須や水差しが、多く艶《つや》のある緑色をしていたことを思い出した。それらは、明るい緑ではない。例外なく沈んだ緑だ。しかし、水に濡《ぬ》れた様子にも似たつるりとした光沢があるから、色合いと光沢とのバランスが絶妙だった。派手すぎず、地味すぎもせず、ごく知的な印象なんだ。

千年の昔から、この街ではこういう緑色のタイルや、陶器、水差しが作られていたのだろう。

『ここは、モハメッドの直系の子孫と言われる、ホジャ一族の墓所なんだ。カシュガルのイスラムへの改宗が完成したのは十世紀頃だが、彼らは十七世紀からこの地を統治してきた。この墓所には伝説があるんだ』

言いながら、老人は建物の横に廻っていく。壁に沿って建物の角を曲がると、金属の柵《さく》が見えた。

『どんなものです？』

ついて歩きながら、ぼくは訊いた。

『十八世紀のことだ。清《しん》朝の乾隆帝《けんりゅうてい》が、ある晩夢を見た。西方の宮廷に、絶世の美女が暮らしている夢だ。乾隆帝は、どうしても彼女の顔と姿を忘れることができず、側近に命じて、この美女を探させた。西域に向かわせたのだ。そして必ずこの美女を探し出し、連れてまいれと言ったんだ。

シルクロードを探し廻り、乾隆帝の部下たちは、ついにこの街にやってきた。そして、皇帝が語っていた通りの美女を、ホジャ一族の宮廷で発見したのだ。それが香妃《こうひ》だ』

『香妃？』

『体から、絶えずよい匂いがしていたから、その名がついた。その時、彼女はヤルカンドの離宮にいた。有無を言わせず香妃は召され、拉致《らち》同然に東に連れ去られた。当時のカシュガルは清の属国だったからね、抵抗は許されなかった。

彼女は、紫禁城《しきんじょう》で乾隆帝に引き合わされた。乾隆帝は、ひと目で彼女を気に入った。夢見通りの、世にも美しい顔かたちをしていたからだ。

さっそく婚礼の宴が準備されはじめ、香妃のため、イスラムふうの離宮が紫禁城の中に建てられた。その月のうちに、香妃は乾隆帝の妃になった。ところが、香妃が乾隆帝を拒んだ。どうしても彼女は、帝の寝所に入らなかった。清国の王を受け入れることができず、要求を拒み続けたのだ。

そして彼女は、離宮の西の窓に寄り、日がな一日西の空を眺め、西域を懐《なつ》かしんですごした。そうしながら、終日ふさぎ込んでいる日もあったし、涙に暮れる日もあった。わずかでも気分のよい日は、西の弦楽器を取り寄せて爪弾《つまび》き、西の歌を歌ってすごした。乾隆帝が部屋に入ってきても、背を向けたまま、顔を合わせようともしない。

そんな妃の心を慰めようと、帝はあらゆる美しい衣類を四方から取り寄せ、彼女に与えた。遠方から腕自慢の楽団を宮廷に入れ、演奏させた。踊り自慢の娘たちに、それに合わせて舞を舞わせた。国中のあらゆる菓子を買い集めさせ、また作らせもして、妃に差し出した。しかし、彼女は手をつけようともしないのだった。

ほとほと閉口した乾隆帝は、傷心のまま、遠征に出ていった。長い留守の間、乾隆帝の母、すなわち皇太后が香妃の離宮に入ってきた。香妃は、相変わらず西の空を眺めながら、寝椅子《ねいす》にすわっていた。

そんなに西の空が恋しいかえ、と皇太后は訊いた。怒りを押さえた冷静な声だった。香妃はうつむき、何も答えない。皇太后はさらに静かな声で、こう続けた。

いつまでも皇帝を拒み続けるのは無礼というものであろう。そなたは、もう二度と西域に戻ることはできない。これはそなたの定め、前世から定まっていた運命なのだ。

そなたは、この清の妃に召されたのだ。世界に冠たるこの清に。清に対しては、世界中の何人も抗《あらが》うことは許されない。そのことを誇りには思えないのか？

しかし香妃は、また無言だった。

もうそなたは子供ではないのだから、よくそのことを学び、自覚なさい。そう言ってから皇太后は、懐《ふところ》から小刀を取り出した。そしてこれを香妃の目の前の床に置き、こう言ったんだ。

それほど西に戻りたいなら、魂になり、空を飛んで戻りなさい。今すぐこれで胸を突き、死んでおしまいなさい。

涙を流して聞いていた香妃は、うつむき、じっと小刀を眺めていた。長い間そうしていたが、やおら刀を手に取り、鞘《さや》を払うと、刃先を、思い切り自分の心臓に突き立てた。

こうして、香妃は命を散らせた。まだ二十歳になったばかりだった。彼女の魂は、シルクロード上空を鷲《わし》のように飛び、この西の地に舞い戻ったことだろう。土地の者たちは、みなそう信じている。

やがて彼女の亡骸《なきがら》も返され、魂を追ってこの地に戻ってきた。そしてこの廟《びょう》に葬《ほうむ》られたのだ。この廟の中に、緑のタイルで覆われた小ぶりな棺があり、その中に香妃は、今も眠っている』

ぼくらの歩みは、金属の柵に着いた。老人は金属柵に取りつき、中を指差す。指差す方を見れば、白く乾いた土の色をした、無数の墓標が並んでいた。

『あそこに並ぶおびただしい墓石群は、かつてのウイグルの戦士たちなんだ。この地に侵入してきた侵略者たちと雄々しく戦い、死んでいった勇者たちだ。どれほどに敵が強大であろうと、彼らは決して敵におもねったりはしなかった。

それが、ウイグルの魂だ。草原に暮らす、真の勇者の姿だ。この街の者たちはみな、あの過去の戦士たちと並んで、葬られたいと願っている。それは、もうわれわれが永遠に失った栄光だからだ。ウイグル族はかつて、誇り高い騎馬民族だった。馬からおりて力を失い、他民族に入れ替わり立ち替わり支配される生活に入った。そしていつのまにか、勇気と誇りが失われた。

だからみな、先祖たちの栄光に憧《あこが》れる。彼らが体にたぎらせていた誇りを、取り戻したいと願っている。せめて死後になら、それも可能かと。だからみな、ここに眠りたいんだ』

『あなたもそうですか？　アクサカル』

ぼくは訊いた。すると彼は淋しげに笑って、首を横に振った。

『私は駄目だ。とてもここに眠らせてはもらえない。私には、そんな資格はないんだ』

とそう、彼は言った。

『何故です？』

ぼくは、体をきちんと老人に向けながら訊いた。これにはちゃんと回答が欲しいんだ、という思いを込めたつもりのジェスチャーだった。話によっては、老人に対するさっきの箒屋の無礼なふるまいについても、尋ねるつもりだった。周囲も、あなた自身も、何故あのようなふるまいを許すのかと。

敬虔なイスラム社会には、老人に対するあのような不注意は、決して存在しないはずだ。ぼくはそう理解していた。

すると彼は、ただこう言ったんだ。

『さあ次へ行こうか』

応えるつもりなどないようだった。

## 5

老人はカシュガルの街中に戻り、立派な門の前に、ぼくを導いた。門の左右からは金属柵が始まって、敷地のぐるりを囲んでいるらしかった。そして門からは石敷きのパッセージが続いて、奥にある石造りの建物の玄関に続いている。

建物自体は大きくはないが、なかなか厳《いかめ》しい造りだった。見ようによっては、威圧的ともいえた。

『今これは大学になっている。専門学校も入っている。でもこの前の戦争の頃は、ここは私らにとっては鬼よりも怖い場所だった。特に裏口がだ。英国領事館だったんだ。この門の左右には深夜まで衛兵が立っていた。そしてこの裏には小さな通用門があって、建物の背後にあった秘密警察につながっていた』

ぼくはうなずいて老人を見た。その時の老人は、これまでにない顔つきをしていた。悲しみとも、怯《おび》えともつかない、複雑な表情をしていたんだ。

『恐ろしい場所でね、裏の塀沿いの通りを歩いていると、時には拷問《ごうもん》されている人間の悲鳴や、うめき声が聞こえた。恐ろしくてね、われわれは急いで逃げたものだ。隣町にはロシアの領事館、さらに隣町にはドイツの領事館もあった。私は知らないが、きっとそこにも、裏口付近にはそんな施設があったはずだ』

老人は言って、また自転車を漕ぎはじめる。黙々と路地を縫い、寂れた一角に入っていく。ぼくは黙ってついていった。

ざるを壁いっぱいにぶら下げた竹細工の店、軒から、銅製の鍋をたくさんぶら下げた銅製品の店、さまざまな干物を売っていたり、ドライフルーツをかごに入れて、店頭に並べている店などの前を、老人はすぎていく。カシュガルによくある裏通りで、どちらかというと、みすぼらしい一角だった。

やや広い、石畳の道に出た。六角形の石を敷き詰めた道で、右手はレモンイエローの瀟洒《しょうしゃ》な壁が立ち、小奇麗なタイルが腰の位置に横一列、ひと筋長々と貼られていた。そこだけはそんな小奇麗な通りだが、人けはなく、ひっそりとしていた。

それは道の左側に空き地があったせいだ。道との境には鉄条網が張られ、中は雑草が生い茂って資材置き場になっていた。ブロックや、木材や、鉄パイプがうずたかく積まれていた。

老人は自転車を停めて、ぼくに言った。

『今はみすぼらしい裏通りだけれど、かつてここは、街中のみなが憧れる、街で一、二の華やかな場所だった。今はとても面影はないが、ここに来られる街の者は、ほんのひと握りだった。外国人専用の店々が並んでいたんだ。

前の戦争の時まで、ここにはレストランがあった。三階建ての、街一番の豪勢なレストランで、メフパーレェ・シアターと言った。つまり、レストランだったがフロアの一方に立派なステージがあってね、劇場も兼ねていたんだ。私も何度か入ったがね、それは立派なものだったよ。

中は、豪華な造りでね。パリのオペラ座を真似《まね》ているという話だった。金色の彫刻が、壁から天井まで埋めて、北京や上海から取り寄せた絵皿が壁面いっぱいを飾っていて、大きな壺が舞台の左右に置かれて花が生けられていた。それはもう、目も覚めるような様子だったよ。

壁際《かべぎわ》には立派なソファがあり、市松《いちまつ》模様の広いフロアには、ロココふうの彫刻のある、渋い趣味のテーブルが並べられていた。そして白い麻のスーツを着こなし、白いソフト帽をかぶったダンディな白人たちがあふれて、テーブル席を埋めていた。花形外交官たちだ。妻を同伴している人もいた。あの頃、かなりの身分の者たちが、西域のこの街に集結していた。ここは戦略上の重要拠点だったから。そういう彼らが夜毎《よごと》、豪華な料理とワインで、シャンゼリゼのレストランが出すようなディナーを楽しんでいたんだ。

この一角は、古代ローマの歓楽街に、ネオンをくっつけたみたいな街角だった。メフパーレェ・シアターばかりじゃない、このあたりは、欧州ふうの作りにしたバーやダンスホール、ナイトクラブ、ビールを飲ませるパブもあった。それらの間に、イスラムふうの茶店も遠慮がちにはさまっていたが、しかし、そういうところにも地元の民はいなかった。別に出入り禁止ではなかったと思うが、なんとなくわれわれは入れなかったんだ。

しかし一本裏通りに入れば、怪しげな商売の店や、売春宿、貸し座敷が、明かりを暗くして営業していた。そしてそれが、地元民たちの領域だった。メフパーレェは、夜になれば燦然《さんぜん》と輝く巨大な街灯みたいなものでね、そういう光源の陰には、必ずみすぼらしい暗がりができるものだ。貧しい者たちは、光に惹《ひ》かれて集まってきて、そのすぐ裏手に、ひっそりと影を作るんだ。私はここに来るたび、これは民族の光と影だと思った。これが歴史なんだとね。

メフパーレェ・シアターには、カスリーン・ホジャという踊り子がいた。ウイグル族の娘だったが、踊りの才能があり、わが民の伝統的な踊りから、中国の舞踏、西洋のダンス、ペルシャの舞踊まで、何でもこなせた。しかも大変な美人で、スタイルもよく、社交家で、発展家だった。だから彼女がステージに出る日、店はテーブルの数を増やし、それらは何時間も前から満席になった。そしてみなワインで気分を高めながら、今や遅しと開演を待った。

彼女の踊りは決して下品なものではなかったが、彼女は体を見せることをいとわなかったし、実際美しい体をしていた。私も、許されて英国領事館のテーブルにつき、ステージを待ったことがある。フロアを見渡せば、ウイグル族など一人もいなかった。給仕にはいたがね。彼女は薄物で全身を包んで登場し、さまざまな民族の踊りを上手にアレンジして、ステージをいっぱいに使って踊った。

彼女のダンスを、英国人はニュース・ショウと呼んでいた。NEWS、つまり北、東、西、南、の頭文字だ。東西南北の民族舞踊の動きをすべて採り入れて、彼女はその地方の音楽に乗せて鮮やかに踊り分けた。それは見事なものだったな。そして最後には薄物をひとつひとつ床に投げ捨て、小さな下着のような衣装だけになった。そうしたら、観客たちはやんやの喝采《かっさい》さ。

白人たちはみな、彼女に夢中だった。彼女はこの街の大スターだったんだ。ショウが終われば、彼女はフロアにおりてきて、各国外交官たちのテーブルのどれかについた。どの国のテーブルにつくか、みないつも大注目だった。時にはこの街に、政府の高官筋が来ることもあった。そうしたら、彼女は間違いなく、そういう大物のテーブルについた。自分のテーブルでなければ、みな嫉妬《しっと》の視線で彼女の相手を見た。食事が終わればダンスタイムで、彼女は親しくなったそのテーブルの誰かと踊った。

ホジャという名前は、さっき見せたホジャ一族の墓に眠る、伝説の香妃のつもりなんだ。彼女は、香妃と見まがうほどに美しいと誰かがおだて、そんな名前をつけたんだ。彼女は、自他ともに許す、香妃の生まれ変わりだった。

しかし、実のところ彼女の人柄は悪くなかった。私には少なくともよかった。忘れられない思い出を残してもくれた。ある日私は、英国領事館員からカスリーン・ホジャの護衛を命じられたんだ。護衛といったところで、たいしたことではない。彼女は街の中心地区にあったブリティッシュ・アンバサダーという、英国人専用ホテルの最上階、セミスイートを住まいにしていた。特別待遇だった。

私の任務は、メフパーレェからの仕事の帰り、道々彼女のあとをつけて、それとなく護衛をすることだった。夜更《よふ》け、レストランが終了する時刻になると、私は近くのカフェにやってきて時間をつぶし、彼女が道に出てくるのを待った。出てきたら距離をとって後ろを歩いていくのだ。彼女がホテルに入り、最上階の彼女の部屋に明かりがつけば、任務は終了だ。アパートに帰って眠ってよい。

世界各国の重要人物と親しい彼女は、自分でも気づかないうちに、列強の情報戦に巻き込まれていたんだ。有名なマタ・ハリもそうだったらしいが、きな臭い時代、本人にその気がなくとも、美人でそういう立場にあれば、自然にそうなるものなんだ。マタ・ハリは銃殺になったが、実際には何もしていなかったというじゃないか。彼女も危険だった。あらゆる意味でね。だがカスリーン本人が、いったいどれほどそういうことに気づいているかは、私の目からは疑問だった。

ホテルまでの道は遠くはないが、彼女は各国領事館の車で送られることもあった。英国や、ロシアや、ドイツや、そんな列強の領事館だ。危険なことだ。彼女は、誘われればどの国の車にも乗った。領事館員たちは、ただ自分のファンだと彼女は思っていた。ともあれ、そうなら私は必要ない。そのまま部屋に帰る。カスリーンが一人で歩いてホテルまで帰る夜が、私の出番だ。

とは言っても、彼女はめったに一人で帰ることはなかった。たいてい白人の誰かと連れだって歩き、送られていた。そういう時も、私は後をついていった。その白人の身分が高ければ、セキュリティのガードがついていることもあった。それでも私は、ガードの白人のまた後ろをついていった。

並んで歩く白人たちとは、彼女はホテルの前で別れることもあったし、そのまま一緒に部屋に入っていくこともあった。要するに、彼女の生活はそういうことだ。これなら、時には寝物語にでも重要な情報を聞くことができたろう。いや、事実は知らないがね、周囲からはそう見えてしまう。ある国にとってはありがたいが、別の国にとってはやっかいなことだ。彼女は、もうそういう存在になっていたんだ。

ある晩のこと、とうとう事件が起こった。彼女が一人でホテルまでの道を歩いて戻った夜のことだ。カスリーンの後を、もう一人の女が歩いているのが目に入った。体つきはカスリーンよりは小さく、私の目には、自分と同じウイグルに見えた。そして、カスリーンは気づいていなかった。

暗い路地にさしかかった時、つけていた女が、足音を忍ばせ、小走りになった。そして、いきなりナイフを振るったんだ。急いで駆《か》けつけ、私は女の手を捕まえた。そして足をかけて地面に倒し、ナイフを取りあげた。

遠い薄明かりで、女の顔がかすかに照らされた。女は、私が同胞だと知って逆上した。悲鳴をあげ、暴れた。

私は女の体が疲れるのを待ってから、こう言ったんだ。

〈静かにする方が君のためだよ〉と。〈人が来るから〉と。そして、〈見逃すから早く行け〉と。

女はさらにショックを受けたようだった。私の静かな態度が理解できなかったんだ。私の顔を見てこう言った。

〈同じ民族が、何てことをするの？〉

〈カスリーンもウイグルだ〉

私は言った。

〈この女は違う！〉

女はすると激しい声を出し、私は驚いた。もしかしてカスリーンには、異民族の血が混じっているのかと思ったのだ。しかし、そうではなかった。

〈私の家は、伝来の土地をイギリス人に取りあげられ、守ろうとした父は殺された。ウイグル伝来の土地なのに。この女は裏切り者だ。そんなイギリス人の手先になり、カシュガルを売り渡した。この街は、もう昔のカシュガルじゃない、みんな言っている。その生白い足で、私たちの街を異国の男に売り渡せないように、切り刻んでやる。返して、

モスリムのナイフを！　あなたもウイグルなら。誇り高いウイグルなら！〉

私は首を左右に振った。そして女のナイフを、自分の腰に挿した。そして見ると、女の瞳《ひとみ》は小さな炎のように、闇《やみ》の中で憎しみに燃えていた。

〈あんたはウイグルなのに、こんな売国奴を何故《なぜ》守るの？〉

女は、私に向かって訊《き》いた。瞳は、私をしっかりと見すえていた。少しも変わらぬ、燃えるような目で。

私はたじろぎ、答えられなかった。今のカシュガルが、昔のカシュガルではないことは同感だったからだ。モスリムなら決して許されない売春婦まがいの女たちも、街を闊《かっ》歩《ぽ》するようになっていた。

〈売春婦！〉

いきなり女が、カスリーンに向かって唾《つば》を吐いた。届きはしなかったが。しぶきが、わずかに私の手の甲にかかった。

〈それに……〉

女は言いだす。私は、女の手をしっかり摑《つか》んだまま聞いていた。沈黙になったから待ち、遅いからうながした。

〈それに？〉

〈私の許婚者《いいなずけ》を奪った〉

それで私は思わずカスリーンを見た。カスリーンもまた、闇の中に立ち、驚いたようにじっとこっちを見ていた。そして、大きな目をさらに見開き、

〈誰？　それは誰のこと？〉

と訊いた。

しかし地面にうずくまった女は、屈辱感に身を震わせていて、何も答えなかった。それで、私はまた女にこう言ったんだ。

〈早く行く方がいい、こんなところをイギリス人に見つかったら殺されるぞ。同胞のぼくが今君にできることは、君を逃がすことだけだ〉

すると女ははじかれたように立ちあがった。私はまだ女の手首を捕えたままでいて、こう言った。

〈だがこれっきりだぞ。今度やったら、イギリス人に引き渡す〉

女は急いで駈けだし、闇に消えた。

〈ありがとう〉

という声が闇の中から聞こえて、そんな言葉は予想外だった。つまり、まったく期待してはいなかった。カスリーン・ホジャは大スターで、口がきけるなど、それまで思ってもいなかった。ましてお礼の言葉なんてね。

それは正直なところ、私の気持ちを有頂天にさせた。私は今、あの大スターを助けた

のだと、そう思ったんだ。また自分で思おうとした。

彼女は怯えていて、彼女が望むようだったから並んで歩いてホテルまで送っていき、私は当然玄関で帰るつもりでいたのだが、思いがけず私を部屋まで招き入れてくれた。ソファを勧めてくれ、くつろぐようにと言った。素晴らしい調度と壁紙で、カシュガルしか知らない田舎者の私には、まるで別世界だった。

見ていると彼女は、彫刻が飾った備えつけのキャビネットから、ワインを一本取り出し、ワイングラスに注いで手渡してくれた。

私はしばらくボトルのラヴェルを見つめていた。そうしたらカスリーンが、

〈シャトー・マルゴー、フランスのワインなの〉

と言った。

続いて私の手を引き、ソファから立たせてくれ、窓際まで導いてくれた。私は彼女と並んで立ち、暗い表の世界を見た。

そこからは、みすぼらしい砂漠の街が見おろせたよ。千年の昔から少しも変わることのない、貧しい街だ。日干し煉瓦《れんが》を積んで作った家々が、電気灯のオレンジ色のわずかな明りを往来まで滲《にじ》ませていて、あの当時、住民の地区は今よりずっと暗かったんだ。実のところまだ、ランプと蠟燭《ろうそく》の家々が大半だったんだから。

そういう家々の向こう側には、海のように広大な暗がりが広がっていた。それは、砂

漠だ。中国の西の果て、最後の砂漠だ。その先のパミール高原の山々は暗がりに沈んで、姿は見えなかった。

そんな高みから故郷を見おろしたのは、実ははじめてだったんだ。思えば大した高さでもなかったのだが、私は目を見張った。そしてだんだんに自分を見失った。

ふと室内側に目を戻せば、すぐ鼻先に、匂うようなカスリーンの白い肌があった。華奢《きゃしゃ》な顎《あご》や、高いまっすぐな鼻筋を見せて、すぐ横でわれわれの故郷を見ていた。

気づけば、音楽が低く流れていたんだ。いつのまにか、彼女が電蓄《でんちく》のレコードに、針をおろしていた。

自分の置かれた今が、立っているこの世界が、私には信じられなかった。本当に、夢かと思ったよ。私は大した功徳《くどく》を積んだとも、善行を為《な》しているとも思えなかったから、これはいったい何の報酬なのかと思ったものだ。

そうしたら、ガンダーラの仏教彫刻のようだった彼女の顔が、ゆっくりとこちらを向いて、伏し目がちだった瞳の、上瞼《うわまぶた》が徐々に持ちあがり、絵のような唇が割れて、私にこう訊いた。

〈あなたは、この街の生まれ?〉

〈そうです〉

私は緊張して答えたよ。すると、こう重ねて訊かれた。

〈この街を出たことはある?〉と。

〈いいえ〉

私は答えた。するとカスリーンは、

〈私もよ〉

と言った。

それからまた漆黒の海のような砂漠に視線を戻して、

〈あの砂漠で生まれ、子供の頃からずっと踊っていた、砂の上で、岩の上で、山羊《やぎ》と一緒に、一日も欠かさず〉

彼女は、顎を引きながら話していた。その様子は、私には彼女の持つ意志の強さの表れに思えた。私は、彼女のある決意を聞く思いだった。

〈川のほとりの、花が咲く草原が、その頃の一番の舞台。だけど、観客なんていたことがない。でも私は、きっともっと立派な舞台で踊る女だと、自分のことを思っていた、ずっと。そう確信していた。だから……〉

彼女は言って、自分でうなずく。

〈私は、必ず、この街を出て見せる〉

それから、さっと私を見た。

〈パリや、ロンドンや、ウィーンの舞台で踊ってみせる〉

〈あなたなら、できるでしょう〉

私は、彼女の決意に気圧される思いで、急いで言った。

そうしたら、風にそよぐ葦《あし》の茎のようにしなやかな動きで、私の体は抱かれた。驚いていたら、彼女の両足が動いて、自然にステップを踏みはじめるんだ、流れていた、柔らかな音楽に乗せてね。

戸惑ったが、仕方なくぎこちない動きで、私も応じた。いや応じようとした。とても西洋人のように、うまくなんてできなかったが。

彼女にとっては夜毎の自然な動きだったろうが、私には見当さえつけられない難事だ。西欧の踊りなど、私はまったく知らなかったし、生まれてはじめての経験だったから。

彼女は私の肩に額を触れるようにしながら、耳のそばでこう囁《ささや》いてくれた。

〈だから、今夜はありがとう〉

ってね。

〈そうなるまで……、パリやウィーンの舞台に立つまで、私は死ねないし、怪我《けが》をすることもできない。さっき、あの女のナイフをもしも足に受けていたら、長い間踊ることができなかったでしょう。今頃は、血にまみれて呻《うめ》いていた、将来への激しい絶望とともに、涙にもまみれて。そして、もしも永久に踊れなくなっていたら……〉

そこで彼女は深いため息を吐いた。私の耳のそばで。そして彼女の細い二の腕と肩が、ぶるりと震えた。

〈私は死を選んでいた、あの香妃のように。だから……、あなたにはとても感謝している。とてもとても〉

〈あなたを守るように言われているんです、イギリスの領事館員に。だからこれは、私の任務です〉

私は言った。そして、こう言い添えようとした。敬虔《けいけん》なモスリムならば当然の言葉を。

〈それが、アッラーのご意志にも沿うものと……〉

するとカスリーンは、私の唇に、華奢な人差し指を押しあて、言葉を封じた。その瞬間、私はカスリーンが、モスリムではないことを知った。

〈でも感謝している。私の生涯の夢、子供の頃からの夢、もしもあなたがいなければ、それが、今夜絶たれていた。この感謝の思い、どうやればあなたに伝えられるかしら〉

体を離し、彼女はしばらく私を見た。さっき闇の中で見た娘のものとは異なる、しかし同じように燃える瞳が、私を見ていた。私は感動で凍りつき、何も言えなかった。

それから、私は右手の指先をつまむように持たれ、しなやかに引かれて、隣室に案内された。ベッドのある部屋に――』

# 6

ぼくらは歩きだし、向こう岸の桜の下を巡り歩いて鑑賞した。

人出が多く、あまり気分が落ちつくような日ではなかったが、御手洗さんが話しだすと、たちまち西域の気配に引き込まれて、周囲は気にならなくなった。御手洗さんは、大勢の人をかき分けながら、横のぼくに向かって語り続けた。

「ぼくらはそれから、メフパーレェ・シアターの時代からあるという、レストランの前のイスラムふうのカフェに落ちついたんだ。若い頃、よくこの席で、カスリーンが道に出てくるのを待ったと老人は言った。

『メフパーレェにも裏口はあったのだが、粗末だったし、そこを出たら、道までは草の繁《しげ》る空き地を抜けて歩かなくてはいけなかったから、カスリーンは必ず正面玄関から表に出てきた。そしてホテルに向かって戻っていった。送迎の自動車がやってきて止まれば、彼女が乗り込むのをここからこんなふうにして眺め、確認し、私は部屋に帰った。

彼女は大スターだったが、ファンはみんな白人だったからね、白人は通りに群れて、カスリーンが出てくるのを待ったりはしない。今なら考えられない特殊な事情だったな』

老人が言った。

ぼくらの周りのテーブルから、ゆっくりと人が立ちはじめた。そして、さも潮時だとでも言うようなしたり顔で、ぞろぞろとレジに向かっていく。みな地もとの者たちのようだった。背を向ける直前、彼らはちらと老人を見ていった。

ぼくらの周囲は、ここでもまた、ひっそりとしはじめた。そして、店主は注文を取りにこない。シルクロードの街特有の、のんびりした人情のゆえとばかりは、言えないような感じがした。

背中を見せる男たちを横目で見ながら、老人はぼくに言った。

『この街は変わった』

当然人情のことだろうと思い、ぼくはそう尋ねた。しかし老人は、いや違うと言う。そして、カスリーンの話の続きを始めた。

『以来私は、カスリーンに夢中になった。一夜をともにまでしてくれて、私は天にも昇る思いだった。若かったからね、それまで、砂にまみれたような、頬の真っ赤な娘しか見る機会がなかったから。

カスリーンは、自分の踊りを上達させること、そしてヨーロッパに行き、華やかなステージで踊ること、それしか脳裏にはなかった。ホテルの自室で、暗い砂漠を眺めながら私に語っていた、あれが彼女の考えていたことのすべてだ。列強たちのつばぜり合いや、周囲でしのぎを削る諜報《ちようほう》戦のことなど、まるで眼中にはなかった。全然考えてもいなかったろう。

私はそのことに危険を感じた。国際状況を多少は知る私が、彼女を守ってやらなくてはと思ったんだ。彼女がどう思おうと、彼女は諜報戦の渦中《かちゅう》に巻き込まれていたし、それどころか、ど真ん中にいたのだ』

『あなたはどうして？』

とぼくは訊いた。

『私がどうしてスパイもどきのことをするようになったかと、こう君は訊きたいのかね？』

ぼくはうなずいた。

『時代の要請だ、全然変わったことじゃなかった。成人した頃、自分が尊敬していたアクサカルが、英国のため、ひそかにそんなことをやっていたんだ。街にやってくる外国人の様子や、彼らの話す言葉や、持っているもの、どこから来たか、街で何をしているか、そういうことを探って、英国領事館に逐一報告していた』

言って、老人はぼくの顔を見た。

『このアクサカルが私にも協力するように言ったから、否《いや》も応もなかった。断るなど思いもよらない。アクサカルを中心にした街のネットワークの、一部分になったんだ』

なるほどと思い、ぼくはうなずいた。

『カシュガルは、最初の戦争からずっと、北から南下してくるロシアと、南から北上してくるインドやイギリスによる、国際諜報戦の最前線になっていた。私が子供の頃、街にいる白人たちは、みんなスパイだった。

だから市民のかなりの部分が、大なり小なり、スパイの真似ごとをやらされた。アクサカルに言われたからだ。アクサカルの要求なら、街の者は誰も断れない。女も子供も、動員された。だが、みんな黙っていた。売国奴にはなりたくない。こういう街の構造を、イギリスは見抜いていた。だからアクサカルを取り込み、利用したんだ』

老人は説明しておき、いきなりぼくにこう訊いてきた。

『君は日本人ではないのか?』

ぼくは驚き、そうだと言ってうなずいた。

『やはりな』

と老人は言った。その時の彼の表情は、なんとも形容がむずかしい。つらいような、がっかりしたような、しかし、懐かしくて喜びも混じっているような、なんとも言いがたい表情だった。実際やってきたそんなさまざまな感情に翻弄《ほんろう》されて、彼の表情がちらちらと、ランプの炎が揺らぐように変化した。

『何故です?』

ぼくは訊かずにはいられなかった。しかし老人は答えず、さらにこう訊いてきた。

『京都という街を、君は知っているかね?』

もちろん知っている、とぼくは言った。

『住んだことはないのですが、日本人なら誰もが知っています。昔は日本の首都だったし、美しく、有名な古都です』

言ってから、ぼくは待った。けれど老人はもう何も言わない。それで、

『何故ですか?』

とまた訊いた。すると老人は、今度もぼくの質問には答えず、別の話を始めた。

『私は、カスリーンの恋人になれた気分で、日々が誇らしかった。尾行と護衛の仕事にも自然に力が入ったものだ。若かったからな。

しかし、そんなことはまったく、私の妄想《もうそう》だった。カスリーンは私のことなどなんとも思ってはいなかった。白人に送られ、別れてホテルの玄関に消える時、後方にいる私にちょっと手を振ってくれることもあったが、それだけさ。

私を部屋に入れてくれたのは、あの夜が一度きりだ。送られる白人がいないような夜、並んで歩き、いっとき話すことはできたがね。私としては、また部屋に入れてくれないかと、夜ごと心が疼《うず》くようだったが、そんな好機は、もう二度となかった。

あのウイグルの女がまた襲ってくれないかとも思った。そうしてまた助けたら、またお礼に、自分を部屋に入れてくれるかもしれないから。だがもう女も、二度と襲っては

こなかった。それは、ウイグルとしては幸いなことだったのだが。同胞を、イギリスに引き渡したくはないから。

それからの任務は、地獄のようだったな。白人に送られている時、彼女はしばしば抱き寄せられ、闇の中で強引に唇を吸われた。カスリーンは、少しはあらがったが、すぐに応じた。そしてこれを防ぐことは、私の任務ではない。

ウイグルの女はたいがいみな、当時はこんなふうだった、西洋人に対してはだ。香妃のようにはいかない。そんな時、後方の闇で、私は嫉妬で気が狂うようだった。カスリーンを真剣に好きになっていたから……』

気持ちが沈んだのか、そう言ったなり、老人は沈黙した。待っていたら、いきなり顔をあげ、こう言ったんだ。

『カスリーンは日本の踊りに興味を持っていてね。京都に行ってみたいと言ったんだ。日本舞踊を習いたがっていた。並んで歩いた時、そう言った』

そして彼はまたちらと、ぼくの顔を見た。

『日本の女性たちの踊りは独特で、優雅で、ゆるやかだ。同じアジアでも、近隣のどこの国のものとも違う。彼女はどこかで聞いて、そういう極東の舞踊について知っていた。いくらか知識もあってね、その神秘的な動きや仕草に、強い憧れを持っていた。

だから、この民族の特有の動きを、自分の創作ダンスに採り入れたがっていた。カスリーンの踊りは天性のもので、どこにも教師はいなかった。カシュガルの草原に生まれた、彼女だけのものだ。すべて自分で考え、自分で動きを作っていた。ある意味、彼女は天才だったな』

ぼくはうなずいた。日本舞踊に知識がなかったから、そうなのかと思っただけだ。だが、どうしていきなり日本舞踊の話になるのか、解《わか》らなかった。

『あんたは、日本の踊りを知っているかね？』

老人はぼくに訊いた。意味が解らなかった。知ってはいる、そういうものがあることは。だが、それ以上の知識はない。そう言うと、老人は言う。

『つまり、人に教えられるくらいに、ということだが』

ぼくは笑いだし、首を強く横に振った。とんでもないことだった。

すると老人はいきなり腰を浮かせ、

『出よう』と言ったんだ。

ぼくは驚いた。まだお茶を飲んでいなかったからだ。ぼくはお茶で喉《のど》を湿したい気分になっていたし、ゆっくりもしたかった。喉が渇いていたからね。でも、誰も注文を取りにこなかったから仕方がない。

日没の遅いカシュガルだが、表の陽は少し傾いていた。気温が下がり、風にわずかな湿り気が出て、遠くの砂の匂《にお》いに混じって、果物か、植物のよい香りがした。瞬間、ぼくはこの街特産のタイルの、艶《あで》やかな緑色を思い出した。

夕暮れ時のこの匂いは、あの街に特有のものだ。理由は解らないよ。植物の匂い、果物、香辛料、それらが混じり合うせいか。ともかくこの気配が、この街のタイルの、あの緑色になったのではと、この時のぼくは、そう思ったんだ。

自転車に跨《また》がった老人は、ゆっくりとペダルを漕《こ》いで進み、そうしたら行く手にまた、もと英国領事館が見えてきた。しかし老人はもう止まろうとはせず、衛兵が立っていたという正門の前をすぎていく。

もと領事館の横手に、広場があったんだ。広場というより、ただの空き地で、雑草が生い繁り、手入れはされていなかった。

老人は、空き地の前で自転車を止めた。スタンドをかけ、柵を跨《また》いで、草地に足を踏み入れた。同じようにして、ぼくも続いた。

『前の戦争の頃、ここはもう少し広かった。草も、こんなに生えてはいなかった』

そして、前方に立つ木を指差した。

『あれは桜の木なんだ』

言われて、ぼくはその木を見た。あまり大きな木ではなく、ぼくの目には、どちらかというとみすぼらしく見えた。

『サクランボが生る木だ』

老人は言った。それでぼくはああと思った。花をめでるための木ではないのだ。

『戦争の頃、この木はもっと痩《や》せていて、背が低かった。あれからずいぶん大きくなった』

懐かしむように老人が言い、ぼくは花が咲くのかと訊いた。その木は、日本のソメイヨシノとはずいぶん違っていた。

『春に、白い花が少し咲く。だが、それほど美しくはない。この木が桜の木だと教えてくれた男がいて、そして本来桜の木というものは、もっとものすごい量の花をつけ、もっともっと、ずっときれいなものなのだと、そう私に説明したんだ』

老人は言った。そしてぼくの方を向き、もう一度こう言った。

『君は、軍人ではないのか？』

ぼくは驚いた。そうではないと、もう以前に言ったはずだからだ。何故そう何度も訊くのか。

『日本の軍人が、あなたに教えてくれたのですか？　これは桜だと。そして日本の桜はもっときれいなのだと』

老人はうなずいた。そして言う。

『ずっとずっときれいだと。とりわけ京都の桜がきれいなのだと』

草を踏むぼくらの歩みは、ほとんどみすぼらしいと言いたくなるような痩せた木の下にたどり着き、手前に張り出した枝に右手を載せながら、老人は言う。

『あんたに京都の桜を見せたいものだと、彼は言った、ちょうどこの木の前で。というのも当時は小さくて、この木は彼の背丈くらいしかなかったから。今の私と同じようにこの木に触れながら、ある川のほとり……、なんと言ったか、もう思い出せないが、京都のその場所の桜がとりわけきれいなのだと……』

嵯峨野か、嵐山かと、ぼくは訊いた。そうだ、それだ、たぶん彼はそう言った、嵐山だ、と老人は答えた。

『京都とは、どんな街なんだ？』

と老人はまた訊いてきた。

ぼくは少し考え、千年都市だ、と言った。長い歴史の中、数限りないほどの戦乱を経験したが、決して滅ぶことはなかった。すると老人は、ここと同じだなと言った。

昔は日本の首都だったし、中心を川が流れ、山に囲まれて緑も多く、名を知られた神社仏閣が軒を連ねた美しい宗教都市だから、多くの日本人たちの憧れなのだ、そうぼくは説明した。言いながら、ぼく自身、カシュガルとの共通点に気づかされた。

全体を黄金でふいた寺、銀箔《ぎんぱく》で飾った寺もある。日本人のみならず、全世界の人々が憧れる観光の都でもある、そう言った。

『黄金の寺？』

老人は桜から手を離し、目を見張った。

『聞いたことがある、本当にあるのか？　マルコ・ポーロの『東方見聞録』に出てくる黄金の宮殿か？』

ぼくは首を左右に振った。

日本人自身もよく間違うが、それは違うのだ。『東方見聞録』が書かれた時代、金閣寺はまだ建ってはいなかった。ジパングの黄金の宮殿という風評が、もしもなにがしかの真実を伝えるものなら、それは平泉の中尊寺のことだろう。

だがそうなら、それもまた不思議なことだ。大陸が元《げん》という世界帝国の時代をすごしていた時期、華の都でなく、草深い奥州の山中の情報が、何故世界に冠たる元の首都、カンバリクに伝わったのか。このことに、以前ぼくは強い興味を抱いたことがある。

『満開の頃が美しいという桜の木陰から、その黄金の寺院が見え隠れすれば、さぞ美しいだろうな、神の国のように見えることだろう』

老人は宙を見ながら言った。

『モスリムには、神との契約がある。神はこう約束された。聖戦で命を落とした者は、金銀の柱に、真珠でふいた屋根を持つ家々が立ち並ぶ天上の都市に、三十三歳の肉体をもって降臨させる、と』

同じ話を、ぼくは以前にも聞いた。カイロの友人からだ。彼は若く、これを固く信じていて、もしも戦争があれば、喜んで死ぬと言った。

『神との約束なら、たがえられることはない。私も、できれば聖戦に殉じたかった。とうとうかなえられることはなかったが……。若く、体がよかった頃の夢だ。今、この歳《とし》まで命を長らえたが、楽しい経験などなかった。日々空腹を抱えて道ばたで眠り、みなにさげすまれ、誰の笑顔も見ることなく生きてきた』

戦争はすべて、言葉巧みに聖戦に美化される。どんなものもだ。あのアウシュビッツでさえ、神の理想を実現するためと説かれた。

戦争にこそ、楽しいことなどない。美しい言葉など、すべて大嘘《おおうそ》だ。戦争に、喜びなどはない。ただ愚劣な糞溜《くそだ》めだ。道端で眠ろうと、人に唾を吐かれようと、戦争よりはましだ。戦場のどこにも、神はいなかった。十字軍が強力になれたのは、みなが内なる慈悲と、信仰心を捨てたからだ。あれほど残虐《ざんぎゃく》な軍隊もなかった。

どのようなもっともらしい大義名分が背後にあろうとも、どんな宗教の者たちが闘おうとも、そこに例外などはない。戦争など糞だ。だからぼくは、たとえメッカに生まれても、神とのそんな契約は信じない。そう言いたかったのだが、老人の信仰心を傷つけたくなくて、黙っていた。

『京都は、アッラーが約束する天上の都市に似ているな。いつか、訪れたかったな』

老人は言った。

まるで明日にも人生が終わるような言い方なので、ぼくは何か言いたかったのだが、寿命はともかく、経済的に、日本まで行くのはむずかしいだろうなと考えた。カシュガルから京都までは、あまりに遠い。

老人は、それからまたとぼとぼと自転車の方に戻っていき、道との境の木の柵に腰をおろして、しばらくぼんやりとした。それを少し眺めてから、ぼくも彼の隣りに腰をおろした。そうしたら、老人がぽつぽつと語りはじめた。

『私は、日本人はみんな、日本の伝統的な舞踊を知っているのかと思っていた。彼がそうだったから。彼は愉快な男で、名をアキヤマといった。

最初彼を見かけたのは、街のカフェだ。入っていくと、店内の一角が妙に騒がしいと思った。地もとの連中が群れて人垣を作っていたんだ。寄っていってみたら、中で踊っている男がいてね、それがアキヤマだった。

店の女の子に、日本の踊りを教えていたんだ。日本舞踊の動きの型を、いくつかね。女の子も面白がって、懸命に動きを真似ようとしていた。そのうちに、男たちまで踊りの輪に加わって、日本の踊りの講習会のようになった。カシュガルの男たちは踊りが好きだ。それに、アキヤマというのは人を惹きつける天性の力を持っていて、誰でもすぐに友達にしてしまうような、陽気な魅力があった。

踊りの講習が終わり、みなが店を出て家に帰ったり、自分のテーブルに戻ったりして見たら、アキヤマがいたテーブルは、ふさがってしまったらしかった。彼は大きな革のトランクを提げ、私のテーブルまでやってきて、すわってもいいかと訊いた。一人でテーブルを占めていたのは私だけだったのだ。いいよ、と私は言った。

彼は仕立てのいい服を着て、背も高かった。イギリス人かと最初は思った。私が飲んでいるものを指差し、それは何だいと中国語で訊いた。マサラチャイだと教えると、では自分もそれにしようと言い、店の娘に注文した。

彼は、驚くほど語学が堪能《たんのう》だった。漢語があまり得手ではないと私が言うと、すぐに英語に切り替えて、すらすら話した。彼の英語は極めて流暢《りゅうちょう》で、君の英語に似ていた。ほかにもロシア語ができるようだった。アキヤマは、そのことは私に黙っていたのだが、店にロシア語の貼り紙があり、それをすらすら読んだので解ったのだ。

闊達な男でね、何でも私に語り、同時にさまざまなことを質問してきた。その様子は、私がイギリスとなど通じているはずがないと見て、街についてあれこれ探っているように思われて、どうしても警戒感を抱かせた。しかし楽しい男であることは間違いなく、ジョークもうまく、何度も私を笑わせるものだから、気づけば小一時間も語り合っていた。しまいには打ち解け、彼を信用する気になった。

実際彼はいい人間だった。そのことだけは確かだ。開けっぴろげで、陽気で、人を疑うことをせず、裏切りそうな気配がなかった。人を楽しませることにいつも心を砕いていて、笑顔は心からのものに見えた。会っている間中、私はそのことを感じていた。

彼がどんな任務を帯びてこの街に来ていたのかは知らない。だが、そのことだけは確かだ。子供の頃から、私は人を疑う癖が身についていた。街に裏表のない人間が少なかったから。だから私は、彼に心ひかれた。アキヤマは、私がそれまで会ったこともない種類の男で、だからこれはお世辞ではない。私は、彼を本当に好きになったんだ。

彼は、どこかホテルを紹介してくれないかと私に訊いた。しばらくこの街に滞在したいからと。少々高くてもいいが、洗濯物が溜まっている、洗濯ができて、洗ったものを乾せるような、出窓かパティオのあるホテルがいいと言った。

しばらく考えて、私は街で二番目の国際ホテルを紹介した。そうしたらアキヤマは、私のチャイの分も料金を払ってくれ、表でそのホテルまでの道順を教えて欲しいと言った。それならいっそ案内しようと私は言い、彼を案内して、並んでホテルまで歩いていった。

道々、アキヤマは自分のことを語った。自分は名をアキヤマと言い、日本人だ。中国人ではない。貿易の仕事をしていて、西域のこの街は長く憧れだった。このたび、とうとう来ることができて幸せだ。想像していた通りのきれいな街だ。自分の商売に有望かどうか、今日は事前調査にきたんだ、といったようなことを語った。

それは、諜報員がよく使う言い訳だった。領事館員にも、直属のアクサカルにも何度か言われた。貿易商と、修行僧には注意しろと。スパイは多くこの二つになりすますと。その頃、よく修行中と称する僧侶《そうりょ》がインドから来た。歩いている間中、右手でマニ車《ぐるま》を回していた。マニ車にはテープ状になった経典が、丸められて入っている。だがその経典の裏には、たいてい探り出した重大情報が、暗号で書かれているのだ。

それなら調査に協力しようかと、私はアキヤマに持ちかけた。むろん、彼の真意を探ろうと考えてのことだ。ありがたい、と彼は明るく言った。街もよく観《み》たい、すみずみまで案内して欲しいと。

私は承知した。それなら明日の昼食時、ホテルのロビーで落ち合おうと彼は言った。

それでその日は、ホテルの玄関まで彼を送っていって、別れたんだ』

## 7

ぼくらは、また渡月橋を渡って市電の駅の方に戻り、琴《こと》きき茶屋に入った。店の前まで戻ってきたら、満員の店内だったのだが、窓際の人が立つのがガラス越しに見えたので、ぼくが急いで入って、その席にすわったのだ。

そこからは、川沿いの満開の桜とか、これに惹かれて出てきた大勢の花見客のそぞろ歩きが、ガラス越しに眺められた。彼らの作りだす人いきれから距離がとれて、ぼくはなんとなくひと息をついた。人に揉《も》まれて歩くのは、やはり気分が疲れる。その席からは、花見客の会話や、川のせせらぎは全然聞こえず、かわりに店内の客たちの、ひそやかな話し声が聞こえた。

桜餅を頼んでから、御手洗さんは話しはじめた。

「老人は言っていた。アキヤマとは昼に会うつもりでいた。ところが翌日の午前中、偶然アキヤマの姿を見かけたんだって」

「へえ」

とぼくは言った。

「どこで?」

「街の中心部だったって。アキヤマは、あきらかに不審な行動をしていた。カシュガルには日干し煉瓦の住宅地区に、トンネルが多いんだ。入り組んだ路地のあちこちにトンネルがある。トンネルの上は住居だ。

アキヤマはこういう場所をたどって歩いて、トンネルの天井の高さ、下の路地の幅を、歩測で割り出していた。そして持っている地図を出して広げ、しきりになにやら書き込んでいる。

集合住宅の地区を抜けると、高い塀で囲まれた家がいくつもある。裕福な者たちの住まいだ。こういう塀の前でもアキヤマは立ち停まり、さかんに見上げたり、見下ろしたりを繰り返す。時には両手を広げ、自分の体を使って塀の長さを測っているようだったし、終わったらまた地図や手帳を出してメモをしていた。

トンネルや塀は、戦略上重大だ。戦車で攻め込めば、路地やトンネルが障害になる。だからその位置やサイズは重要情報だ。塀で囲まれた家々は、急襲を受ければ防衛軍が立て籠《こ》もり、要塞《ようさい》化する。そうなら、これらは攻撃目標になる。

アキヤマが歩きはじめるから、身を隠しながらついていくと、彼は次に、電信柱の数を数えはじめた。この仕事は長々と続く。さんざん歩き廻り、立ち停まって足もとを見ているから、何かと思えば、そこにはマンホールの蓋《ふた》があるのだった。

アキヤマは、地図を広げる。どうやら、地下道の位置や走り方を把握しようとしているらしい。それから上空を見て、電線の走り方を調べている。送電線と、電話線の走り方との相違を見ているように思えた。

この二種の電線の、外観上の相違について、老人は領事館員から講習を受けていた。どちらも重要だが、電話線は特に大切だ。作戦伝達上の、最重要の手段だ。前線の戦局も、敵情報の伝達も、まずは電話になる。

どう見てもアキヤマは、領事館が最も警戒している人物だった。第二次大戦直前という時代、日英は敵対していた。日本軍はこの街に侵攻してくるつもりでいるのか、老人は疑い、そうなら彼自身の内にも、この街の住人として、アキヤマに対して闘争心に似た感情が湧《わ》いた。軍の侵攻は、街の破壊や、住民の殺傷につながる。

やがて得心したか、今日はこのくらいと思ったのか、アキヤマはホテルに戻っていく。老人はそれで時間を少しつぶし、約束通り、アキヤマのホテルを正午に訪れた。

アキヤマはロビーで待っていて、昨日同様に、快活に老人を迎えた。そして、近くにお勧めの食堂はないか、一緒に食事をしようと誘ってきた。

食事の間も、アキヤマは快活に話し続けた。そして質問してきた。この街の住人たちの好みとか、今何を欲しているのか。生活上で何が不足しているか、どんな製品が売れそうか、などだった。そんな調査に、何故電信柱の数が必要なのか、マンホールや地下道の位置を把握する必要があるのか、そう老人は尋ねたかったのだが、黙っていた。

アキヤマは、続いて病院について尋ねてきた。この街の病院や、医者の数はどのくらいか。病院や町医者はどの地区に集中しているか。また彼らに、医療器具は不足していないかと問うた。何故かと訊けば、自分は、医療器具の仲買人もしているからだと言う。この説明も、説得力を欠いた。もし街が戦場になれば、病院や医師の集中している地区は、把握すべき重大情報である。

それから彼は、求められるまま、アキヤマを案内して街を歩いた。大小の病院も次々に案内した。するとアキヤマは地図を広げ、その位置を書き込んでいた。

知られたレストランや、芝居を観せる小屋にも行った。するとアキヤマは、店の経営者と真っ先に話したがり、紹介して欲しいと老人に言った。街で生まれ育った老人は、たいていの経営者とは顔見知りだったから、言われるままアキヤマを紹介した。するとアキヤマは、熱心に経営者たちと話し込んでいた。

アキヤマは気前がよく、どこに行っても二人分の勘定を払ってくれ、老人には一銭の負担もかけなかった。そして終始老人のために心を砕き、ジョークを言い、遠い自分の故郷の話をして、楽しませてくれた。

英国領事館横の、この空地にも来た。そして、あのサクランボの木を見た時だ。言って老人は、彼方《かなた》の桜の木を指差した。アキヤマはすぐに木に寄っていき、その時咲きはじめている花を見た。ちょうど開花の季節だったから。

アキヤマは、故郷の桜の話を始めたんだ。わずかに咲いている花を見て、彼は言った。桜の花とは、本来こんな寂しいものじゃないと。日本の桜は、どの木もどの木も、枝いっぱいに、いや木全体に、あふれるほどに豊かな花を咲かせる。開花の季節には、枝も見えないくらいに、全体が花で埋まって真っ白になる、それが本当の桜なんだと。

是非君に、故郷日本の桜の木を見せたいと言った。自分は京都の生まれなんだが、あの古い都は、とりわけ桜がきれいな街なんだと。嵐山、桂川のほとりの桜は、それは見事なもので、いつか君を、私の国に連れていきたい、あの見事な、桜の乱れ咲きを君に見せたい、そう熱心に語ってくれた。

『その話にほだされた』

と老人は言った。

『聞いているうちに、一度は日本に行きたくなった。メッカと並んで、以来私の憧れになった。今日君の話を聞いていて、また行きたくなったよ。命があるうちに、京都の桜を観られたらどんなにいいだろうな。天国への、よい土産ができる』

『まだ若いですよ、きっと行ける』

とぼくは、無根拠な慰めを言った。しかし老人はまったく反応せず、こんなふうに言った。

『アキヤマは次に、ここからあの英国領事館の建物を指差したんだ。そして私に言った。あれが君らの敵だとね。アキヤマは、そうはっきりと言ったんだ。今も耳もとに聞こえる。君らを虐《しいた》げ、搾取《さくしゅ》している、あれがその元凶なんだと。

ぼくら日本人も、十九世紀なかばから、彼らに苦しめられてきた。彼らさえアジアに現われなければ、われわれは平和に暮らしていられた。国家間戦争など、夢想もしなかった。あんな大規模で、愚劣な大量殺戮《さつりく》に、巻き込まれることなんてなかった。

あの瞬間のことはまだよく憶《おぼ》えているよ。あの能天気なほどに陽気だったアキヤマが、そう言った瞬間だけは笑顔を消して、厳しい顔になった。そして私の方を向き、こう言ったんだ。

ぼくも君も、同じアジア人だ。これからはアジアの同胞同志、力を合わせて列強の圧力に対抗していかなくてはならない。今アジアは未曾有《みぞう》の難局に直面している。白人たちに故郷が蹂躙《じゅうりん》されてるんだ。だからぼくらは今、神に試されている。男の実力を示さなくっちゃ。ぼくらの力はまだまだ弱いが、手を組み、体を鍛錬し、本心から協力し合えば、必ずなんとかなる——、そう真顔で言うんだ。

私は驚き、ちょっとばかり感動した。陽気一方の、どちらかというと軽い男のようにアキヤマを見ていたから、こんなに真剣で、熱い心を内に秘めているとはね、予想もしなかった。彼は右手を伸ばしてきて私の手を握り、こうして君と知り合ったのも何かの縁だ、これからぼくらは仲間だ、ともに協力し合って、アジアの未来のために働こうってね、そう言うんだ。

まったくのところ、私は驚いたよ。それまで、その瞬間まで、私はただの一度もそんなふうに考えたことがなかったから。粗末なものを食べ、日々砂にまみれてうごめくウイグルなど弱いもの、何もできはしないと、はなからあきらめてかかっていた。自分らは、西洋人の召使いになるべく生まれついているんだと、そんなふうにまで思い込まされていた。骨の髄まで、腑抜《ふぬ》けになっていたんだな。

だがアキヤマは違った。彼は芯《しん》から誇り高い男だった。アジア人の誇り、と彼は言い、それをずっと忘れてはいなかった。力さえ合わせるなら、われわれアジア人は、西洋人などにはけっして負けない、そう彼は言ったんだ。そして誇り高い日本の侍の話と、私も遠く血がつながっているはずの、チンギス・ハーンの話をした。

聞いていると、ごくわずかにだが、私のうちに、アジアの民の誇りといったものが思い出されてきた。遠い昔、馬からおり、強者に敗れ続け、虐《しいた》げられ続け、挫《ざ》折《せつ》に挫折を重ねて、誇りなどとうに忘れていた。それが大事なことだ、などということ自体、考えることもなくなっていた。

かつてチンギス・ハーンの軍勢には、白人の誰一人として、歯が立たなかった。その勇猛さと進んだ軍事力、科学力、統率力、そして政治力にだ。だからアジア中の若者が、さらには東ヨーロッパの若者までもがモンゴルに憧れ、兵士に志願した。

モンゴルは分け隔てなく彼らを迎え入れ、手柄を立てた者は、平等に出世させた。そしてこの広大な大陸から盗賊どもを残らず掃討し、通行税を廃し、ヨーロッパからの商人の通行を保障して、大陸にはじめて秩序を作りだした。東の遊牧民モンゴルが、全アジアをひとつにしたんだ。彼らの前にも後にも、こんなことができた民はいない。君も、東から来たその一員だ、そうアキヤマは説いた。

本当に久方ぶりに聞く話で、聞いていたら、私の内にも次第に誇りがよみがえって、心が震えた。そうだ、私もまたかつては、誇り高い草原の騎馬民族の一員だったのだ。十二、三世紀、自分らはこの広大な大陸で、無敵だったのだ。向かうところ敵なしの、敗北を知らぬ強者だった。それをすっかり忘れ、自尊心を失い、薄汚れて白人の小間使いに成り下がった。

アキヤマは、無敵のチンギス・ハーンの軍勢と、日本の侍たちとは血がつながっているんだと言った。私は不思議な気がしたが、アキヤマはそう言ったんだ、だからわれわれは兄弟なんだと。

この話を、私はその後長く忘れなかった。アキヤマとの出会いは、私を徐々に変えた。ささやかな力……、と言っていいかどうかは解らないが、たぶん民族の意地とでもいったものを、私に呼び覚ましたんだ。

しかし私は無力でね、たび重なる挫折は、私から根こそぎ誇りを奪っていた。だから、それを行使する場所が解らなくて。ひねくれて、誤った場所にしか、それを行使できなかった。それが私の……、生涯の悔いだ』

老人は悲しげに、ぼくには意味の解らない、そんなことを言った。この時はそれがどういう意味なのか、ぼくには解らなかった。

『カシュガルには当時、踊り子がステージで踊る劇場がいくつかあった。しかしそれは、劇場とは名ばかりの、粗末な小屋のようなしろものだった。街に滞在している間、そういう場所もできるだけ観たいとアキヤマが言うから、私は案内したんだ。

そういう小屋の踊り子たちには、芸術を観せようというような意識はなく、ただ体を観せるだけの品のないものだ。これも白人が街に持ち込んだ退廃だ。酒も食い物も場内には持ち込み放題だから、劇場内はやかましい。そういう中で踊るのだから、踊り手も、劇場主も、真剣なやる気なんてない。それでも観たいとアキヤマが言うから、私は案内したんだ。

そうしたらアキヤマは、そこでも劇場主と親しくなりたがり、日本から持ってきた土産物なんかを出して、しきりに話し込んでいた。踊り子を紹介してもらいたがっていて、引き合わされたら、自分のいるホテル名なんかを告げ、熱心に口説いていた。だから私は、彼が遊びたがっているのかと考えた。それで私は、ウイグルの娘らが好む花や、贈って欲しがっているものについて、彼に教えた。

しかし、そういうことでもなさそうだった。二日もすれば、アキヤマはそういう小屋や、踊り子たちに興味を失った。そんな小屋は、地もとの男たちが集まるだけで、領事館系の白人は来ない。高官たちとの付き合いがなければ、娘らに大した情報もない。白人たちの来る劇場はないかと、アキヤマは私に訊いた。やはり諜報活動かと私は考えた。

その要求を、私は内心恐れていたんだ。そういうことなら、それはひとつだけ、カスリーンが踊るメフパーレェ・シアターだけだったからだ。カスリーンなら、各国高官たちと親しい。そしてアキヤマは、京都の踊りの名取りの家に生まれたという。だから日本舞踊の基本はひと通り知っている。カスリーンにとっても、アキヤマはまさに会いたがっている日本人だった。

私は迷った。正直にいえば、嫉妬《しっと》もあった。アキヤマは身長もあるし、男っぷりがよい。欧州の産らしい仕立てのよい服を着て、白人たちと較《くら》べても、まったく見劣りがしない。金もありそうだ。

彼女の芸術のためには、アキヤマを彼女に紹介すべきだろう。カスリーンが日本舞踊も身につけたら、彼女の芸域は広がり、芸術性は高まる。彼女の長年の夢であるヨーロッパへの進出も、それによって可能性が増すかもしれない。

迷った末、私は決心した。私はメフパーレェの店主と顔見知りになっていたし、英国の領事館員とも知り合いだ。メフパーレェは、特に私のような白人でない者は、誰でも入れるという場所ではない。しかし知り合いが多いから、店に入ることはできる。アキヤマの風采《ふうさい》も立派だったから、断られることはあるまい。

それでその夜のディナーに、私はアキヤマを連れていった。思った通り、店には入ることができ、ロビーで店の説明をしていたら、アキヤマの方で、顔見知りを見つけた。ドイツ領事館の人間だった。もっとも、顔見知りという言い方は違うだろう。アキヤマの方が何かの資料で写真を見て、一方的に見知っていたというだけだ。だがアキヤマは、持ち前の人懐《ひとなつ》っこさで彼と親しくなり、彼が予約していたテーブルにすわることに成功した。私ももちろん横にすわった。

食事が終わり、カスリーンのステージが始まり、アキヤマも、感動して観入っているようだった。私もむろん感動した。昨日まであちこち探訪していた、単なる裸踊りの小屋ではない。カスリーンの踊りは本物だったし、素晴らしさが日々増しているように思えた。

ショウが終わり、カスリーンがフロアにおりてきた。しかし私は、自分からカスリーンの注目を引く気はなかった。思えば、悪い予感もしていたのだ。しかしまずいことにカスリーンと目が合った。彼女の方で私を見つけた。そして彼女の視線が動き、私の横にいるドイツ人と、アキヤマを見た。

それに気づいた如才のないアキヤマは、さっと立ちあがり、自分の椅子《いす》を後方にさげて、うやうやしく彼女に一礼をした。彼の手には何かが握られており、それをさっと打ち振ると、見事な金色の扇が開いた。それを彼は、うやうやしくカスリーンに差し出した。

カスリーンは興味を示し、にっこりとほほ笑みながら、アキヤマに寄っていった。これを私に？　と尋ねる意味で彼女は、優雅な仕草で自分の胸に右手をあて、目で訊いた。

もっとたくさんあります、とアキヤマは口に出して言った。トランクにいっぱい。人形も、日本から持ってきています、すべてあなたに贈るために。アキヤマは白々しく言った。カスリーンのことは、今日私から訊いてはじめて知ったくせにだ。そして横の椅子を引いて、すわるように彼女に勧めた。

胸を張ったその仕草は、西洋人以上に堂に入っていた。導かれるまま、カスリーンはごく自然な態度で、アキヤマが背を持つ椅子に腰をおろした。まるで今夜はここにすわると、前から決めていたかのようだった。周囲のテーブルの者たちの目には、間違いなくそう見えたろう。

アキヤマはすかさず椅子を押し込み、カスリーンはそれで、首尾よく私たちのテーブルの住人になった。アキヤマはスターを、見事に手中にしたのだ。私たちは三人連れで、ほかのテーブルはみな四人以上だったこともさいわいした。もともと、椅子がひとつ空いていたのだ。

カスリーンを目の前にして、アキヤマは有頂天でしゃべりまくっていた。アキヤマも彼女を気に入ったのだ。彼女の踊りを褒め、天性の才があると、手放しで絶賛した。世界を旅してきた自分がこれまでに観た、あなたは最高の踊り手だと評した。

歯が浮くような台詞《せりふ》だったが、アキヤマのよいところは、自己暗示が巧みなのか、どんなに見え透いていようと、それを心から述べているように感じられることだった。カスリーンも自分への強い賛辞を、心から楽しんでいるようだった。

アキヤマは、自分は京都のある古い名取りの家に生まれ、子供の頃から親に踊りを仕込まれたと語った。踊りも歌舞伎も、二十歳になってからプロになると決め、一念発起をして精進を開始しても遅い。子供時分からの、長い稽古《けいこ》の蓄積が必ず要る。だから、続ける続けないは成人時に決めていい、踊り手になると決心する可能性のため、子供の時から稽古をやらせておくというのが、踊りを継ぐアキヤマ家の教育方針だった。

カスリーンは、感心して聞いていた。私もなるほどと思った。だから自分は、成人した時に踊りはやめた。自分にはもっとやりたいことができたから。しかし、身に染《し》みついた動きはまだしっかりと憶えている、そうアキヤマは語った。

アキヤマは、他人の嫉妬の目が、全然気にならない性格のようだった。少々の不興を買っても、あとでせいぜいその人物に手当をすればよい、と考えるようだった。同じテーブルにいたドイツ人も、隣のテーブルの者たちも、そしてかく言う私自身も、アキヤマの態度には、いささか愉快でないものを感じていた。カスリーンは、みなが長い間憧れているスターだ。それを、たった今現れた男が、いきなり、無遠慮に口説いているのだ。

しかしカスリーンは、アキヤマに興味を持ったようだった。それとも、この日本人の利用価値に気づいたようだった。いずれにしても、アキヤマはいい男だったし、紳士ぶりも申し分がない。女なら、誰もが関心を持つに違いない男だ。彼女はその夜、ホテルまで送られる相手が決まっていたはずだったが、どうやらそれを断ったようだ。ホテルまでの道々、もう少しゆっくり日本のこと、日本人の踊りについて、教えてくださいとアキヤマに言った。

その夜、二人はブリティッシュ・アンバサダーまでの道行を、せいぜい楽しんだようだった。私は一人にされ、複雑な胸中を抱えて二人の後方を護衛した。西域の砂漠の街に特有の乾いた冷気が夜を渡ってきて、私の目には、二人の語らいを音楽のように飾っていた。後ろから見れば、カスリーンの長い髪がわずかに風に揺れて、まるで影絵のようだった。

同じアジア人のせいか、それとも探していた日本舞踊の踊り手に出会えたせいか、カスリーンはそれまでの誰とよりも、楽しんでいた。

ホテルに着いて、私は歩道で、玄関からアキヤマが戻ってくるのを待っていた。そうしたら彼と二人になり、会話しながら彼のホテルに向かおうと考えていたのだ。ところが、彼は戻ってこなかった。カスリーンに誘い込まれ、ついとホテルの内に消えた。

そのことを私は、予想はしていた。しかし、たとえそうなるにしても、カスリーンはもう少しは時間をおくものと思っていた。ところが最初の夜に、彼女はもうこんなふうにした。彼女にとってアキヤマは、それほどに特別だったのだろう。

ホテル前の歩道に立ち、私は彼女の部屋に明かりがつくのを、なんとなく待った。間もなく、それはともった。今頃アキヤマは、あの窓から、一度だけ私がしたように、カスリーンと並んで、暗い海に似た彼方の砂漠を見ているのだろうと想像した。

彼ら二人の姿が窓辺に現れるかと、私は歩道に立ってしばらく待った。しかし、見えることはなかった。ソファにすわり、長々と語らっているのかもしれなかった。

私は、しばらくそこに立ちつくしてから、踵《きびす》を返して自分のアパートに戻った』」

8

「それから、老人はアキヤマとはしばらく会わなかったらしい」

御手洗さんは言った。

「ああ、そうだろうね」

ぼくは言った。

「アキヤマとしては、老人に連絡を取る方法がなかったし、老人の方はアキヤマのホテルに行けばよかったんだが、行く気にはならなかった。若き日の老人が、カシュガル一の舞姫に抱いていたほのかな恋情は、東からやってきた日本人によって、完全に終焉《しゅうえん》させられた」

「そうなるよね」

「気づいたら空き地は、暗くなりはじめていた。サクランボの木も、暗がりに沈んだ。老人は柵《さく》から腰をあげて、もう帰ろうとぼくに言ったんだ。少し冷えた。自分は体がよくない、少しつらいんだと言う。そして、よろよろと自転車のスタンドをはずしていた。

ぼくは彼の様子を見咎《みとが》めた。寄っていき、ぼくには多少医学の心得がある、症状を話してくれたら力になれると言った。使うべき薬も解る。

　そうしたら彼は、いやそれほどではない、今夜休めばよくなると言う。ではぼくのホテルに来ないか、狭くて、汚くて、ろくなところじゃないが、少なくとも暖かい。ゆっくり休める。道端の箱の中よりはましだ、と誘ってみた。

　しかし老人は、いいんだと言う。これから友人のところに行く、ちょっと用事もあるから、と言った。ぼくは首をかしげた。今日一日の老人の様子を見ていて、この街にそんな友人があるようには思えなかったからだ。それで、では食事を一緒にしようと誘った。夕食をとらないと、体に毒だ。おいしいところを紹介して欲しい、いいところにさしかかった、話の続きも聞きたいから、と。

　けれど老人は、それも断ってきた。食欲がない、話の続きは明日しよう、約束すると言った。どこに行けばいい？　とぼくは訊いた。またあのパン屋の少年の脇《わき》の歩道なのかい？　すると老人は力なく、幾度かうなずいていた。

　ぼくらは暗くなった道を、街の中心部まで自転車で戻り、貸自転車屋の前で別れた。老人は足もとが少々ふらついているふうだったから、送っていくとぼくは言ったのだが、ぼくが貸自転車屋に料金を払っている間に、姿を消してしまった」

「どこに行ったんだろうな」

　ぼくは言った。すると御手洗さんは、首を左右に振った。そして、笑顔を消した顔で、

「解らない」

と言った。

「だがぼくはそれからたびたび、この夜のことを後悔した。なんとしても引き留めるべきだった。ぼくの塒《ねぐら》に連れてきてもよかったし、強引にどこかに連れ込んで、触診をしてもよかった。老人をそのまま帰すべきじゃなかったんだ。

早朝からの行動で、ぼくは多少疲れていた。だが高齢の彼は、もっとだったはずだ。そもそも帰すってどこに？　老人は帰る場所なんて持ってはいなかった。そのことをぼくは、知っていたはずなのにね。ぼくは判断を誤ったんだ」

そして御手洗さんは、窓の外に目を移し、桂川と、そのほとりに咲く桜をちょっと見た。

その時桜餅とお茶が運ばれてきたから、御手洗さんは、視線を室内側に戻した。

ぼくはなんとなく怖いような気がしたのだけれど、先が知りたくて訊いた。

「で、それからどうしたの？」

「翌早朝、またナン売りの少年の、テーブルだけの店に行ってみたんだ」

御手洗さんは始めた。

「そうしたら、そばの箱の塒に、老人はいなかった。少年に尋ねても、知らないという」

「ええっ……」

「悪い予感がしたんだ。どこかで倒れているんじゃないかと思った。少年に訊いても、居場所の心当たりなんて全然ないという。

ナンを買って土産に持ち、思いついた場所に急行した。チャサー老城だ。老人が生まれて育った一角だ。ここになら、なじんだ病院くらいあるのではないか。

人に尋ねながら急ぎ、老城地区に入ったら、病院の場所を訊いた。解りにくい場所で、迷路のような路地を迷いながら歩いた。そうしたらやがて行く手に、集まった人たちの白い服や帽子が、折り重なって見えた。

病院とは名ばかりの、狭い、粗末な建物だった。まるで震災地に応急に建った、仮診療所のようだった。泥を固めて造った、やはり箱みたいな建物で、ランプがひとつだけ下がっていた。人をかき分けて中に入ると、天井の一部は崩れ、まだ夜明け前だったから、そこから白い月が見えていた。

数人の人々の目の下で、老人はベッドに寝ていた。痩せているから、毛布の盛りあがりはごくわずかで、一瞬空ベッドかと思ったほどだ。無視していたが、いざ倒れられたら、みなけっこう気になったみたいでね、心配して知人が集まっていた。冷たくあたって、反省していたのかもしれない。

ぼくが入っていくと、暗がりの中でも、老人はぼくが解った。よく来てくれた、とかすれた声で言った。

『少年が焼いたナンを持ってきたよ、食べられるかな?』

言って、ぼくは紙袋を掲げて見せた。しかし老人は、力なく首を横に振った。顔色はなく、ずいぶん悪いことが解った。

医師の姿もなかったから、触診してみた。そうしたら、どうもあちこちに腫瘍《しゅよう》の類がありそうで、そうなら、どう見ても手遅れだった。麻酔を打たれているらしく、意識は朦朧《もうろう》としている。もうこちらにできることはなさそうだった。

道で眠る生活が、彼の体を急速に悪くしたのはあきらかだった。それでぼくは強く後悔した。昨夜暖かい部屋に入れてやれば、ここまでひどくはならなかったのではないか。もう少しは持ったろう。

ぼくが脈を見たり、体温を測っているのを見て、見物のみなは、医者かと思ったようだった。戸口のところを見たら、彼らの姿は消えていた。

『水を少し』

と老人が言うから、横のテーブルに置かれていた水差しの中身を確かめてから、少し口に含ませた。

『ほかに、何かして欲しいことはあるかい?』

ぼくは水差しをテーブルに戻しながら訊いた。

『何もない』

老人は言った。

『来てくれただけでいい』

そしてしばらく沈黙してから、こう言ったんだ。切れ切れでの口調だったが。

『君に会えてよかったアキヤマ、感謝している。私に、民族の誇りを思い出させてくれた』

そしてまたしばらくの沈黙。

『桜みたいには散れず、こんな枯れ木になってしまったが、自分の人生に悔いはない。安心して、アッラーの御許《みもと》に行ける』

まるで戦中派の日本人のようだった。

意識が混濁するようで、目の前のぼくが、昨日街で知り合った観光客になったり、大戦前夜のアキヤマになったりするようだった。意識がきちんと戻ると、老人はこう言った。

『話の続きを聞きたいか？』

むろんだ、とぼくはうなずいた。彼もまた、きちんとぼくに話しておきたいと思っているようだった。

『アキヤマは、仕立てのよい服を着て、男前だったから、女とはすぐに仲良くなった。

金も持っていたしな、女の子の心を摑《つか》むのは簡単だったろう。またあの頃のカスリーンは、絶頂期だった。アキヤマが心を奪われるのも当然だ。

それから二、三日して、また街のカフェでばったり彼に会ったんだ。一人だった。私もまた一人だった。アキヤマは喜んでいた。いろいろなことの相談に乗ってもらって、深く感謝していると頭を下げながら私に言った。この見知らぬ街で、友達は君一人だと。

この言葉は、心からのものに思えた。また実際そうだったろう。彼は、カスリーンに対する私の気持ちを知らなかったのだ。だから、彼に罪はない。けれどこの時の私は、彼のこの言葉を、素直に聞けていたとは言いがたい。場末の踊り子と会っている段階まではは、私はアキヤマの相談によく乗った。彼女らの欲しいものを細かく教えた。だが、相手がカスリーンとなれば別だ。

彼は親切な男だったから、カフェを出ると、滞在しているホテルの部屋に私を誘った。断る理由もなかったし、退屈していたからついて行った。そして部屋で、所持している本も見せてもらった。中国語や、ロシア語の本があった。日本語の本はなかった。

置いていた菓子を出して、私に勧めた。そして棚から一本のワインの瓶を取り、グラスを二つ出して注いだ。グラスを合わせながら、私はワインボトルのラヴェルを読んだ。シャトー・マルゴー、フランス産で、それはカスリーンがいつか私に勧めてくれたワインだった。

カスリーンに日本舞踊を教えているか？　と私はアキヤマに訊いた。彼はうなずいた。そうなら、このボトルはそのお礼だろう、と私は推察した。フランス産のこの高価なボトル以外にも、もっと高価なものをもらっているかもしれないが。

アキヤマと別れると、自分はすぐその足で英国領事館に行き、裏口から入って、館内にあった秘密警察部署に行った。そしてなじみの係官に、アキヤマという日本人旅行者が、イギリス人の高官と親しい踊り子や、商店やレストランの経営者たちからあれこれと情報を収集していること、路地の道幅やトンネルの高さ、塀の幅や高さを測っていること、ロシア語の軍事関連書物を持っていること、などを告げた。

二度目の大戦直前の頃は、それまで敵対していたイギリス、ロシアは接近し、日本が諜報調査の対象となっていた。街にやってきた日本人は、逐一動きを見張るようにと言われていたのだ』

そこまで語り、老人は苦しくなったのか、しばらく荒い呼吸をした。ちょっと休み、それから口を開いた。

『アキヤマは逮捕され、英国領事館の隣りの、あのサクランボの木の空き地で銃殺された。アッラーに誓って言うが、まさかそんなことになるなど、私は露ほどにも思ってはいなかった。せいぜいしばらく留置場に入れられるくらいだと思っていたんだ。そして日本と、スパイ同士の交換が為《な》されるか、強制送還になるものと。

後ろ手錠をされ、彼が空き地まで歩かされていく時、私も市民に混じってこれを見ていた。そうしたら、アキヤマの方で私に気づいた』

老人は、天井の破れ目から覗《のぞ》く白い月を見つめた。その頃にはもう夜が明けてきていて、空の色は群青色《ぐんじょういろ》から、ほぼ空色に近く、変化していた。喘《あえ》ぎながら、老人は続ける。

『連行するイギリス兵に彼が頼み、自分のところまで歩いてきた。何を言われるのかと私はおびえ、逃げだしたかったのだが、そんなことをしたら不自然で、間諜行為をしているとばれる。私は恐怖に堪えて立ち続けた。いや実際のところ、足がすくんで動けなかったのだ。

アキヤマが私の前に立った。私は目をつむりたい気分で、ただうつむいていた。彼は怯《おび》えてはいなかった。私に向かってにっこりと微笑《ほほえ》み、世話になったと礼を言い、元気でなと言ってから、このポケットにある限りの紙幣を、みな彼にあげてくれと、横のイギリス兵に頼んだのだ。

今から、ただ旅行にでも行くような口調だった。私は、彼の勇気に目を見張った。何故こんなことができるのか、本当に不思議だった。

正直に言えば、贖罪《しょくざい》の意識から、私は断りたかった。だがそうするのは不自然だったし、彼に悪いと感じた。アキヤマは私に向かってまた微笑み、自分は桜のように咲いて散る、と英語で言った。そして、私がいなくなっても、君はアジア人のアジアのために、頑張ってくれと言った。

アキヤマは、私の告げ口のせいで殺されるのだということを少しも知らず、私をまったく疑ってはいなかった。銃殺後、イギリス人に所持金を没収されるのは嫌だったのだろう。だから彼は、街で唯一《ゆいいつ》の友の私に、どうせ殺されるのだからと、所持金をすべてくれていった』

それから老人は、消え入るような声でこう言ったんだ。

『友人などとは到底呼べない、こんな私のために』

老人の目には、涙が浮いていた。それが、明るくなってきた空の色に照らされた。濡《ぬ》れた老人の瞳《ひとみ》は、カシュガルの陶器のあの光る緑色を、ぼくに連想させた。

『空き地に銃声が響いた時、私もまた死んだ。人垣の後方で、地面に打ち倒され、起きあがれなかった。耳の底で、アキヤマの言葉が響いていたからだ。

アジアは今、未曾有の難局に直面している。ぼくらは今、神に試されている。ぼくらの力はまだまだ弱いが、手を組み、体を鍛錬し、本心から協力し合えば、西洋人にも決して負けない――。

アキヤマは誇り高い男だった。アジアの誇りを、と彼は言った。そんな男を、アジア人の私は、白人に差し出したのだ』

溜まっていた涙が、皺《しわ》の勝った老人の、痩せた頬を滑り落ちた。

『それで私は、もうスパイはいっさいやめた。この愚劣な仕事の意味が、この時すっかり解ったからだ。

ひどい後悔で、私は長いこと立ち直れなかった。短いとはいえない人生で、あれほどこたえたことはない。アキヤマの潔《いさぎよ》さに心から感動したし、それと比較して自分が、小さく小さく思えた。姑息《こそく》で、卑屈で、嫉妬深く、生きるに値しない人間だと感じた。

だから、誰にどれほどに頼まれようとも、自分はもう二度と諜報行為はやらなかった。二度とごめんだった。殺されてもやらぬとアッラーに誓った。

しかしイギリス人たちは、とても解放してくれそうもない。私が英語が得意だったからだ。だから悩んだあげく私は、自分はずっと白人のスパイだった、街の裏切り者だったのだと、街のあちこちで、大声で告白して廻った。私の汚い行為のために、殺されたアジア人同胞も多いと。だからみんな、私に気をつけろ、私の耳のそばでは何も話すな、イギリスに筒抜けになるぞと――。そうでもしなければ、イギリスは、とても私を解放してくれそうもなかったからだ。

それは苦しく、危険な行為だった。この街で、人間として暮らす権利を失うことを意味した。だが、アキヤマの味わった苦痛に較べたら、ものの数ではない。私は断固としてやり通した。それがアキヤマの友情に報いることだと思ったから。

以来私は、カシュガルの者たちからこの上なく軽蔑《けいべつ》された。街の者たちの内には、イギリス人やロシア人に身内を連行されたり、殺されたり、土地を奪われたりした者も多かったから。そんな侵略者たちの手先になった私を、彼らは決して仲間とは認めない』

遠く離れた京都の、桂川のほとりの琴きき茶屋で、御手洗さんの口を通して伝えられる一人のウイグル人の悲劇に、ぼくはため息をついた。

「『カシュガルの市民は、以降決して自分を許すことはしなかった。私が売るものは買わず、働いても私にはきちんと賃金を払わず、仲間にも入れなかった。時間が経《た》ち、イギリスがこの地を去っても、根拠を失った私への軽蔑心だけは続いた。

メフパーレェ・シアターも取り壊され、私へのものに似た軽蔑は、名誉白人だったカスリーン・ホジャにも向けられて、彼女は白人の男の腕にすがって街を去った。ヨーロッパに行ったと聞くが、以降の噂《うわさ》はない。踊り手として大成したという話も聞かない。

私も街を去りたかったのだが、私には行く場所がなかった。この街の外に、知り合いはない。妻も子供も作らなかった。親戚《しんせき》もない。

英語が多少できたから、イギリスに行くこともできたろう。そう誘ってくれた人もいた。だが、到底そんな気になれなかった。私をこれほどに苦しめ、人間としての尊厳を根こそぎ奪ったのは、あの傲慢《ごうまん》な帝国なのだ。

だが私は今、困難をやり通した自分を誇りに思っている。私にとってそれは、ささやかな、ウイグルの民としての勲章だ』

そして老人はぼくの顔を見て、最後にこんなふうに言った。

『あんたが日本人と解って嬉《うれ》しい。私が本当に行きたかったのは日本だ。あんたはアッラーが使わした人間だ。最後にきちんと、日本人にこういう話をしておきたかった。自分はもうじき死ぬが、今の心残りは、メッカに行けなかったこと、そして京都に行けなかったことだ。

アキヤマは、たびたび郷里の話をした。故郷の京都は美しい街なんだと。とりわけ桜がきれいなんだと。いつか君にあそこの桜を見せたいと、そう何度も言ってくれた。実現できず、残念だ』

その日の正午前、老人は死んだ。七十四だったな」

その時、嵐山に一陣の風が吹いて、桜の木々がそろって揺れた。ぱっと、白い粉のように、大量の桜の花びらが舞うのが見えた。

それを見て、御手洗さんは言う。

「シルクロードの西域カシュガルは、そんな街だった。民族の興亡の表舞台で、通りを一歩入れば、千年の時を経た路地が、複雑に入り組んでいる。民の心の屈折のように。砂漠にあっては繁栄した大都市だから、古くからカラキタイ、モンゴル、チムール、清、さまざまな帝国に繰り返し蹂躙された。近世になれば西欧列強だ。市民が彼ら大国の、利害の駒《こま》に使われた。でも彼の死で、やっとそんな時代は終わったんだ」

# 参考文献

『ＮＨＫスペシャル　新シルクロード　５
カシュガル　千年の路地に詩が流れる
西安　永遠の都』（ＮＨＫ「新シルクロード」プロジェクト編著、日本放送出版協会）
『シルクロード探検』（大谷探検隊著／長澤和俊編、白水社）
『シルクロード文化史Ⅲ』（長澤和俊著、白水社）
『中国の火薬庫――新疆ウイグル自治区の近代史』（今谷明著、集英社）
『バザール、ヤクシ――カシュガルにて』（石嘉福著、六興出版）

この作品は平成二十三年四月新潮社より刊行された。
文庫化に際し、『進々堂世界一周　追憶のカシュガル』
を改題した。

島田荘司著　**写楽　閉じた国の幻**（上・下）

「写楽」とは誰か――。美術史上最大の「迷宮事件」を、構想20年のロジックが打ち破る！　現実を超越する、究極のミステリ小説。

宮部みゆき著　**ソロモンの偽証**
―第Ⅰ部　事件―（上・下）

クリスマス未明に転落死したひとりの中学生。彼の死は、自殺か、殺人か――。作家生活25年の集大成、現代ミステリーの最高峰。

伊坂幸太郎著　**重力ピエロ**

ルールは越えられるか、世界は変えられるか。未知の感動をたたえて、発表時より読書界を圧倒した記念碑的名作、待望の文庫化！

米澤穂信著　**儚い羊たちの祝宴**

優雅な読書サークル「バベルの会」にリンクして起こる、邪悪な5つの事件。恐るべき真相はラストの1行に。衝撃の暗黒ミステリ。

辻村深月著　**ツナグ**
吉川英治文学新人賞受賞

一度だけ、逝った人との再会を叶えてくれるとしたら、何を伝えますか――死者と生者の邂逅がもたらす奇跡。感動の連作長編小説。

朝井リョウ・飛鳥井千砂
越谷オサム・坂木司
徳永圭・似鳥鶏
三上延・吉川トリコ著　**この部屋で君と**

腐れ縁の恋人同士、傷心の青年と幼い少女、妖怪と僕!?　さまざまなシチュエーションで何かが起きるひとつ屋根《ふたりぐらし》の下アンソロジー。

# 新潮文庫最新刊

有川　浩著
## 三匹のおっさん　ふたたび
万引き、不法投棄、連続不審火……。町内のトラブルに、ふたたび〝三匹〟が立ち上がる。おまけに〝偽三匹〟まで登場して大騒動！

林　真理子著
## アスクレピオスの愛人
島清恋愛文学賞受賞
マリコ文学史上、最強のヒロイン！　エボラ出血熱、デング熱と闘う医師であり、数多の男を狂わせる妖艶な女神が、本当に愛したのは。

越谷オサム著
## いとみち　二の糸
高二も三味線片手にメイド喫茶で奮闘。友達と初ケンカ、まさかの初恋？　ヘタレ主人公ゆるりと成長中。純情青春小説第二弾☆

綿矢りさ著
## ひらいて
華やかな女子高生が、哀しい眼をした地味な男子に恋をした。でも彼には恋人がいた。傷つけて傷ついて、身勝手なはじめての恋。

矢作俊彦著
## 引擎／ENGINE
高級外車窃盗団を追う刑事・游二の眼前に、その女は立ち塞がった。女を追う先に起こる凶事。銃弾が切り裂く狂恋を描く渾身の長編。

松浦理英子著
## 奇貨
孤独な中年男の心をとらえたのは、レズビアンの親友が追いかけた恋そして友情だった。女と男、女と女の繊細な交歓を描く友愛小説。

デザイン　鈴木久美

# 御手洗《みたらい》潔《きよし》と進々堂《しんしんどう》珈琲《コーヒー》

新潮文庫　し－28－22

平成二十七年二月一日発行
平成二十七年二月二十日三刷

著者　島《しま》田《だ》荘《そう》司《じ》

発行者　佐藤隆信
発行所　株式会社新潮社
郵便番号　一六二―八七一一
東京都新宿区矢来町七一
電話　編集部(〇三)三二六六―五四四〇
　　　読者係(〇三)三二六六―五一一一
http://www.shinchosha.co.jp

価格はカバーに表示してあります。



印刷・錦明印刷株式会社　製本・錦明印刷株式会社


ISBN978-4-10-180025-7 C0193